SORS DE CE CORPS, WILLIAM !

DU MÊME AUTEUR
CHEZ LE MÊME ÉDITEUR

Maudit Karma
Jésus m'aime

David Safier

SORS DE CE CORPS, WILLIAM !

Roman

Traduit de l'allemand par Catherine Barret

PRESSES DE LA CITÉ

Titre original : *Plötzlich Shakespeare*

Avertissement au lecteur

Ce livre est notoirement dénué de tout fondement historique.

ISBN 978-2-258-08551-0

La traduction française du sonnet 18 de William Shakespeare est inspirée de celle de Robert Ellrodt (*O.C.*, coll. Bouquins, Robert Laffont, 2002, p. 779) et, pour les besoins de la rime, de celle d'Irina Brook pour sa mise en scène de *La Tempête* (2010).

A Marion, Ben et Daniel...
... et bien sûr à Max.
Sans vous, ma vie serait un « non-être ».

1

Bon sang ! Comme cliché de femme, je me posais un peu là. Comparées à moi, les héroïnes des films hollywoodiens avaient une existence originale. J'étais célibataire depuis des années, mon horloge biologique avait entamé le compte à rebours, et je baignais dans l'apitoiement sur moi-même comme dans une piscine. Car mon grand amour avait décidé d'épouser son grand amour – hélas ! ce n'était pas moi.

— Mais qu'est-ce qu'elle a de plus que moi ? pleurnichai-je en prenant sur une étagère de ma cuisine remarquablement mal rangée une bouteille de Ramazzotti.

— Le style, Rosa ! répondit Holgi.

Holgi était mon meilleur ami gay, et il ressemblait davantage à un Hobbit qu'aux meilleurs amis gays des héroïnes des films de Hollywood.

— Il y a des questions auxquelles on n'est pas obligé de répondre, soupirai-je en posant la bouteille et un verre sur la table.

— Et elle a un physique de top model, poursuivit Holgi comme si je n'avais rien dit.

Il croyait décidément dur comme fer qu'une honnêteté absolue était tout à fait indispensable entre amis.

Le plus bête, c'est qu'il avait raison : tandis qu'Olivia avait une plastique devant laquelle Heidi Klum elle-même aurait mordu le bord de la table de dépit, moi j'avais de la cellulite et de gros mollets, et, sous un éclairage défavorable, je faisais un peu penser à un puma bedonnant.

Je vous l'ai dit, j'étais le parfait cliché.

— Et elle a fait des études.

— Moi aussi ! m'insurgeai-je.

— Toi, l'école d'instituteurs de Wuppertal. Elle, médecine à Harvard.

— Tais-toi, fis-je en me versant du Ramazzotti.

— Rosa, elle est du même milieu que lui.

— Qu'est-ce que tu ne comprends pas dans « Tais-toi » ? Le « tais » ou le « toi » ?

— Et elle est beaucoup moins insolente que toi, rétorqua Holgi en souriant.

Je lui répondis d'une voix doucereuse :

— Tu sais sans doute que j'ai ici toutes sortes d'instruments qui pourraient servir à priver quelqu'un de sa virilité : la pince à spaghettis... le presse-fruits... le robot mixeur...

— Et elle a de bonnes manières.

— Si je comprends bien, moi j'ai de mauvaises manières ? demandai-je en trempant mes lèvres dans mon verre de Ramazzotti.

— Enfin, Rosa ! Tu ris toujours trop fort, il t'arrive même de roter en public, et tu menaces de charmants garçons de t'en prendre à leur virilité. Si on ajoute à ça que tu jures comme si tu étais la fille illégitime de Donald Duck et du président du Bayern de Munich...

— Je préfère ne pas imaginer ces deux-là en train de se reproduire ! répliquai-je.

Mon copain avait malheureusement raison à propos de mes manières. Alors que Jan savait toujours exactement comment se comporter dans un restaurant chic, je m'estimais heureuse lorsque je reconnaissais un couteau à poisson et que je pouvais lire le menu sans poser des questions du genre : « Vitello tonnato, ce n'est pas un chanteur italien ? »

Je me mis à observer la photo de Jan et d'Olivia sur l'invitation : un vrai couple de livre d'images. Jamais je n'aurais pu tenir le rôle. Pourtant, Jan et moi, nous avions vraiment cru un jour que nous étions faits l'un pour l'autre. C'était le jour où j'avais fait sa connaissance, celui où je lui avais sauvé la vie, sur cette plage de la mer du Nord, dans l'île de Sylt. J'avais environ vingt-cinq ans et je campais avec Holgi. Jan, lui, était en vacances avec ses amis de Harvard dans la villa de ses parents à Kampen. Eh oui, nous ne venions pas seulement de deux mondes différents, mais carrément de deux univers séparés.

Si Jan n'avait pas attrapé une crampe en nageant et si je n'avais pas été là pour m'en apercevoir, nous ne nous serions sans doute jamais rencontrés. Et il se serait noyé. En l'occurrence, j'ai nagé les quelques mètres qui me séparaient de lui – à l'époque, j'étais encore, physiquement, dans un état que l'on pouvait à la rigueur qualifier de « forme » –, puis j'ai plongé pour ramener à la surface un Jan déjà presque inconscient. Les maîtres nageurs sauveteurs, venus entre-temps à la rescousse, nous ont hissés à bord de leur Zodiac. C'est alors que Jan a repris connaissance. Couché au fond du bateau, il a ouvert ses merveilleux yeux verts, m'a regardée et a murmuré : « Tu as les plus beaux yeux que j'aie jamais vus.

— Merci, de même », ai-je murmuré en retour.

C'est ce qu'on appelle tomber amoureux au premier murmure.

Quant à la mère de Jan, qui n'a jamais pu me supporter, elle avait une interprétation un peu moins romantique de cette première rencontre : « S'il est tombé amoureux de toi, c'est à cause du manque d'oxygène. »

Il est vrai que j'étais une rude épine dans le pied de cette famille distinguée. Surtout après que je leur eus présenté mes parents. Dans notre délire amoureux, Jan et moi avions pensé que ce serait merveilleux si nos parents faisaient connaissance à l'occasion d'un petit dîner informel. Malheureusement, cette rencontre a tourné à la pire confrontation de deux parties hostiles qu'on ait vue depuis la bataille de Stalingrad.

Au début, les uns et les autres faisaient encore des efforts : les parents de Jan racontèrent leurs vacances dans un club de golf aux Seychelles, tandis que les miens parlaient avec jovialité de leur camping favori. Puis ma mère mentionna spirituellement le fait qu'elle avait attrapé une mycose vaginale très désagréable en se baignant dans le lac.

Sur quoi la mère de Jan avait repoussé son assiette.

Mon père, qui n'avait rien remarqué, se crut obligé de préciser que maintenant, lui aussi devait utiliser une crème antimycosique. Cette fois, ce fut le père de Jan qui repoussa son assiette, tandis que je me demandais si, à mon âge, je pouvais encore envisager de me faire adopter. La mère de Jan prit un ton caustique pour qualifier mes parents de « vraiment rustiques », à quoi ma mère répliqua qu'il valait mieux être rustique que faire son important. A partir de ce moment-là, la soirée ne cessa de dégénérer, pour se terminer avant le dessert, quand ma mère recommanda à celle de Jan de « s'enlever le balai qu'elle avait dans le cul », tandis que la mère de Jan conseillait à son fils de « miser sur un meilleur cheval ».

Jan et moi étions restés seuls à la table du restaurant, où, profondément déçue par mon écurie comme par celle de Jan, j'avais englouti avec tristesse trois tiramisus sur les six que nous avions commandés.

J'allais boire mon Ramazzotti quand Holgi reprit :

— Il y a aussi quelque chose que tu as, et qu'Olivia n'a pas.

— Des parents qui racontent des histoires de mycoses vaginales ?

— Ça aussi. Mais je pensais à autre chose.

Je levai les yeux au ciel. Je ne voulais pas en entendre davantage.

— Ne t'inquiète pas, ce n'est pas pour rien que je te fais toute cette liste, dit-il avec un sourire encourageant.

Ah, j'allais peut-être enfin entendre quelque chose de gentil ! Je décidai de jouer le jeu :

— Très bien. Alors, qu'est-ce qu'elle n'a pas, cette bécasse d'Olivia ?

— Elle n'a pas trompé Jan.

— Mais je ne l'ai jamais trompé ! protestai-je.

Cette fois, j'avalai mon Ramazzotti d'un seul trait.

— Vraiment, Rosa ? demanda Holgi en souriant aimablement.

— Tout dépend comment on définit le mot, fis-je d'une petite voix.

Car, au sujet de cette définition, je savais fort bien qu'elle n'était pas aussi extensible que je le prétendais. La chose était arrivée exactement deux ans plus tôt. Au fil du temps, notre merveilleuse histoire d'amour avait un peu évolué. De « Roméo et Juliette », on était passé à « Roméo et sa grosse vache ». C'était du moins ce que je ressentais, car j'avais une confiance très modérée en moi-même. Entre-temps, Jan était devenu un dentiste à la mode, avec une grosse clientèle et un cabinet en plein centre de Düsseldorf, et moi une petite institutrice d'école primaire à qui son travail ne procurait pas les plus grandes joies. Je me demandais un peu plus chaque jour pourquoi un homme aussi merveilleux que Jan, qui avait si bien réussi et était aussi à l'aise en société, acceptait de rester avec une femme aussi ordinaire que moi. Une question que beaucoup se posaient d'ailleurs dans son entourage.

Je m'attendais à chaque instant à ce que Jan me trompe avec l'une des nombreuses créatures de rêve que ses amis, parents et collègues ne cessaient de lui présenter dans l'espoir qu'il reconnaisse enfin que le mieux serait de m'envoyer faire un tour dans le désert, de préférence un désert sans points d'eau.

Mon estime de moi-même était donc sensiblement remontée le jour où Axel, le prof d'éducation physique et de sciences naturelles, m'avait draguée lors d'une soirée entre enseignants. Axel était un tombeur volage et tout à fait charmant : il présentait une certaine ressemblance avec Hugh Jackman et avait dû coucher avec à peu près toutes les institutrices de primaire du monde occidental. J'étais la seule qu'il n'eût pas encore réussi à séduire, parce que j'étais bien trop amoureuse de mon Jan. C'était d'ailleurs probablement la seule chose qui l'attirait chez moi. Ma photo manquait à son tableau de chasse.

Ce soir-là, tandis que nous descendions les verres de punch à la chaîne sans oublier de déguster les morceaux de fruits imprégnés d'alcool, Axel avait entrepris de me conter fleurette. Il m'avait fait toutes sortes de compliments, réussissant même à me faire croire que « femme ronde » était un qualificatif flatteur. Pour finir, il m'avait proposé de me raccompagner chez moi, et cette fois, je m'étais quand même dit qu'il fallait mettre le holà, parce qu'il était clair que cela supposait d'abord un petit crochet par son appartement. J'avais donc pris congé un peu brusquement et m'étais précipitée dehors, dans la moiteur lourde qui précède les orages d'été. Mais Axel n'avait pas laissé tomber, il m'avait suivie et murmurait à mon oreille d'une voix de basse : « Tu en as envie aussi, Rosa. »

L'éloquence n'était pas sa qualité principale, mais la spontanéité, oui. Il me prit dans ses bras avec résolution, m'attira contre lui, et... comment dire ? J'étais ivre... il faisait une chaleur torride... et... enfin bref, je ne suis qu'une femme.

Axel m'avait embrassée sauvagement, mais cela lui allait assez bien, puisqu'il ressemblait à l'acteur du film *Wolverine*. Alors que ma conscience me lançait encore des avertissements désespérés, ma libido, elle, exultait. Ainsi que mon estime de moi-même, sensiblement revalorisée par l'intérêt de cet homme séduisant. Dommage que Jan ait eu spontanément l'idée de venir me chercher à la fête, parce qu'un orage menaçait et qu'il savait que j'en avais peur. C'était un homme si charmant, si plein d'attentions...

Lorsqu'il nous surprit, Axel et moi, en train de nous peloter, il demanda d'un air choqué :

« Rosa... mais qu'est-ce que tu fais là ?

— A votre avis ? » répondit Axel, dont le tact n'était pas non plus la principale qualité.

Moi, je regardais le visage décomposé de Jan. A cet instant, j'aurais dû lui dire que j'avais fait cela à cause d'un complexe d'infériorité, parce que je ne supportais plus d'être rejetée par ses amis et sa famille... Au lieu de cela, je bredouillai :

« Je... euh, j'avais quelque chose dans la bouche, et il essayait de m'aider... »

Jan luttait contre les larmes. La femme à qui il était resté fidèle pendant des années contre vents et marées se faisait peloter par un autre. Et celui lui prouvait que ses amis avaient raison : je n'étais pas digne d'être sa Juliette. Pour lui, à cette minute, un monde s'écroulait. Ou plutôt, le monde que nous avions en commun. Et c'était moi qui avais appuyé sur le bouton « autodestruction ».

Je reposai mon verre de Ramazzotti sur la table, devant Holgi. Ce souvenir-là me donnait plutôt envie de boire directement à la bouteille.

— Il y a aussi autre chose que tu as et qu'Olivia n'a pas, reprit Holgi d'un ton amical.

— Je ne veux pas le savoir.

— Tu...

— J'ai l'impression que là, c'est toi qui ne veux rien savoir, ronchonnai-je.

Il fallait tout de même qu'il arrête de retourner le couteau dans la plaie. La franchise entre amis a des limites !

— Tu as plus de cœur qu'elle, Rosa, dit Holgi en souriant d'un air encourageant.

Je le regardai avec stupéfaction.

— Et tu as beaucoup de tempérament, poursuivit-il flatteusement. Tu es quelqu'un de vraiment gonflé.

— Il faut dire que j'ai la place ! répliquai-je en souriant.

— En plus, tu as de l'humour. Cela fait beaucoup de raisons pour que tu sois une femme bien plus chouette qu'Olivia.

Cette déclaration de Holgi me réchauffa le cœur bien mieux que n'aurait pu le faire toute une bouteille de Ramazzotti. C'était beau de pouvoir compter sur la franchise d'un ami. Il était honnête même dans l'éloge.

Je me remis à contempler la photo de l'invitation au mariage, me demandant si, par hasard, Jan n'éprouvait pas encore des sentiments pour moi, si, même, il ne pensait pas en secret que j'étais une femme bien plus chouette qu'Olivia. En fin de compte, s'il m'avait quittée, c'était uniquement parce que je lui avais brisé le cœur. Je devais peut-être essayer encore de le reconquérir, foncer tout droit à son cabinet de dentiste et lui rappeler le temps où nous étions tous deux convaincus d'être faits l'un pour l'autre. Lui proposer de faire un nouvel essai et de dire à cette idiote d'Olivia et à sa distinguée famille d'aller se faire voir ailleurs avec leur parapluie dans le derrière… Ça, c'était une idée, pensai-je en me resservant un verre de Ramazzotti.

Au bout de trois verres, j'étais prête à partir.

J'allais reconquérir Jan. Comme les héroïnes des films de Hollywood.

Si j'étais un cliché, j'allais l'être jusqu'au bout !

2

Quand Holgi me vit me diriger vers la porte de mon petit appartement de location pour aller retrouver Jan, il me suivit en répétant des : « Oh là là ! », des : « Mon Dieu ! » et des : « Ecoute, je connais un psy vraiment super... »

Je lui expliquai que j'étais un cliché et que lorsque, à l'ultime seconde, les héroïnes des films de Hollywood demandaient pardon et avouaient leur amour, ça marchait toujours. La plupart du temps, elles faisaient ça juste au pied de l'autel, donc, puisque le mariage ne devait avoir lieu que dans deux jours, j'étais relativement en avance.

— Mais, objecta Holgi, avant d'en arriver là, ces femmes ont tout de même un peu évolué, leur personnalité a changé ! Or, la seule chose qui a changé chez toi depuis quelques années, c'est la ligne.

Il avait raison : à côté de moi, Shrek était un gentil petit gars réservé.

— Et il y a une autre raison pour que tu n'y ailles pas, déclara Holgi en s'interposant entre la porte et moi.

— Laquelle ?

— Jan n'est pas aussi formidable que tu le crois.

Je le regardai avec étonnement :

— Comment ça ?

— Mais enfin, réfléchis... Ce type est dentiste !

Je le poussai de côté et sortis de l'appartement tandis qu'il me criait avec désespoir :

— Je t'assure que je connais un bon psy... il est vraiment super... il m'a même guéri de mon envie de pénis !

Je ne l'écoutais déjà plus. Je pris ma voiture et fonçai au cabinet dentaire de Jan, en plein centre de Düsseldorf. La jeune assistante blonde qui m'accueillit m'expliqua avec un sourire de commande rempli de dents blanches que Jan avait des rendez-vous jusqu'à 18 heures, puis elle se retourna vers son ordinateur. Je regardai ma montre : encore deux heures à attendre. Je ne pouvais pas, j'avais juste le taux d'alcoolémie nécessaire pour mener à bien mon projet fou. Dans deux heures, mon bel élan et ma courageuse ivresse se seraient sans doute évaporés.

— Mais j'ai rendez-vous avec lui maintenant pour un traitement, repris-je donc avec fermeté.

La jeune femme vérifia sur son écran et me dit :

— Vous n'êtes tout de même pas M. Bergmann ?

— Enfin, j'ai rendez-vous dans dix minutes, corrigeai-je en hâte.

— Ah, dans ce cas, vous êtes Mme Reiter ?

— Bien sûr que je suis Mme Reiter, répliquai-je d'un ton excédé.

L'assistante me regarda d'un air de doute. Puis, constatant que Mme Reiter (c'est-à-dire moi) avait déjà présenté sa carte de sécurité sociale pour le trimestre lors de son précédent rendez-vous, elle m'invita à entrer dans la salle de soins numéro un, ce que je fis. Comme toutes les salles de soins de tous les cabinets dentaires, celle-ci ressemblait à une jolie antichambre de l'enfer : odeur de désinfectant, éclairages au néon et musique classique en fond sonore. Tandis que je contemplais les instruments de torture en me demandant comment il se faisait que l'humanité soit capable d'aller sur la Lune, mais toujours pas de développer une médecine dentaire à visage humain, j'entendis des pas approcher. Mon cœur battit plus fort : j'allais revoir Jan. Je respirai à fond, repassai une dernière fois dans mon esprit les paroles que je voulais prononcer. La porte s'ouvrit et... Olivia entra.

Je faillis m'étrangler.

Même attifée d'une blouse blanche et les cheveux attachés en chignon, Olivia avait l'insolence de paraître bien plus belle que moi, carrément stylée et aristocratique. A en juger par la blouse, elle travaillait donc maintenant au cabinet avec Jan. De son côté, elle avait l'air au moins aussi surprise que moi :

— Rosa ?.... Je croyais que... Mme Reiter... ?

Que fallait-il dire ? Avouer que j'avais inventé tout ça pour essayer de lui piquer son futur mari ?

— Euh... je... on m'a mise entre deux rendez-vous... c'est juste pour un contrôle, bafouillai-je.

— Très bien, fit Olivia après un instant de réflexion. Dans ce cas, installe-toi.

— Je... je pensais que Jan...

— Il a une intervention à côté. Je peux le faire moi-même.

J'avalai ma salive.

— Tu n'as peut-être pas confiance en moi ? demanda-t-elle d'un ton coupant.

Evidemment que je n'avais pas confiance. Elle n'avait jamais pu me supporter ! Elle aimait déjà Jan avant que je le repêche dans la mer.

— Hem... mais si, si... bien sûr que j'ai confiance en toi, dis-je.

Je m'installai avec hésitation dans le fauteuil, tandis qu'Olivia, jouant les grandes professionnelles, prenait un de ces petits miroirs qui servent à examiner les dents et m'ordonnait :

— Ouvre un peu la bouche, s'il te plaît.

J'obéis, et elle eut un léger mouvement de recul :

— Ouf !

— Comment ça, « ouf » ? demandai-je avec inquiétude.

Je n'avais pas mis les pieds chez un dentiste depuis deux ans, parce que cela m'aurait trop fait penser à Jan.

— Tu sens vraiment l'alcool, répondit Olivia, légèrement indignée.

Je rougis.

— Celle-là, au fond, ne m'a pas l'air d'aller très bien.

— Pas très bien ?

Je commençais à prendre peur.

— Quand je dis « pas très bien », je veux dire qu'elle a vraiment un problème.

— Un problème ?!?

Cette fois, j'étais réellement effrayée.

— Un gros problème. Un énorme trou. Mais ne t'inquiète pas, nous allons arranger ça tout de suite, dit Olivia en tendant la main vers une fraise.

— On... on n'est pas obligées de le faire tout de suite, fis-je, paniquée.

— Si, il le faut, répliqua-t-elle avec une froide objectivité. Madame Asmus, appela-t-elle alors en appuyant sur le bouton d'un interphone, j'ai besoin de coton pour la salle un.

— Du coton ? Pour quoi faire ? m'étonnai-je.

— Pour nettoyer les instruments.

— Ah, bon.

— Et pour éponger le sang.

— POUR ÉPONGER LE SANG ?!?

— Ne t'inquiète pas, dit Olivia.

Ne pas m'inquiéter ?!? Cette peau de vache pouvait en parler à son aise ! Elle était du bon côté de la fraise.

— Tu n'auras qu'à lever la main si ça fait mal, me conseilla-t-elle.

Elle mit en marche la fraise, qui commença à ronronner, et je levai aussitôt la main, sans lui laisser le temps de s'approcher de ma bouche.

— Ça ne peut pas t'avoir déjà fait mal, dit Olivia en me plaquant fermement contre le siège.

La fraise vrombissait maintenant tout près de mon visage, je ne pouvais plus m'enfuir sans risquer un beau zigzag sur la joue qui me donnerait l'air d'être tombée entre les mains d'un tatoueur affligé de la maladie de Parkinson.

La fraise pénétra dans ma bouche, et Olivia déclara :

— Oh, j'ai complètement oublié de te demander si tu voulais une petite anesthésie locale. Mais je crois que ça ira comme ça, non ?

Tandis qu'elle posait cette question, je crus voir passer sur ses lèvres l'ombre d'un sourire sadique. Après quoi j'eus beau agiter mes mains dans tous les sens, elle les ignora délibérément.

3

Dix minutes plus tard, ma bouche était bourrée de coton et me faisait un mal de chien. Olivia reposa la fraise et demanda :

— Finalement, ce n'était pas si terrible que ça ?

Si, c'était terrible, et même plus. Mais je n'allais pas faire à Olivia le plaisir de le reconnaître. Je levai donc courageusement un pouce victorieux. Avec tout ce coton dans la bouche, je ne pouvais pas prononcer un mot.

La radio passait un morceau d'Abba, et je me souvins que le nom du groupe provenait des initiales de chacun de ses membres – Agnetha, Björn, Benny et Anni-Frid. Quel nom auraient-ils choisi, me demandai-je tout à coup, s'ils s'étaient appelés Frieder, Bjarne, Merle et Friedafrid : FBMF ? Et qu'auraient-ils fait si leurs prénoms avaient été Frietjof, Ulla, Catherine et Karlsson ?

A cet instant, Jan, lui aussi en blouse, entra en coup de vent dans la pièce et dit avec colère :

— Quelqu'un s'est fait passer pour Mme Reiter, et maintenant, elle est dans la salle d'attente et fait un foin du diable…

C'est alors qu'il me vit et s'arrêta net. A près de quarante ans, il était toujours aussi fantastique, bien mieux que moi avec mes trente-quatre ans. Sa vue me mit sens dessus dessous. J'aimais ce type ! Plus que tout !

Quant à Jan, il n'avait absolument pas l'air retourné, mais plutôt prodigieusement surpris :

— Rosa... c'est toi qui t'es fait passer pour Mme Reiter ?

Je n'avais aucune idée de ce que j'aurais dû répondre. Mais je ne savais pas mentir à Jan : je hochai faiblement la tête.

— Pourquoi ? demanda-t-il alors.

— Parce qu'elle est ivre, déclara Olivia.

Jan s'approcha de moi et renifla mon haleine.

— Mon Dieu, mais c'est vrai ! fit-il d'un air soucieux.

J'avais tellement honte que j'aurais voulu pouvoir rentrer dans le fauteuil. Ce n'était pas ainsi que je m'étais imaginé mon coup d'éclat pour reconquérir Jan.

— Pourquoi es-tu venue ? dit-il avec une nuance d'hésitation dans la voix.

Je me levai et ôtai le coton de ma bouche. Ça me fit un mal de chien, mais je m'en fichais. Les héroïnes de Hollywood ne connaissent pas la douleur. Olivia n'approuva pas :

— C'est mauvais pour la plaie !

— Elle a raison, dit Jan.

Qu'il soit encore capable de se faire du souci pour moi me mit du baume au cœur :

— Je dois te dire quelque chose de toute urgence, lui dis-je. En privé, ajoutai-je en désignant Olivia.

Jan hésita, ce qui la rendit visiblement nerveuse :

— Tu ne vas tout de même pas écouter cette femme ? demanda-t-elle avec dans la voix une légère panique qui m'enchanta.

Elle me percevait donc encore comme une menace ? C'était bon signe. « The winner takes it all... » chantait à présent Abba. On allait bien voir qui de nous deux serait la « winneuse » !

— Tu veux bien attendre dehors ? lui dit Jan.

Olivia n'en crut pas ses oreilles, mais il soutint fermement son regard, et elle quitta la salle de soins sans dire un mot. Cela aussi me parut bon signe : pour moi, Jan faisait sortir sa fiancée. N'étais-je pas en droit d'espérer ?

— Eh bien, Rosa... qu'as-tu à me dire ? demanda Jan.

Lui aussi paraissait nerveux. Pressentait-il ce qui allait suivre ? L'espérait-il, même ? Pouvais-je espérer qu'il l'espérât ? Fébrile, je débitai mon discours d'un trait :

— Je suis venue te dire que je regrette beaucoup cette histoire stupide qui est arrivée par ma faute, je voudrais vraiment que tout ça ne soit jamais arrivé, malheureusement, on ne peut pas retourner dans le passé...

Je ricanai nerveusement, bus une gorgée d'eau dans le petit gobelet en plastique toujours prêt à côté du fauteuil de soin des dentistes, et poursuivis :

— Je voudrais donc m'excuser auprès de toi...

Il resta muet, l'air troublé, tentant de remettre de l'ordre dans ses idées, mais visiblement sans y parvenir. Alors, je prononçai la seule phrase qui importait vraiment, celle sans laquelle mes bafouillages précédents n'avaient pas de sens, car tout dépendait de cette phrase et de la réponse que Jan lui donnerait. Je pris donc mon courage à deux mains :

— Je t'aime toujours.

Jan avala sa salive. J'attendis sa réponse, et elle tarda à venir. Cela ne dura peut-être que quelques secondes, mais qui me semblèrent des heures, des jours, des années, des ères géologiques. Des civilisations entières auraient pu naître et mourir pendant ce temps-là. Si Albert Einstein avait pu vivre ce moment avec moi, il aurait dû revoir toute sa théorie de la relativité. Enfin, Jan ouvrit la bouche, et mon cœur faillit éclater. Cette salle de soins, cette antichambre de l'enfer pouvait à tout instant se transformer en paradis. Mes rêves pouvaient devenir réalité. Ma triste vie pouvait retrouver un sens.

— Mais moi, je ne t'aime plus, déclara-t-il d'une voix douce.

J'eus si mal que ce fut comme si on me broyait le cœur. Jan me jeta un regard d'excuse. Cela lui faisait visiblement de la peine de me faire souffrir autant.

— Je t'ai aimée, et, après cette histoire, j'ai été vraiment sonné…

Il sourit faiblement, mais je me sentais trop faible pour lui sourire faiblement en retour.

— Mais cette expérience m'a aussi rendu plus mûr, poursuivit-il. Je sais mieux maintenant ce que je veux, et mon amour pour Olivia est un amour profond… un amour adulte… Elle et moi, nous savons que nous sommes faits l'un pour l'autre… et… et…

Il lut sur mon visage que je ne voulais pas vraiment savoir pourquoi c'était tellement plus extraordinaire avec Olivia qu'avec moi.

—… et je ferais peut-être mieux de ne pas en dire davantage, conclut-il.

Puis il me regarda en silence, et, avant qu'il ait le temps de dire une bêtise du genre : « Mais nous pouvons rester amis », je le tirai d'affaire :

— Tu peux retourner vers elle, je trouverai bien la sortie toute seule.

Il hocha la tête, me jeta un dernier regard et alla rejoindre son Olivia dans le couloir. Il la prit dans ses bras, à son visible soulagement. Elle avait réellement eu peur.

Je les contemplai tous les deux. Ainsi donc, c'était un grand, un merveilleux amour, un amour adulte, et ils étaient faits l'un pour l'autre. Jan avait dit cela. Et pas seulement qu'il ne m'aimait plus. Il aimait davantage Olivia qu'il ne m'avait jamais aimée. Tout s'écroulait pour moi – tous mes espoirs, toute ma joie de vivre, toute mon assurance.

Et maintenant, pour comble, Abba chantait : « The loser is standing small… »

Frietjof, Ulla, Catherine, Karlsson, me dis-je alors.

Cette fois, j'étais tout à fait dégoûtée d'être un cliché.

Et je me mis à désirer plus que tout de cesser d'être moi.

4

Pendant ce temps dans la vie de William Shakespeare Londres, 12 mai 1594

Sir Francis Drake, amiral de la reine, tira sa grande épée et cria :

— William Shakespeare ! Tu oses partager la couche de mon épouse tandis que je suis en mer à combattre pour l'Angleterre ?

Je me tenais devant lui, nu comme un ver. Dans sa belle chambre à coucher. Auprès de son épouse légitime, Diana, tout aussi dénudée que moi.

De toute évidence, l'amiral était rentré de son récent voyage sur les mers plus tôt qu'on ne l'attendait, et nous n'avions pas entendu dans l'escalier de bois le bruit de ses pas, sans doute étouffé par nos propres gémissements lascifs. Bien entendu, je savais d'avance que je m'exposais à un très grand péril en commettant l'acte de chair avec l'épouse du plus grand héros d'Angleterre, le vainqueur de l'Armada espagnole. Le piquant de l'affaire, l'attrait érotique et enfin tout le charme de Diana résidaient d'ailleurs dans ce seul fait. Car beaucoup de femmes la surpassaient en beauté, ce que l'on ne pouvait songer à lui reprocher : elle était déjà d'un âge mûr, presque trop mûr, même, puisqu'elle avait vingt-sept ans.

Quant à ses talents amoureux, ils étaient des plus modestes. Pour sacrifier à la vérité, disons que nous aurions eu quelque raison de nous en plaindre.

— Tu vas me le payer, Shakespeare !

Sous l'effet de la colère, les veines du noble gentilhomme, élégamment vêtu d'une fine chemise à manches bouffantes et de collants de soie, saillaient au point que j'étais en droit d'espérer trouver promptement le salut par un brusque coup de sang de sa part.

Là-dessus, Diana, qui regardait son mari en tremblant de frayeur, choisit de se tirer d'affaire en s'évanouissant :

— La tête me tourne ! s'écria-t-elle d'une voix perçante.

Et elle tomba à terre, comptant sans doute que l'un ou l'autre la rattraperait, mais aucun de nous deux ne se précipita à son secours. Moi parce que je craignais pour mon cou dénudé, sir Francis parce qu'il était bien trop occupé à me mettre l'épée à la gorge. La tête de Diana heurta une colonne du lit en bois précieux des nouveaux territoires, rendant un son creux dont il était difficile de savoir s'il provenait de la colonne ou de la tête.

Je baissai les yeux un instant vers elle et en éprouvai certes quelque pitié, cependant pas autant que pour moi-même, car sir Francis allait me tuer sur-le-champ, et sur sa peau d'ours, d'un seul coup d'épée. Il ne me serait donc pas permis d'écrire les grandes œuvres dont je rêvais depuis l'enfance dans mon petit Stratford, et on ne connaîtrait de moi que les pièces médiocres que j'avais écrites jusqu'ici. Je ne serais jamais riche, ne connaîtrais plus le plaisir insouciant de coucher avec de belles femmes. Finies les rixes, les beuveries, la fornication avec les prostituées en compagnie de mes chers amis acteurs, que je ne reverrais plus pariant de grosses sommes dans leurs concours de pets... quant à ce dernier plaisir, cependant, j'y renoncerais peut-être sans trop de peine...

Mais avant toute chose, je ne reverrais plus mes chers enfants, je n'entendrais plus jamais leur rire merveilleux... et cette pensée me causait un infini chagrin.

— Défends-toi, Shakespeare ! s'écria Drake, interrompant cette rêverie sentimentale sur mon existence.

— Excellente idée, mais comment me défendrai-je, quand vous tenez une lame sous ma gorge ?

Drake décrocha une autre épée à un râtelier et me la lança. Je la rattrapai sans élégance, car elle était bien plus grande que celles dont nous nous servions pour nos faux duels de théâtre, et elle pesait lourd dans ma main. Le moment était venu de savoir si, tel un pauvre souriceau, j'allais supplier qu'on me laissât la vie, ou si je combattrais en homme la plus fine lame du royaume !

Je me décidai pour le pauvre souriceau.

— Epargne-moi, implorai-je en m'agenouillant sur le sol. Noble seigneur, je t'en prie, ne me tue pas, accorde-moi ta grâce.

Ma conduite n'était pas d'une grande dignité, je l'avoue, mais elle n'en était que plus sage, car à quoi bon la dignité lorsqu'on doit se promener avec sa tête sous le bras ?

— Que tu te défendes ou non, Shakespeare, tu dois expier ton acte !

Drake leva son épée pour frapper. A cet instant, Diana reprit conscience et, voyant que son époux allait me décapiter, referma aussitôt les yeux.

Je ne m'en tirerais pas de cette manière. Je changeai rapidement de tactique :

— Je ne vous ferai plus jamais porter de cornes, d'ailleurs, je n'ai plus aucun désir pour votre épouse. Vous savez bien comme elle est au lit, un vrai bout de bois.

Cette fois, les paupières de Diana se rouvrirent et elle s'écria :

— Décapite-le !

— Je planterai ta tête sur un pieu devant les portes de la ville ! gronda Drake en faisant un pas vers moi.

Comme je ne tenais pas à finir en vulgaire divertissement pour les paysans grossiers qui venaient vendre leur marchandise à Londres, je cherchai en hâte une issue à ma terrible situation. Il n'y en avait qu'une seule possible : une feinte astucieuse.

— Sir Francis, derrière vous… !

J'admets que ce n'était pas là une feinte bien originale. Elle ressemblait plutôt à ce que l'on trouvait dans les mau-

vaises comédies de mes collègues dramaturges. Cependant, elle atteignit son but : accoutumé à ce que des traîtres catholiques au service de la couronne d'Espagne le guettent dans de funestes intentions, sir Francis regarda derrière lui. Au même instant, je me levai d'un bond et courus à la fenêtre de ce palais au cœur de la cité, au pied duquel s'écoulait la paresseuse Tamise. Je savais que l'eau serait terriblement froide, mais je grimpai lestement sur le rebord de pierre de la fenêtre et sautai sans hésiter. En plongeant dans le fleuve glacé, je maudis un instant les serviteurs de Drake qui avaient choisi cet endroit précis pour y jeter le contenu des pots de chambre de la maisonnée.

Quand je revins à la surface, je repris ma respiration et me mis à nager aussi vite que je pus pour sauver ma vie. Drake était à la fenêtre, me poursuivant de ses imprécations, mais il ne sauta pas à son tour. Il devait savoir où ses serviteurs avaient l'habitude de vider les pots de chambre.

— Je te tuerai, William Shakespeare ! me cria-t-il.

Trop fatigué pour lui lancer une réplique spirituelle, je me contentai de nager en suivant le cours de la Tamise, que seuls quelques flambeaux placés de loin en loin sur la rive éclairaient faiblement. L'eau était certes très froide à ma peau nue, mais mon sang se figeait bien davantage à la pensée que Diana souhaitait ma mort. Cette même Diana qui, quelques minutes plus tôt, clamait encore qu'elle m'aimait pour toujours. C'était bien là les femmes de cette grande cité de Londres : elles trompaient leur époux, puis demandaient la tête du bien-aimé. Pourtant, je n'en avais cure. Je ne voulais plus jamais donner mon cœur aux femmes, mais seulement mon corps. Dans ma vie, j'avais appris au moins une chose : lorsqu'on tombait amoureux, on ne pouvait rien espérer de plus qu'un bout de corde et un tabouret branlant.

5

Quand j'eus suffisamment noyé mon chagrin dans le Ramazzotti, Holgi m'expédia au lit pour plus de sûreté. Tout en me bordant avec tendresse, il prononça la phrase la plus stupide à dire devant une femme qui souffre d'un chagrin d'amour :

— D'autres mères aussi ont de jolis fils.

Il crut même bon d'ajouter :

— Et ces fils ne sont pas dentistes.

Ce n'était pas comme si je n'avais jamais essayé de sortir avec d'autres hommes. Au cours des deux dernières années, je m'étais inscrite sur des sites pour célibataires portant des noms du genre « www.amourelite », et j'avais fait quelques tentatives avec des hommes qui n'étaient pas plus de l'élite que moi. A la bourse aux partenaires, précisément, on ne trouvait que de la marchandise avariée.

Il y avait d'abord eu Thomas, un journaliste, très gentil, mais un peu ennuyeux. Avec lui, au lit, je pensais tantôt : « Et là, qu'est-ce qu'il essaie de faire ? », tantôt : « Tiens, c'est marrant, ça. »

Puis il y avait eu Peter, qui, sur son profil, prétendait s'intéresser à la poésie lyrique et avait mis une photo très chouette. Hélas, dès notre première rencontre, il était apparu que Peter écrivait des « poèmes érotiques » et que la photo était trafiquée, car en réalité, il ressemblait plutôt à Gollum.

Enfin, Olaf, un travailleur social, était entré dans ma vie, mais il ne l'avait fait qu'à contrecœur : il n'était pas encore remis de la séparation d'avec son ex-femme, Eva. Il la regrettait même tellement qu'il avait écrit une chanson pour elle :

I love you, Eva,
Partout où tu voudras aller,
Moi aussi j'irai, Eva,
Même au diable vauvert !

Quand il me l'eut chantée, sans doute dans un moment de faiblesse de ma part, j'eus très envie de partir moi aussi pour le diable vauvert.

D'un autre côté, je le comprenais un peu, puisque j'avais moi-même une chanson secrète : « I love you, Jan, partout où tu iras, moi aussi j'irai, Jan, même en Azerbaïdjan. »

C'était le problème avec cette bourse aux partenaires : les gens cherchaient des gens qui leur ressemblaient plus ou moins. Et je ne rencontrais donc que des hommes à peu près aussi mal en point que moi. Mais je ne cherchais pas quelqu'un comme moi, au contraire, je voulais qu'il soit tout à fait différent ! En fait, je ne voulais que Jan.

— Tu sais bien que j'ai déjà essayé avec d'autres hommes, dis-je à Holgi en bafouillant légèrement à cause du Ramazzotti.

— Mais tu n'as pas besoin de chercher un homme pour la vie, répliqua-t-il. Pour commencer, cherches-en un pour une nuit.

Puis, comme cela lui arrivait souvent, il se mit à chanter sans crier gare :

— Aventure, aventure, aventure d'une nuit, oui, si jamais tu t'ennuies, cherche l'aventure d'une nuit, après ça tu te doucheras, ton désir tu maudiras, mais tu oublieras ton ennui, dans l'aventuuuuuuure d'une nuiiiiiiiit !

Il me regarda d'un air encourageant. Mais rien à faire, je n'arrivais pas à me représenter cette aventure d'une nuit. Je n'étais pas d'humeur à ça. Et puis, quand bien même, avec quel autre homme que Jan aurais-je pu vouloir faire l'amour ?

6

Le lendemain matin, j'avais une gueule de bois pas possible, et le fait que je sois chargée de surveiller la cour pendant la récréation n'arrangea rien. Deux cents écoliers faisaient autant de bruit que huit cents personnes normales, et je songeai que j'aurais été plus tranquille sur une piste d'aéroport, même si un Concorde atterrissait en catastrophe.

Si j'étais devenue institutrice, c'était uniquement parce que je n'avais pas su quoi faire d'autre. Mon vrai rêve était d'écrire des comédies musicales, depuis qu'à l'âge de sept ans, dans *La Petite Sirène* de Walt Disney, j'avais vu le crabe Sébastien chanter « Sous l'océan ». A quinze ans, j'avais même réellement écrit ma première comédie musicale, intitulée « La Lune du loup », où il était question d'une jeune fille qui tombait amoureuse d'un loup-garou. Dans le duo final, ils chantaient ensemble : « L'amour qui vit dans nos cœurs/plus grand que la lune demeure » (je vous l'ai dit, j'avais quinze ans). Bêtement, j'avais montré mon œuvre à mon professeur de lettres, qui avait trouvé que j'avais plus de chances d'aller sur Mars que de devenir auteur de comédies musicales. Ma carrière d'écrivain se terminait donc avant même d'avoir commencé, et c'est ainsi qu'après le bac je décidai de m'orienter vers l'enseignement. Comme beaucoup de mes collègues, j'étais à peu près inapte à ce travail. J'aurais peut-être dû changer de métier, mais je n'avais aucune idée de ce que je pouvais faire à la place. De plus, j'aimais beaucoup les vacances et les augmentations régulières de salaire. Mais un peu moins les enfants énervés. Et encore moins les parents arrogants, sans parler des autorités scolaires avec leurs idées de réforme sans cesse renouvelées (tous ces gens prenaient du LSD, ou quoi ?).

Tandis que je ruminais sur ma vie gâchée en général, et sur ma pénible scène de la veille avec Jan en particulier, Max, un petit CE1 bouclé, s'approcha de moi et s'écria avec colère :

— Kevin, c'est un entullé !

— Un entullé ? demandai-je, perplexe.

— Oui, un vrai entullé de sa mère !

Ce petit avait visiblement un problème d'élocution.

— Et pourquoi donc ? demandai-je sans intérêt particulier.

— Il a attaché Léon au radiateur de la classe avec des menottes.

— QUOI ?

Cette fois, j'étais tout ouïe.

— Oui, avec les menottes de son papa. Il est policier. Il les a apportées à l'école en cachette.

— Entullé ! m'écriai-je.

— Je vous l'avais dit, fit Max.

Et il m'accompagna jusqu'à la salle de classe, où le petit Léon – un gros garçon tout désigné pour jouer les victimes expiatoires – était effectivement enchaîné au radiateur et gémissait :

— J'ai envie de faire pipi !

Je me mis à secouer les menottes, mais je n'avais aucune idée de la façon de les enlever. J'allais appeler le directeur quand Axel, le prof d'éducation physique, entra dans la salle et déclara :

— Je vais le faire. J'ai un peu d'expérience avec ça…

— Il vaudrait peut-être mieux ne pas en parler devant des élèves de CE1, l'interrompis-je.

Il me sourit, ouvrit adroitement les menottes à l'aide d'un bout de fil de fer, et Léon courut faire pipi aux toilettes. De Kevin, aucune trace. Le petit Max nous annonça :

— Ce Kevin, cette fois je l'aurai !

— Tu ne dois pas te battre, fis-je sans conviction.

C'était mon devoir d'essayer d'empêcher une bagarre, même si, en réalité, je trouvais moi aussi que le jeune Kevin méritait bien quelques torgnoles.

— Oui, mais Kevin, c'est un empulé, s'écria Max avant de partir en courant.

— Un empulé ? demanda Axel, étonné.

— Défaut de prononciation, expliquai-je.

— Ah, c'est pour ça qu'hier, il criait : « Timmy, il se mouche la queue ! »

Je poussai un énorme soupir et suggérai :

— Nous devrions peut-être lui donner des cours de rattrapage...

— Et nous deux, nous pourrions peut-être envisager quelque chose pour ce soir, répondit Axel avec un grand sourire.

Il me proposait ça régulièrement depuis deux ans, depuis l'affaire désastreuse du baiser. Chaque fois, j'avais refusé, ce qui devait me rendre encore plus intéressante pour lui.

— J'ai des billets gratuits pour le cirque, reprit-il, toujours souriant. Tu n'as pas envie de venir avec moi ?

En temps normal, je l'aurais de nouveau envoyé paître, mais j'entendis soudain résonner dans ma tête la voix de Holgi : « Aventure, aventure d'une nuit... »

7

Ce soir-là, au cirque, Axel portait une chemise qui mettait particulièrement en valeur ses muscles, et un blouson de cuir décontracté. Rien à voir avec l'intellectuel stylé qu'était mon Jan, et c'était aussi bien comme ça. De plus, avec Axel, pas besoin d'avoir des scrupules parce qu'on se servait de lui pour une histoire de sexe sans conséquence : après tout, une relation de plus d'une semaine était déjà pour lui un record de durée.

La représentation débuta avec une acrobate chinoise capable de plier son corps d'une façon si remarquable qu'Axel me dit :

— Ça me ferait vraiment peur de coucher avec une femme comme elle.

Je songeai que pour cela, il n'aurait pas à s'inquiéter tout à l'heure, au lit, ma souplesse étant plutôt au-dessous de la moyenne.

Après la contorsionniste chinoise, dont la seule vue avait suffi à me donner des courbatures, le maître de cérémonie annonça le clou du spectacle :

— Maintenant, mesdames et messieurs, vous allez assister à un numéro unique en son genre ! Voici l'étrange, l'extraordinaire, l'incomparable magicien Prospero !

Sur fond de musique des sphères, un homme entra en piste. On aurait dit un personnage de film de vampires : grand, maigre, le regard sombre et pénétrant, il portait des vêtements noirs et une cape noire flottante. On l'imaginait volontiers dormant dans un cercueil avec un peu de terre de sa Transylvanie natale. Parvenu au centre de la piste, il annonça d'une voix aux accents mystiques :

— L'âme de l'homme est immortelle, elle renaît sans cesse à nouveau.

— Pas à chaque fois dans la peau d'un prof, j'espère, plaisanta Axel.

Pas à chaque fois dans ma peau, j'espère, complétai-je en pensée.

— J'ai appris des moines de Shinyen, au Tibet, l'art millénaire de la régression temporelle, poursuivit Prospero. Ils m'ont montré que j'avais été jadis un puissant guerrier auprès du prince mongol Ablaï Khan.

— Et dès qu'il a eu le dos tourné, ils se sont roulés par terre de rire, reprit Axel toujours sarcastique.

Moi, je ne riais pas. Cet homme sur la piste du cirque m'impressionnait, il remuait quelque chose en moi, comme s'il allait me révéler quelque vérité profondément enfouie.

— A présent, déclara Prospero avec un grand geste du bras, je vais transporter l'un d'entre vous dans une vie antérieure. Ce spectateur pourra découvrir tout le potentiel de son âme immortelle et s'en servir par la suite. C'est donc lui-même qu'il découvrira !

Je trouvai cette promesse assez impressionnante.

— Y a-t-il un volontaire ? demanda Prospero, qui arpentait la piste en faisant voltiger sa cape.

— Un volontaire, ça promet ! commenta Axel.

Prospero entra dans les rangs du public, et je me sentis soudain inquiète. Ce n'était tout de même pas moi qu'il allait venir chercher pour m'entraîner sur la piste ? Je ne tenais pas à être le point de mire, et pour ce qui était de me montrer ridicule, j'avais largement dépassé mon quota pour cette vie lors de ma dernière visite chez le dentiste. Cependant, à ma grande surprise, quelque chose de plus profond s'agitait en moi, redoutant cette plongée dans une autre vie. C'était bizarre, parce que je n'avais encore jamais réfléchi sérieusement à cette histoire de réincarnation. De plus, ma raison savait que c'était une idée ridicule, impossible, et que le type qui s'avançait maintenant entre les rangs des spectateurs devait être à peu près aussi digne de confiance qu'un escamoteur albanais. Ou qu'un banquier qui cherche à vous convaincre de faire un placement.

Je tentai de me calmer : il y avait beaucoup de spectateurs, et nous étions placés très haut dans les gradins. L'hypnotiseur allait certainement choisir quelqu'un d'autre. Mais il se rapprochait toujours plus de notre rangée, comme s'il savait exactement où il allait, et je me mis à trembler de tout mon corps.

8

Pendant ce temps dans la vie de William Shakespeare Londres, 13 mai 1594

— William, personne ne veut une triste fin à une comédie ! protesta Kempe de sa forte voix de baryton.

Ce matin-là, nous marchions dans les rues de Southwark. Entre les maisons de guingois, hommes et femmes vendaient à la criée leurs marchandises : oies, sandales, ou leur propre corps. Eh oui, la justice de Londres n'étendait pas son influence jusqu'à Southwark, et la vermine, les prostituées et les acteurs respiraient ici librement – même si le plaisir que cela pouvait causer était tempéré par la présence de nombreux mendiants qui urinaient dans la rue.

A Southwark, les bordels étaient autorisés tout comme les théâtres. Toujours avide de gain, Philip Henslowe, le propriétaire de notre « théâtre de la Rose », avait donc ouvert à côté un bordel où il cherchait à faire venir les spectateurs après les représentations. Aussi ne m'étonnais-je pas qu'il me demandât sans cesse d'épicer mes pièces de scènes d'amour nombreuses et passionnées.

— Will, nous venons tout juste d'avoir la peste dans cette ville… poursuivit Kempe.

Avec ses collants d'un jaune de soleil et sa veste aux joyeuses couleurs de perroquet, on le remarquait fort parmi la foule, tandis que je faisais pâle figure dans ce qui était littéralement ma dernière chemise – puisque j'avais dû laisser l'avant-dernière dans la chambre à coucher de Drake.

— ... *alors, s'il te plaît, change la fin de* Peines d'amour perdues *et fais-les tous se marier !*

— Dans ce cas, cela deviendra une tragédie, répliquai-je.

Comme Kempe fronçait les sourcils, je lui expliquai :

— Dans une comédie, les amoureux sont toujours réunis au cinquième acte. Mais s'il y en avait un sixième, il montrerait ce qu'il advient de cet amour par la suite, et la comédie deviendrait donc une tragédie.

— William, fit Kempe avec commisération, tu as de l'amour une bien triste conception.

— Elle est réaliste, dis-je. Et une conception réaliste de l'amour ne peut être que triste.

— Will, j'espère du fond du cœur que ton âme guérira un jour. Sans quoi je crains que tu ne deviennes jamais un grand dramaturge.

Avant d'avoir pu donner la réplique à Kempe, j'aperçus devant le Rose une petite jeune fille aux cheveux noirs. C'était Phoebe Henslowe, la fille de notre directeur. Elle louchait un peu et n'était pas précisément une beauté, cependant sans être si hideuse qu'on dût préférer s'exiler dans les terres sauvages des colonies plutôt que de la regarder.

— Voici ton admiratrice, plaisanta Kempe. Traite-la bien, m'avertit-il encore avant de disparaître à l'intérieur du théâtre, sans quoi Henslowe fera venir une autre troupe pour jouer ici.

Phoebe s'avança vers moi et me demanda timidement :

— Cher William, as-tu lu la lettre que j'ai glissée hier sous ta porte ?

— Oui, mentis-je sans vergogne.

Je ne l'avais évidemment pas lue, car, après mon bain forcé de cette nuit dans la Tamise, je m'étais vite mis au lit pour me réchauffer.

— Accèdes-tu à ma requête ? me demanda Phoebe avec espoir.

— Oui, bien sûr, mentis-je derechef.

Quoi qu'il y eût dans cette lettre, je ne voulais ni ne pouvais offenser la fille du propriétaire de notre théâtre.

— Vraiment ?

— Cela va de soi.

— Tu vas donc me dépuceler cette nuit ! fit-elle, la mine radieuse.

J'eus une quinte de toux.

— Quelque chose ne va pas ?

— Non... non... toussai-je encore.

— Mais tu le feras ? demanda-t-elle, visiblement inquiète.

Je la considérai et trouvai que son aspect n'était guère engageant. Mais j'avalai ma salive et songeai bravement : Il faut ce qu'il faut.

— Nous devrons être prudents, afin que mon père n'en sache rien, dit Phoebe. Car s'il venait à l'apprendre, tu serais forcé de m'épouser. Et si tu refusais, il te ferait mettre à mal par ses acolytes.

Cela devenait de plus en plus gai.

Je me demandai si je devais lui dire que j'étais déjà marié, et décidai de me taire. Nul n'avait besoin, à Londres, de savoir ce que j'avais laissé derrière moi dans mon village natal.

Aussi répondis-je en m'efforçant de prendre un air charmeur :

— Sois ce soir vers minuit dans ma modeste chambrette.

Phoebe me donna un baiser sur la joue et s'en fut en dansant joyeusement, tandis que je me jurais de lire désormais chaque lettre dès réception jusqu'à la fin de mes jours. A peine avais-je fait ce serment que j'entendis soudain un galop de chevaux, accompagné de grands cris. En me retournant, je vis marchands, mendiants et prostituées, pris de panique, se jeter sur les côtés pour ne pas être piétinés. Les cavaliers, richement vêtus, étaient de ces gentilshommes qu'on ne voit jamais à Southwark, mais seulement à la cour de la reine. Et celui qui chevauchait à leur tête était sir Francis Drake ! Dominant le vacarme, il me lança :

— William Shakespeare, je te défie en duel.

En vérité, me dis-je, le courage, l'énergie et la témérité de cet homme ne sont surpassés que par une seule autre qualité : son insistance à se rendre fâcheux.

9

— Ne t'inquiète pas, là où nous sommes, l'hypnotiseur ne peut pas nous voir, me dit Axel en remarquant que je tremblais de peur.

Pour me rassurer, il me prit la main. Avec une douceur et une tendresse qui me surprirent, car, habituellement, il était plutôt du genre expéditif. Je le regardai, et il me sourit d'un air rêveur. N'y avait-il pas là quelque chose comme un regard énamouré ? Cela paraissait impossible. Axel n'était pas homme à tomber amoureux. Et sûrement pas de quelqu'un comme moi. Ou alors... ? Parce que j'étais la seule depuis des années à lui dire non ? Je retirai brusquement ma main. Un bref instant, je crus voir de la tristesse dans les yeux d'Axel. Mon Dieu, il ne pouvait pas vraiment être... ?

Je me hâtai de détourner les yeux et vis que Prospero se rapprochait toujours. Mon cœur battit plus vite. Comme s'il sentait ma présence, le magicien se dirigeait droit sur nous. Quand il n'y eut plus que deux rangs pour le séparer de moi, je cessai de respirer. Alors, il s'arrêta devant un petit gros :

— Suivez-moi, je vous prie, lui dit-il.

— Dieu soit loué ! fis-je en reprenant ma respiration.

Prospero m'entendit. Il me jeta un regard pénétrant, puis redescendit sur la piste avec le petit homme.

J'avais eu si peur que tout mon corps était trempé de sueur. J'allais certainement être obligée de reprendre une douche avant « l'aventure d'une nuit ».

Axel voulut de nouveau me prendre la main, mais cette fois, je la retirai avant même qu'il l'eût touchée, et m'écartai même de lui. N'ayant pas l'habitude d'être ainsi repoussé, il commença à se justifier :

— Rosa, je sais que tu me prends pour un séducteur... Tu penses que je veux juste coucher avec toi comme ça, mais non, je ne veux pas du tout coucher avec toi...

— Eh bien, c'est charmant, remarquai-je en souriant.

— Excuse-moi, ce n'est pas ce que je voulais dire... C'est seulement que j'ai changé... j'ai trente-cinq ans maintenant, et... je cherche quelque chose de vraiment solide...

Ça, c'était tout moi. Juste au moment où, pour la première fois de ma vie, j'étais partante pour l'aventure d'une nuit, le don Juan des institutrices atteignait l'âge adulte.

Comme je ne tenais pas à poursuivre cette conversation, je priai Axel de se taire. Il acquiesça, l'air troublé, et nous regardâmes vers la piste. Le petit gros était en train de dire à Prospero que c'était vrai, il n'avait guère confiance en lui-même, et je songeai : Bienvenue au club !

Prospero annonça solennellement qu'il allait envoyer cet homme timide dans une vie antérieure où il découvrirait le potentiel de son âme immortelle. En disant cela, le magicien gesticulait et vociférait comme s'il avait pris des leçons avec Klaus Kinski pour apprendre à charger sous la mitraille. Puis il plaça un gros pendule d'or sous les yeux du petit homme, qui, aux incantations du magicien, ne tarda pas à entrer en transe et se mit soudain à parler anglais avec un accent traînant :

— Where am I ?

— What's your name ? questionna à son tour Prospero.

— William Cody, répondit le gros homme.

— William Cody... c'est Buffalo Bill, la légende de l'Ouest, chuchota Axel.

Le petit gros se leva. A présent, non seulement il parlait une autre langue, mais il ne boitait plus. Prospero demanda à un assistant d'aller rapidement chercher les armes de l'artiste du cirque qui tirait aux pistolets. Le gros homme prit les colts en main et les braqua sur le public. Personne ne tenant à jouer les figurants dans une possible scène de folie meurtrière, nous commencions à nous accroupir pour nous mettre à l'abri quand Prospero interrompit le sauve-qui-peut général en proposant à William Cody de nous faire une petite démonstration de tir sportif. L'autre s'exécuta, et de quelle manière ! Il tira d'abord à la cible, toujours dans le mille. Puis il éteignit des chandelles. Enfin, il lança dans les airs un perroquet du cirque, qui se mit à voleter sous le chapiteau, et Cody tira dans sa direction à trois reprises. Le perroquet ne tomba pas, mais s'enfuit en battant des ailes, affolé. A sa place, trois plumes coupées net descendirent lentement sur la piste. Axel s'efforça de plaisanter :

— Devant ce spectacle, le pistolero s'émerveille, et le défenseur des animaux s'insurge.

Mais je ne l'écoutais plus, tant j'étais fascinée, subjuguée par la transformation du gros homme timide.

Prospero fit de nouveau osciller le pendule devant Cody, qui redevint lui-même, c'est-à-dire un Allemand boiteux. Mais avec une petite différence. Quand l'hypnotiseur lui demanda :

— Comment vous sentez-vous à présent ?

L'homme répondit avec un sourire satisfait :

— Plus courageux.

Le public applaudit, et moi avec.

C'était la première fois de ma vie que j'enviais une personne ayant une surcharge pondérale.

En quittant le chapiteau à la fin de la représentation, il nous fallut un long moment pour nous remettre à parler. Je n'étais plus très sûre de vouloir passer le reste de la soirée avec Axel, et, de son côté, il sentait bien que j'étais sur la réserve. D'une voix hésitante, il me demanda si nous sortirions encore ensemble par la suite. Cet homme cherchait réellement une relation durable ! Lui, entre tous. Et avec moi. La vie pouvait-elle être encore plus absurde ?

Comme il n'aurait pas été honnête de lui laisser croire que je cherchais moi aussi une relation stable, je dis :

— Axel, puis-je te parler franchement ?

— Oui, bien sûr, Rosa.

— Je voulais seulement passer une belle nuit avec toi.

Il prit une profonde inspiration :

— D'accord... Au moins, c'est franc.

— Et, même ça, je ne le veux plus.

— Là, tu es presque trop franche.

— Parce que tu cherches une relation durable, et que ce ne serait pas honnête envers toi.

— Oh, dit-il avec un sourire un peu crispé, je peux faire aussi avec un peu de malhonnêteté.

— Oui, mais je n'aime pas être malhonnête, répondis-je d'une voix douce.

Axel paraissait ému. Et je fus touchée de cette sensibilité de sa part. Le don Juan avait un cœur, des sentiments. Et cela lui allait bien. Sauf qu'il avait un désavantage décisif : il n'était pas Jan.

Après le départ d'Axel, je soignai ma frustration en commençant par m'acheter une barbe à papa, avec laquelle je me promenai tristement dans la nuit, sur le terrain où était installé le cirque. Là, j'aperçus le petit homme qui avait été Buffalo Bill montant dans une roulotte du cirque, l'air joyeux et content. Rien d'étonnant à cela : Prospero ne lui avait-il pas montré le potentiel de son âme ? Je ne savais pas comment, d'ailleurs tout cela n'était sans doute qu'un attrape-nigaud. C'était même certain ! Pourtant, j'avais envie de me prêter un peu moi aussi à cette merveilleuse supercherie. Jan allait en épouser une autre, mon métier me procurait à peu près autant de joie qu'une éruption subite d'acné, et je ne savais pas ce que j'allais devenir. Je n'arrivais même pas à avoir une aventure d'une nuit. Si mon âme avait encore le moindre potentiel, je me demandais bien où il était.

10

Pendant ce temps dans la vie de William Shakespeare

Quand le cheval de Drake s'arrêta devant moi, je songeai que la vie n'était décidément pas prodigue de ses joies. Elle prenait bien plus de plaisir à jouer les bourreaux, et j'étais sa victime favorite.

— Cette fois, tu ne m'échapperas pas ! s'écria le héros de l'Angleterre tandis que ses hommes m'encerclaient.

De fait, aucune fuite ne semblait plus permise.

— Monseigneur, vous avez un merveilleux talent pour souligner l'évidence, répliquai-je.

Drake ne fut pas amusé par cette remarque, mais cela n'avait plus guère d'importance que j'excite encore sa colère, puisqu'il voulait déjà me faire passer de vie à trépas.

— Tu peux choisir le lieu et les armes pour notre duel, offrit-il magnanimement.

Il était non seulement le meilleur escrimeur du royaume, mais aussi le meilleur archer. Quelle que fût l'arme, il aurait l'avantage.

— Eh bien, quel arme choisis-tu, misérable ?

— Les pommes de terre, répondis-je.

Drake n'en crut pas ses oreilles.

— Elles sont bonnes pour la santé. Surtout dans un duel.

— Alors, ce sera l'épée, décida Drake, irrité.

— Seriez-vous d'accord si je désignais l'Inde comme lieu du duel ? proposai-je.

— Non !

— Je m'en doutais... Mais peut-être pourrais-je choisir le moment ? Je pensais un peu au siècle prochain...

— NON ! trancha-t-il.

— Vous n'êtes pas un gentleman.

— Je ne me laisserai pas dire cela par une vermine de ton espèce ! fulmina-t-il, rouge de colère. Nous nous battrons ici, et sur-le-champ !

Cela me parut nettement trop tôt.

— Choisis tes seconds, grinça le noble seigneur.

Je le priai de m'accompagner au « Rose », où se trouvaient les seuls hommes au monde qui accepteraient peut-être de me seconder.

Le théâtre sentait le bois et la sueur du public de la dernière représentation. La scène était au centre de la bâtisse, et les spectateurs pouvaient se tenir autour d'elle, ou nous voir depuis les nombreuses galeries. Ce théâtre était tout mon monde depuis des années. Si je devais mourir, je voulais que ce soit dans ce lieu, sur la scène.

Je ne trouvai là que Kempe et Robert, un jeune homme vêtu en femme, car il répétait en ce moment le rôle de Juliette. Grâce à un maudit décret de la censure royale, les femmes n'avaient plus le droit de jouer la comédie, et, sur scène, les scènes d'amour que j'écrivais avaient désormais un genre spécial que je ne goûtais guère.

Avec sa présence d'esprit coutumière, le gros Kempe s'avança vers Drake et tenta de me sauver de sa colère :

— Monseigneur, soyez clément. Tout le monde sait bien que William Shakespeare est un fou...

— Hé là ! m'écriai-je.

— ... mais c'est notre fou, et, même si ses pièces sont de médiocre qualité...

— Hé, holà !

— ... et quelque peu dégoulinantes de pathos...

— Holà, trois fois holà !

— ... ces pièces attirent les spectateurs dans notre maison, elles sont ce qui soutient notre misérable existence.

— Sais-tu ce que cela me fait ? demanda Drake à Kempe.

— Rien ?

— Exactement.

Kempe vint à moi, la tête basse, et murmura tristement :

— Pardonne-moi, cher ami, j'ai pourtant essayé.

— Et j'aurais pu me passer de cette tentative, répliquai-je.

Mais je regrettai aussitôt ma rudesse : Kempe était le meilleur ami que j'eusse jamais eu. Il m'avait déjà sauvé plusieurs fois la vie. La première fois quand, au bord de la petite rivière Avon, j'avais résolu de percer d'un poignard mon cœur malade de chagrin. Si Kempe n'avait pas été là à ce moment précis, en route pour Stratford avec sa troupe d'acteurs, et si, malgré sa grosse panse, il ne m'avait arraché le poignard avec la vivacité d'un écureuil, dans l'excès de ma douleur, j'aurais mis un terme à ma propre vie.

— Qui sera ton second ? questionna de nouveau Drake.

— Celui-ci, dis-je en désignant le jeune homme vêtu en femme.

Robert en fut tout aussi surpris que Kempe, Drake et sa suite. Mais ma seule chance de salut était de mettre Drake suffisamment en colère pour qu'il commette une erreur pendant le duel. Et si possible une erreur fatale.

L'amiral de la reine regarda Robert et son maquillage et se mit à hurler :

— Tu veux te gausser de moi !

— Robert est un très bon témoin, et encore meilleur amant, à en croire ce qui se dit dans les rues de Southwark. Vous devriez peut-être essayer avec lui, cela ne saurait être pire qu'avec votre femme.

Les hommes de Drake s'esclaffèrent. Quant à lui, il avait maintenant dans les yeux une lueur meurtrière.

A la bonne heure !

11

Me tenant à quelque distance, je suivis le gros homme qui avait été Buffalo Bill et le vis frapper à la porte de l'une des caravanes du cirque. Prospero – qui portait maintenant un jean et une chemise de bûcheron – ouvrit la porte et tendit une petite enveloppe à l'homme, qui se mit sans plus tarder à compter l'argent qu'elle contenait.

Saisie d'horreur, je laissai tomber ma barbe à papa et murmurai :

— Mais c'est pas possible !

Prospero, qui devait avoir l'ouïe fine, s'aperçut de ma présence. Il vit que j'avais vu. Je vis qu'il avait vu que j'avais vu. Le gros homme vit que Prospero avait vu que j'avais vu – et prit le large sans chercher à en voir davantage.

Le magicien me foudroya de son regard perçant, mais il ne me faisait pas peur. J'étais bien trop curieuse de savoir comment il s'y prenait pour tromper tout le monde. Je m'avançai vers lui et demandai de but en blanc :

— Comment réussissez-vous à faire ça ? Parce que vous ne pouvez pas choisir le même spectateur à chaque représentation, c'est évident...

— Il y a beaucoup d'artistes au chômage, répliqua-t-il.

A ma grande surprise, il ne cherchait pas à se justifier. Il paraissait même très sûr de lui.

— Hier, c'était une danseuse du ventre, et nous avons prétendu qu'elle avait jadis dansé à la cour du calife Abu Bakr.

— En retournant dans sa vie antérieure, elle a donc surmonté ses blocages sexuels ? demandai-je avec un soupçon d'ironie dans la voix.

— Exactement, confirma-t-il.

Puis il rentra dans sa caravane, et, après un instant d'indécision, je le suivis. L'intérieur de la caravane était tout ce qu'il y a de plus normal : un lit, une douche, quelques livres... Pas trace de cercueil avec terre natale transylvanienne. Rien de mystérieux. Seul le pendule doré était posé négligemment sur une table en bois branlante. Sur des photos accrochées aux murs, on voyait Prospero, vêtu en moine, assis dans un temple. Lorsqu'il disait avoir vécu au Tibet, cela au moins n'était pas une escroquerie.

— Alors, tout ça, ce n'était que des conneries, fis-je avec tristesse.

Une petite part de moi avait réellement espéré que cet homme n'était pas un charlatan.

— La régression dans les vies antérieures n'est pas une connerie, objecta-t-il. Les moines de Shinyen ont réellement trouvé un moyen de renvoyer la conscience dans le passé.

Je le gratifiai d'un large sourire.

— Vous ne me croyez pas, constata-t-il.

— Bien observé.

— Il y a sous le ciel bien des choses que le savoir livresque ne permet pas d'imaginer, dit Prospero en souriant. Les êtres humains ne comprennent pas mieux l'univers qu'un chien un téléphone mobile.

Sur ce point, il avait peut-être raison : après tout, les scientifiques changeaient d'explication du monde à peu près une fois par heure.

— Je veux aider les gens. Le numéro de cirque les conduit à moi. C'est pour cela que je le fais.

Etonnamment, il paraissait sincère.

— Chaque jour, il y a dans le public de nombreuses personnes qui ont besoin d'aide. Le lendemain, quelques-unes osent venir à moi.

— Alors, vous êtes un escroc par compassion, persiflai-je.

— On pourrait le dire comme cela, répondit-il sans la moindre ironie. Vous-même, n'avez-vous pas justement pensé qu'il serait merveilleux que le cours de votre vie puisse changer ?

Prise sur le fait, je baissai les yeux.

— J'ai donc bien observé cette fois encore, dit-il avec satisfaction.

Cet homme semblait lire en moi comme dans un livre. Un livre intitulé : « Comment j'ai bousillé ma vie ».

— Je peux faire en sorte que votre vie prenne un nouveau cours, reprit-il d'une voix insidieuse.

J'avalai ma salive. Un nouveau cours pour ma vie, ce serait formidable, à condition toutefois que le nouveau cours soit plus gratifiant que l'ancien. Ce qui, il est vrai, ne devait pas être trop difficile à réaliser.

— Le voulez-vous ? demanda Prospero.

Je commençais à me sentir inquiète. Qu'est-ce que ce type envisageait de faire ? M'hypnotiser ?

— Je... je crois que j'ai oublié de débrancher mon fer à repasser à la maison, fis-je très vite.

Et je tournai les talons. Mais Prospero, très calme, me barra le passage. Puis il ferma la porte de la caravane... et prit son pendule sur la table.

12

Drake tira son épée du fourreau et en cingla l'air à plusieurs reprises, afin de me montrer comment il entendait me trancher la gorge sous peu. Robert me murmura :

— Tu vas réussir, Will. Tu es le meilleur.

— Cela m'encouragerait davantage si ce n'était dit d'une voix de fausset, lui murmurai-je à mon tour.

Sur la scène, Drake s'avançait vers moi en sautillant, l'épée au poing. Je fus bien forcé de tirer l'épée moi aussi. C'était une épée de théâtre légère, celle qui servait au prince de Navarre à faire des moulinets dans notre nouvelle pièce, Peines d'amour perdues. *La tête me tournait. Que faire ? Je devais abattre Drake par mes propres armes, les mots. Si je le provoquais suffisamment, il commettrait peut-être une imprudence dont je pourrais profiter pour lui asséner un coup mortel.*

— Je n'ai eu qu'une seule maîtresse pire que votre épouse, lui lançai-je.

— Ah oui ? Qui donc ? demanda Drake, curieux de savoir quelle femme pouvait être encore plus mauvaise au lit que la sienne.

— Madame votre mère.

Rouge de colère, Drake fonça sur moi et tenta un premier coup, que je pus heureusement parer. Grâce aux combats de théâtre, j'avais tout de même acquis quelques modestes talents dans le maniement de l'épée.

— Mon brave second, Robert, a lui aussi couché avec votre mère. Il aime les femmes qui ont plus de barbe que lui.

— Si tu offenses encore ma mère... menaça Drake.

— Elle-même s'offense déjà chaque matin, quand elle se regarde dans le miroir, répliquai-je en parant un coup qui me visait droit au cœur.

Drake me forçait à reculer sans cesse, et je ne tarderais pas à tomber de la scène. Il était grand temps de faire monter le niveau de l'insulte, fût-ce jusqu'au prodige :

— Votre mère travaille au port sur les chalutiers.

Comme Drake paraissait sceptique, j'ajoutai :

— Elle appâte les poissons avec son odeur !

Drake cracha. Je poussai plus loin encore mon jeu audacieux :

— Et, lorsqu'elle nage ainsi dans la mer, les baleines se réjouissent de son retour au sein de la famille.

— MA MÈRE N'EST PAS UNE BALEINE ! s'écria Drake.

Et il abattit de nouveau son épée avec fureur, encore et encore. J'avais réussi à lui faire perdre le style élégant que tout le royaume admirait.

— D'accord, elle est trop petite pour une baleine, ahanai-je en m'efforçant de parer ses coups désordonnés.

— ARRGHH ! gronda-t-il comme une bête furieuse.

— Vous savez vous exprimer d'une manière si charmante, persiflai-je.

— ARRGHH !

— Et si variée...

— ARRRRRGHHHHHH !

— Arrêtez, sans quoi je deviendrai jaloux de votre art de conteur.

Fou de rage, Drake réussit à me toucher au bras. Ce n'était qu'une égratignure, mais le sang se mit à couler de la plaie comme d'une petite fontaine. Ma stratégie ne semblait guère réussir. Je tournai les yeux vers Kempe : son visage ne rayonnait pas de confiance. Ma mort paraissait désormais inévitable, et elle serait douloureuse. Mon Dieu, comme j'aurais souhaité qu'un autre fût à ma place !

13

Tenant le pendule devant moi, Prospero m'expliqua :

— Pour la vraie régression temporelle, on ne s'y prend pas du tout de la même façon que sur la piste.

— Et comment fait-on ? ne pus-je m'empêcher de demander.

J'avais très envie de m'enfuir, mais ma curiosité était au moins aussi grande que ma peur.

— Tout se passe dans le calme. Le voyageur s'allonge et tombe dans une sorte de sommeil. Puis il reste là, détendu, jusqu'à ce que ce soit terminé.

— Il dort vraiment ?

— Ici, dans notre temps, cela ne dure que quelques heures. Mais, pendant ces quelques heures où ils sont retournés dans le passé, beaucoup de voyageurs ont vécu une vie entière.

— Une vie entière !

— Il leur semble être restés dans le passé des années, voire des décennies. Moi-même, j'ai vécu cinq ans parmi les guerriers du roi Ablaï Khan. Pourtant, ma transe n'avait duré que deux heures.

— Eh bien, au moins les gens en ont pour leur argent ! ricanai-je.

En réalité, j'avais les jambes en coton.

— Je ne prends pas d'argent.

— Quoi, alors ? Des bons du Trésor ?

— Ma mission est d'aider les hommes, répondit Prospero en levant son pendule doré. Regardez ce pendule.

— Vous ne parlez pas sérieusement ! fis-je avec un rire nerveux.

— Regardez ce pendule.

Je voulus détourner les yeux, mais ce balancement était si joli... Et la voix de Prospero répétait si agréablement : « Regardez ce pendule... »

— Madame votre mère peut, par sa seule présence, priver un homme de sa fertilité !

Je m'efforçais toujours plus désespérément de provoquer Drake, quand soudain, mes yeux se fermèrent malgré moi.

— C'est bien... continuez de le suivre du regard... murmura Prospero.

Le pendule oscillait d'un mouvement régulier. Je sentis une grande paix m'envahir, et je songeai : « Pas mal, le pendule. Ça détend bien. »

— Quel est votre plus grand problème dans la vie ? demanda Prospero.

— L'amour, répondis-je avec calme en m'asseyant sur la banquette.

— C'est le cas de la plupart des gens. Parce qu'ils ne savent pas ce qu'est le véritable amour.

Mes paupières se fermaient peu à peu. J'étais tout à coup extraordinairement fatiguée.

C'était comme si on m'avait fait boire une potion soporifique. Je bégayai encore :

— Je suis sûr que la face de votre mère peut castrer même les moutons.

— A présent, couchez-vous, me chuchota Prospero.

Parfaitement détendue, je m'allongeai sur le dos.

— Ne pensez plus à rien.

— Hmm... ne plus penser à rien... agréable perspective, dis-je en souriant.

Et je fermai les yeux.

Tout était noir devant moi, j'allais mourir de la main de Drake. Mon avant-dernière pensée, pleine de regret, fut pour mes enfants : Susanna... Judith... Hamnet... Ma dernière pensée alla à l'amour de ma vie... Anne... ma merveilleuse Anne...

— Vous allez maintenant voyager dans le passé, dit la voix lointaine de Prospero. Mais je dois vous avertir : c'est un voyage dangereux. Si vous mourez dans le passé, ici, dans le présent, votre esprit mourra. Aussi, soyez prudente.

Si je n'avais pas été aussi profondément détendue, cela m'aurait fait une belle peur.

La dernière chose que j'entendis fut cette phrase prononcée très doucement :

— Vous ne vous éveillerez que lorsque vous aurez trouvé ce qu'est le véritable amour.

14

La première chose que j'entendis ensuite fut ceci :

— Ma mère ne castre pas les moutons !

Et la première chose que je vis fut un homme moustachu qui se dressait au-dessus de moi avec fureur – apparemment, j'étais couchée par terre devant lui. Je m'aperçus qu'il portait des collants, et une pensée me traversa l'esprit malgré moi : Un homo. Ou un danseur de ballet. Ou plus probablement les deux.

La première chose que je sentis fut la douleur. J'avais très mal à l'avant-bras, cela me brûlait même atrocement. Instinctivement, je regardai dans cette direction et vis que je portais une sorte de chemise blanche – elle me rappela celles que j'avais vues dans *Pirates des Caraïbes* – et que cette chemise était déchirée. Non, plutôt fendue. Et l'endroit de la fente était teinté de rouge sombre. Je saignais.

Mon Dieu ! Je saignais !

Puis je m'aperçus que cet avant-bras était très poilu, avec des poils noirs partiellement collés par le sang. Cela ne pouvait pourtant pas être mon avant-bras ?

Non, ça ne l'était pas – totalement impensable !

Mais alors, pourquoi sentais-je cette sacrée douleur ?

Avant que j'aie pu trouver le commencement d'une réponse, l'homme qui se penchait sur moi hurla :

— Ma mère ne castre absolument personne !!

Pourquoi était-ce si important pour lui ? En d'autres circonstances, je lui aurais poliment conseillé une bonne psychothérapie, puisqu'il avait un compte si urgent à régler avec sa mère. Mais il semblait difficile de discuter : ce type voulait me tuer... avec une épée ! Une vraie ! Qu'est-ce que c'était que cette histoire, un film d'horreur, ou avais-je réellement atterri dans une vie antérieure ?

Impossible. C'était sûrement un rêve provoqué par l'hypnose. Prospero avait fait osciller son pendule devant moi, et j'étais entrée en transe...

Oui, mais tout ce qui était ici – le type qui hurlait au-dessus de moi, la douleur, la peur – me paraissait bien plus réel que tous les rêves que j'avais pu faire dans ma vie. C'était bien plus intense. C'était du live, en couleurs et en 3D. Comme la vie, quoi !

Non, pas tout à fait : c'était un peu plus réel que la vraie vie. Peut-être à cause de la quantité d'adrénaline que je sentais circuler dans mon corps. Du moins, si c'était mon corps... car cet avant-bras ensanglanté ne pouvait décidément pas être le mien ! En tout cas, je ne voulais pas qu'il le soit ! Il me faisait beaucoup trop mal. Et puis, si un bras pouvait déjà faire aussi mal, qu'est-ce que ce serait quand le fou me fendrait le crâne ?

L'homme leva son épée pour asséner le coup mortel.

La panique me saisit, une peur inconcevable, qui coupait la respiration. Je me sentais comme un animal à l'abattoir, je ne pouvais plus penser à autre chose. C'est alors que j'entendis une voix grave crier :

— Roule sur le côté ! Vite !

J'obéis instinctivement. L'épée fendit l'air en sifflant et s'abattit à moins de dix centimètres de moi. J'avais même senti le courant d'air. Si je ne m'étais pas écartée au dernier moment, j'aurais été carrément coupée en deux. Au lieu de cela, l'épée se ficha dans le plancher, là où j'étais allongée un instant plus tôt. Eh oui, j'étais sur un plancher de bois. Peut-être sur un vaisseau pirate ?

A côté de moi, l'homme s'efforçait à grand renfort de jurons d'arracher son épée enfoncée dans le plancher – il avait frappé avec une telle violence qu'il avait du mal à la retirer. Je me levai d'un bond et vis que je me trouvais sur une sorte de scène dressée au milieu d'une grande salle, elle aussi toute en bois. Je n'étais donc pas sur un vaisseau pirate. C'était toujours ça de pris.

Et là, autour de la salle, n'étaient-ce pas des balcons ? Bon, la question pouvait attendre. Je me regardai à mon tour : je portais des bottes noires et des collants, moi aussi. Et pourquoi avais-je cette espèce de bosse au bas du ventre ?

N'y pense pas, me dis-je.

Je jetai un coup d'œil à l'homme qui jurait en dégageant son épée du plancher. Il marmonnait quelque chose qui ressemblait à : « Maintenant, je vais te castrer. »

Me castrer ? Cela avait-il un rapport avec la bosse sur mon collant ?

N'Y PENSE PAS ! m'ordonnai-je.

Cette fois, il devenait urgent de me tirer de ce pétrin. Je considérai un instant la possibilité d'attendre tout simplement de me réveiller de mon sommeil hypnotique, mais c'est alors qu'une douleur lancinante au bras me rappela à quel point la situation était réelle. Une autre pensée me vint aussi : qu'est-ce qui se passerait si je mourais ici ? Prospero l'avait bien dit, mon esprit mourrait. Peut-être mon corps étendu dans la caravane aurait-il une sorte d'attaque cérébrale. Voulais-je vraiment prendre ce risque ? Non, décidément, non !

Par un dernier effort surhumain, le fou venait de réussir à tirer son épée du plancher. D'un coup de pied, il écarta une seconde épée plus légère qui se trouvait sur le sol, la mettant hors de ma portée. De toute façon, je n'avais pas l'intention de la prendre : j'étais bien incapable de me battre à l'épée. Ni avec quoi que ce soit d'autre, d'ailleurs. Pas même avec mes poings. La dernière fois que cela m'était arrivé, j'étais en CE1 et Niels, un gros garçon très énervant qui n'arrêtait pas d'ennuyer les petits sur l'aire de jeu, avait chantonné tout l'après-midi : « Rosa elle fait encore dans sa culot-teu ! » A un moment, je m'étais retournée, j'avais couru vers lui et je lui avais flanqué un énorme gnon qui l'avait fait saigner. Il s'était mis à pleurer, et tous les autres gamins du square m'avaient fait une standing ovation.

Le fou s'avançait vers moi, une lueur meurtrière dans les yeux. Je m'enfuis aussi vite que le permettaient mes jambes, certes prises dans des collants, mais, constatai-je avec joie, très rapides malgré tout. En fait, je n'avais jamais couru aussi vite de ma vie, pas même quand j'étais adolescente et que je faisais du sport régulièrement. J'avais donc maintenant des jambes musclées, semblait-il. Avec autant de poils que mes bras ? Tout cela avait-il à voir avec le renflement sur mon pantalon ?

N'Y PENSE PAS ! m'exhortai-je intérieurement.

Je sautai du plancher, atterris sur un sol sablé et passai en courant devant un jeune type maquillé portant des vêtements de femme de l'ancien temps. (Etaient-ils tous homos dans cet endroit ?) Près de lui, je vis un gros homme habillé de couleurs vives, comme Elton John. (Cette fois, plus de doute, ils l'étaient tous.)

Ce devait être ce gros-là qui, tout à l'heure, m'avait crié d'une voix de basse de rouler sur le côté. Cela faisait de lui l'homme sans conteste le plus sympathique de l'endroit… de la salle… enfin, de ce lieu où je me trouvais.

Je cherchai désespérément la sortie de cette drôle de maison, aperçus une grande porte en bois et me précipitai vers elle.

— Arrête-toi ! cria l'escrimeur fou.

Compte là-dessus, me dis-je.

— Arrête-toi ! hurla-t-il d'une voix de plus en plus agressive.

Sans perdre un instant à regarder derrière moi, je courus jusqu'à la porte. Elle n'était pas fermée, seulement entrebâillée. Je n'avais aucune idée du monde que j'allais trouver derrière, mais je pouvais espérer qu'il soit moins violent.

— ARRÊTE-TOI ! cria de nouveau l'homme.

J'avais déjà la main sur la porte, prête à tirer le battant, quand un coup de feu retentit. Cela fit autant de bruit que l'explosion d'une cartouche de dynamite. Un morceau de la porte éclata et je sentis une odeur de bois brûlé. Le type avait tiré. Il avait réellement tiré ! Eh bien, si c'était là, comme l'avait dit Prospero, une de mes vies antérieures, ma vie actuelle me paraissait tout à coup terriblement séduisante.

Tremblant de tout mon corps, je me retournai lentement et vis le type braquer sur moi un antique pistolet qui ressemblait exactement à un accessoire de film de pirates. S'il me tuait maintenant, je n'avais plus qu'à prier pour que cela ne fasse pas trop mal, et aussi pour que, avec un peu de chance, l'esprit resté dans mon corps paisiblement endormi dans la caravane du cirque ne meure pas, malgré l'avertissement pressant de Prospero. Parce que, si mon esprit rendait l'âme, je passerais probablement le reste de ma vie à baver et à porter des couches.

Mais que faire ? En pareil cas, les héros de cinéma ont presque toujours une idée géniale pour reprendre leur arme au méchant, par exemple en lui brouillant l'esprit par d'habiles paroles. Comme James Bond quand il fait remarquer poliment au candidat maître du monde qu'il vient juste de coucher avec sa copine.

Et que celle-ci lui a tout raconté sur l'impuissance du soi-disant maître du monde. Mais la seule personne ici à avoir l'esprit brouillé, c'était moi.

Le gros à la veste d'Elton John se saisit d'une planche, visiblement dans l'intention d'assommer mon assassin potentiel.

Super, quelle bonne idée ! me dis-je très peu pacifiquement. Il y avait au moins une personne ici pour prendre mon parti.

Hélas, deux hommes qui portaient des collants particulièrement distingués, à l'évidence des partisans du fou, s'avancèrent vers mon gros ami et, sans même lui parler, le menacèrent méchamment de leurs épées. L'air résigné, le gros laissa tomber sa planche, qui heurta bruyamment le sol. Puis il me regarda avec une profonde tristesse, comme s'il allait beaucoup regretter de me perdre. Je devais représenter énormément pour lui. Et s'il ressemblait à un homosexuel et que j'avais des poils sur les bras et une bosse à mon collant, peut-être que j'étais... ?

N'Y PENSE PAS !!!!!

Le cinglé me visait à nouveau. Il allait tirer d'un instant à l'autre. Sa main s'était immobilisée, et il avait apparemment recouvré tout son sang-froid. On était tenté de croire qu'il avait déjà pas mal de morts sur la conscience – cela avait sans doute à voir avec sa relation perturbée à sa mère.

Il fallait que je détourne son attention, que je fasse quelque chose, n'importe quoi, pour gagner du temps. Alors, je prononçai les premiers mots qui me vinrent à l'esprit :

— Vous n'avez jamais essayé de faire une thérapie ?

Drake me regarda avec étonnement, et je m'avisai qu'un certain temps s'écoulerait sans doute encore avant l'invention du divan de psychiatre.

En tout cas, cette question l'avait empêché d'appuyer sur la détente, et il fallait continuer dans cette voie si je voulais accroître mes chances de survie :

— Je veux dire, n'avez-vous jamais envisagé de parler avec quelqu'un de votre problème maternel de castration ?

— JE N'AI PAS DE PROBLÈME DE CASTRATION AVEC MA MÈRE !

— C'est pour ça que vous criez aussi fort, répliquai-je calmement.

Le fou se sentit visiblement pris en faute, car son pistolet s'abaissa légèrement. Ce n'était pas le moment de laisser tomber :

— Votre mère était certainement très sévère avec vous, elle n'a jamais dû vous prendre dans ses bras...

— Ce n'est pas vrai ! s'insurgea-t-il violemment. Elle me prenait dans ses bras très souvent. Toujours. J'avais même le droit de dormir dans son lit.

Les hommes du fou ricanèrent dans son dos, et il eut un peu honte. Je repris en hâte, de ma voix la plus compatissante :

— Cela n'a rien de répréhensible pour un petit garçon de dormir avec sa mère.

— Vraiment ? demanda-t-il avec hésitation en abaissant tout à fait son arme.

Cela avait l'air de marcher. Il avait seulement besoin qu'on parle un peu avec lui.

— C'est tout à fait normal, murmurai-je tandis que les traits de son visage se détendaient tout à fait. C'est même très sain pour un enfant.

— Ah oui ?

— Absolument ! fis-je avec conviction.

— Même pour un garçon de dix-sept ans ?

Les autres hurlèrent de rire, ce qui affecta visiblement le fou. Il les regarda avec colère, et ils se turent instantanément. Puis il se retourna vers moi d'un air furieux. Je me mis à bégayer :

— Euh... à dix-sept ans... peut-être que certains... trouveraient ça... disons... un peu inhabituel, mais...

— Tu essaies de me ridiculiser ! s'écria-t-il en braquant de nouveau son pistolet sur moi.

Cette fois, il allait tirer. Je pris une profonde inspiration et tentai de me calmer : peut-être Prospero avait-il bluffé, peut-être ne pouvait-il rien m'arriver, je n'allais pas finir dans un hospice en état de mort cérébrale, mais simplement me réveiller dans une roulotte de cirque avec toute ma raison. Après ça, je flanquerais le pendule de Prospero dans un endroit où il ne pourrait plus jamais se balancer.

Le doigt du fou se crispa sur la détente, très lentement, presque avec jouissance. Le jeune homme en vêtements de femme se mit à sangloter tout haut en répétant :

— Will... Will... Will...

Que voulait-il dire par là ? Mystère.

Mon voyage dans le passé – ou mon rêve hypnotique fou – allait se terminer aussi soudainement qu'il avait commencé, et se terminer par ma mort probable. Mon cœur se serra jusqu'à ne plus former qu'un tout petit bloc d'angoisse.

C'est alors que la porte s'ouvrit dans mon dos et me heurta, manquant de me faire tomber. Puis j'entendis un bruit de pas décidé et une voix d'homme :

— Qu'est-ce qui se passe ici ?

En rouvrant les yeux, je vis que le fou n'avait pas l'air ravi de l'interruption :

— Walsingham, que faites-vous donc ici ?

— Je suis venu chercher le dramaturge.

Celui qui avait parlé était un homme plus âgé, qui portait un collier de barbe, un haut couvre-chef noir et au cou une large fraise blanche indiquant sans doute de hautes fonctions. Il émanait de lui l'autorité de ceux qui n'ont pas l'habitude d'être contredits. D'ailleurs, il était permis de supposer que ceux qui le contredisaient n'y survivaient pas. En effet, il avait avec lui des soldats portant casque et cotte de mailles, et qui donnaient l'impression d'être capables de faire tout ce que cet homme leur ordonnerait : combattre, mourir ou danser la lambada…

— Le dramaturge doit mourir, protesta le fou.

L'homme à la fraise l'avait appelé « Drake », et j'en déduisis rapidement lequel d'entre nous devait être le dramaturge. Quant au fait qu'il employât, en parlant de moi, le pronom « il », il confirmait toutes mes craintes.

— La Queen veut le voir, déclara l'homme à la fraise.

La Queen ? Je pensai aussitôt à cette petite femme dont la longévité obstinée barrait à Charles la route du trône. Mais, bien sûr, il devait s'agir ici d'une autre reine. Laquelle, je n'en avais aucune idée. Apparemment, j'avais donc atterri en Angleterre, et, à en juger par les costumes, il y avait très très longtemps.

Tout cela était malheureusement bien trop concret, bien trop consistant pour n'être qu'un rêve de fou. Car, logiquement, un rêve de fou aurait tout de même dû être constitué d'images et d'informations amassées dans mon subconscient. Or, je n'avais jamais rien appris à l'école sur l'histoire de l'Angleterre, je n'avais pas vu de films ni de documentaires sur le sujet et je ne m'y étais pas intéressée le moins du monde. Pourtant, je comprenais et parlais l'anglais de cette époque comme si j'y étais née. Que j'aie réellement débarqué dans une vie antérieure devenait donc à chaque instant plus vraisemblable.

Mon Dieu, mais pourquoi n'étais-je pas tombée dans un endroit un peu plus sympathique ? Par exemple à Beverly Hills. Dans une belle villa. Où j'aurais été la petite amie de James Dean. Et où j'aurais aussi reçu de temps en temps – quand James était en tournage – la visite du jeune Marlon Brando.

Refusant obstinément d'écouter le nouveau visiteur, Drake tenait toujours son arme braquée sur moi.

— Drake, si vous le tuez, la reine ne sera pas amusée.

C'est ce que je crois aussi, me dis-je sans oser respirer, tant j'étais encore effrayée.

Drake me regarda, regarda Walsingham, puis de nouveau moi, puis de nouveau Walsingham, qui, de son côté, le fixait d'un air sévère. Enfin, à contrecœur, Drake abaissa son pistolet.

Je recommençai à respirer.

— C'est bien, fit Walsingham.

— Je trouve aussi, ne pus-je m'empêcher de commenter.

Les deux hommes me jetèrent un regard noir. Dans cette vie antérieure, ce n'était visiblement pas une bonne idée de dire trop haut ce qu'on pensait. Je la refermai vite fait. Toujours à contrecœur, Drake se retira avec ses hommes, non sans avoir grondé à mon adresse :

— Je n'en ai pas encore fini avec toi.

— Hélas, murmurai-je.

Mais quand donc serait-ce fini ? Quand diable allais-je me réveiller ? Qu'avait dit Prospero à ce sujet, au fait ? Que l'on pouvait avoir l'impression de vivre toute une vie dans le passé. Aïe ! Risquais-je donc de passer des années encore dans cet endroit ?

Tandis que je luttais contre l'idée que ce cauchemar puisse être aussi long, le gros homme à la veste bariolée se laissa tomber, pantelant, sur un banc qui ploya légèrement sous son poids, et épongea avec un mouchoir son front inondé de sueur. Toute cette histoire semblait l'avoir beaucoup éprouvé. Il avait dû perdre trois kilos dans les dernières minutes et n'en pesait plus désormais que cent quarante-trois. Quant au jeune homme, il se précipita vers moi et me serra dans ses bras en sanglotant :

— Oh, Will, tu es vivant...

Je comprenais enfin : de toute évidence, je m'appelais « Will ».

Le Walsingham à la fraise se tourna vers moi :

— Suivez-moi, maintenant.

Je hochai docilement la tête. Je ne voyais pas d'inconvénient à quitter les lieux. Et, comme la Queen vivait vraisemblablement dans un palais, je m'y trouverais sans doute beaucoup mieux que dans ce... oui, où étais-je, au fait ? Je pouvais enfin regarder tranquillement autour de moi. Cela ressemblait fort à un théâtre. C'était bien sûr ici que l'on jouait les pièces du dramaturge que j'étais, moi, et le jeune homme qui trempait à présent de ses larmes l'épaule de ma chemise devait être un acteur.

Pour la première fois, je ne pus retenir un sourire : il n'était donc pas étonnant que j'aie rêvé, adolescente, d'écrire des comédies musicales ! J'étais auteur dramatique dans une vie antérieure !

Un auteur pas très aimé, il est vrai, sans quoi ce Drake n'aurait pas cherché à me tuer. Walsingham fit signe à ses soldats d'écarter de moi le jeune homme. Celui-ci retourna à pas lents vers la scène tout en se plaignant vivement de la brutalité des soldats, bien que l'on pût lire dans son regard qu'il les trouvait en secret terriblement séduisants.

— Partons ! ordonna Walsingham.

Il faisait preuve d'une autorité vraiment impressionnante, et, personnellement, plutôt que de plaisanter avec un tel homme, j'aurais dansé la lambada. Ou le limbo. Et même la danse des canards.

— La reine a besoin de votre art, Shakespeare.

Je crus avoir mal entendu.

Shakespeare ?!?

15

J'étais Shakespeare ? Le Shakespeare ? Et surtout : je serais Shakespeare tant que je resterais dans ce pétrin ?

Enfin ! C'était toujours mieux que Kafka...

Je m'efforçai de récapituler en hâte ce que je savais de Shakespeare. Peut-être y trouverais-je quelques idées pour me sortir de là. Je n'avais jamais été très attentive en cours d'anglais, alors que notre prof nous disait toujours qu'il était important dans la vie de connaître Shakespeare. Il est vrai que cet idiot avait oublié de mentionner les vies antérieures. De plus, son cours était si ennuyeux et dit d'une voix si monotone que même un prédicateur haineux se serait profondément endormi. Pour essayer de le rendre un peu plus attrayant, il nous avait emmenés une fois au théâtre voir une représentation d'*Hamlet* où les acteurs, nus, ne cessaient de bondir dans tous les sens sur la scène. Et je n'avais pas compris grand-chose au texte ancien. La seule leçon de vie que j'avais retenue de cette soirée, c'était qu'être acteur n'était pas un métier facile.

Nous avions passé un semestre entier sur *Hamlet*. Nous avions donc dû pendant des semaines nous occuper d'un type qui n'arrivait pas à se décider et qui aimait bien discuter avec des esprits ou avec des têtes de mort – pas précisément un modèle auquel des adolescents s'identifiaient facilement. A moins de projeter une tuerie de masse. Comme nous n'avions pas étudié d'autre pièce, je n'avais qu'une vague idée de *Roméo et Juliette*, pour avoir vu le film avec Leonardo DiCaprio. A en juger par cette pièce, Shakespeare était un romantique qui croyait au vrai grand amour. Comme moi, quoi.

— Suivez-moi, m'intima d'une voix rude l'homme à la fraise.

Ce Walsingham me faisait peur. Deux de ses soldats m'encadrèrent, un autre ouvrit la grande porte, et nous sortîmes du théâtre. Les chauds rayons du soleil caressèrent mon visage – qui, à proprement parler, n'était pas mon visage, mais c'est ainsi que je le ressentais –, et je vis que nous étions dans une ruelle bordée de vieilles maisons de bois un peu bancales. L'air sentait l'urine avec une force que je n'avais jusque-là rencontrée qu'à la fin du carnaval, dans la vieille ville de Düsseldorf. La cohue était extraordinaire, et la plupart des gens étaient vêtus de haillons. Une femme dont j'estimai l'âge à près de quarante ans me sourit et me dit :

— Pour toi, mon mignon, ce sera seulement vingt shillings pour toute la nuit.

Sa bouche ressemblait à un cauchemar du Dr Best : il lui manquait au moins la moitié de ses dents, et celles qui restaient ne valaient plus grand-chose.

— Disparais, catin ! lui ordonna Walsingham.

— Je peux te donner de la joie à toi aussi, vieillard, répliqua la femme. On dirait que tu n'as pas remué ta queue depuis longtemps.

— Je viendrai te chercher quand je sentirai le besoin pressant de faire pousser des furoncles sur mes parties les plus précieuses, répondit froidement Walsingham.

Vexée, la prostituée s'éclipsa, non sans souhaiter aux « précieuses parties » de Walsingham un long séjour dans un étau. A son tour, Walsingham lui cria que l'étau se trouvait sans doute entre ses jambes à elle. Les mœurs de ce temps-là paraissaient assez rudes, on n'y voyait guère de signes d'un romantisme à la *Roméo et Juliette*...

Les soldats de Walsingham me firent monter dans un carrosse noir où l'homme à la fraise s'assit en face de moi. Le carrosse s'ébranla et, par la fenêtre ouverte, je me mis à contempler les ruelles bondées. Un vacarme assourdissant montait de la foule en haillons. Les gens s'exprimaient beaucoup plus crûment qu'à notre époque. Et, si je distinguais bien ce qu'ils disaient, les maladies sexuellement transmissibles étaient leur sujet de conversation favori. A coup sûr, ma mère aurait ici trouvé à qui parler de sa mycose vaginale.

Le carrosse déboucha sur une grande place où des centaines de personnes s'étaient agglutinées devant une estrade supportant un billot de bois. Walsingham donna au cocher l'ordre de s'arrêter. Je vis un homme s'avancer, une hache à la main, sous les huées de la foule. Des soldats traînèrent alors sur l'estrade un autre homme, chargé de chaînes et visiblement en piteux état. Ils lui mirent de force la tête sur le billot de façon que le cou repose dessus, la tête dépassant devant. De toute évidence, le pauvre diable allait être décapité. Les huées et les rires redoublèrent. Décidément, les gens de ce pays avaient un curieux sens de l'humour.

— Vive l'Espagne ! cria le prisonnier.

— L'Espagne vivra certes plus longtemps que toi, railla Walsingham.

Le bourreau leva très haut le manche de sa hache, le public retint son souffle, et le moment me parut bien choisi pour examiner avec intérêt le capitonnage intérieur du carrosse.

J'entendis un bruit sourd et, aussitôt après, les acclamations de la foule.

— Vous n'avez pas regardé, Shakespeare, me reprocha Walsingham tandis que le carrosse repartait.

— J'ai pensé qu'il serait impoli de ma part de vomir sur vos nobles chaussures.

Puis je me tus un long moment. Tout cela était beaucoup trop pour mon petit cœur de civilisée. Et pour mon estomac. Je regrettais mon petit chez-moi, mon canapé, mon Holgi... Je ne supporterais jamais de passer des années ici, même si ce n'était qu'une impression !

Ce satané magicien avait dit autre chose : que je me réveillerais quand j'aurais trouvé ce qu'était le véritable amour. Pourtant, j'avais toujours pensé que le véritable amour était celui que j'avais pour Jan. Mais alors ?

16

La ville apparaissait toujours plus opulente à mesure que nous avancions. Les carrosses étaient plus nombreux dans les rues, beaucoup de maisons avaient des marteaux de porte dorés, l'odeur d'urine avait presque disparu, et les femmes portaient des robes à corselets visiblement inventées par des sadiques particulièrement créatifs. Quant aux hommes, ils portaient presque tous de très beaux collants, d'où je conclus que cela ne témoignait pas de leur orientation sexuelle – car, si tous ces porteurs de collants avaient été homos, l'Angleterre n'aurait pas tardé à s'éteindre. Il est vrai que cette mode masculine donnait à penser sur les tendances des stylistes concernés. Mais n'était-ce pas le cas à toutes les époques ?

Un homme en habit noir ayant une vague allure de moine apparut sur un rempart.

— Il est midi, tout est bien dans le royaume d'Angleterre ! cria-t-il.

Ce type devait être une sorte d'équivalent de l'horloge parlante.

— Tout est bien ? ironisa Walsingham. C'est une façon quelque peu optimiste de voir les choses !

Je préférais ne pas poser de questions pour le moment. Quel que fût l'état de la bonne vieille Angleterre, je me sentais à coup sûr beaucoup plus mal qu'elle.

— Il dépendra de vous, Shakespeare, que l'Angleterre aille tout à fait bien.

Je le considérai avec étonnement. Le sort du pays dépendait d'un auteur dramatique ? Comment était-ce possible ? D'ailleurs, si c'était vraiment le cas alors que je me trouvais dans le corps de Shakespeare, ce n'était pas une bonne nouvelle pour le pays.

Pour moi non plus, sans doute.

— Et si vous ne vous acquittez pas de cette tâche, cela ne sera pas bon pour vous, pas plus que pour cet homme que nous venons de voir.

J'en étais sûre !

Le carrosse tourna dans une allée pavée et se dirigea vers un palais. J'avais vu Buckingham Palace dans des documentaires sur la princesse Diana, et ce palais-ci était bien plus austère. La locataire actuelle avait visiblement d'autres sujets de préoccupation que la décoration extérieure. Le carrosse s'arrêta, et des gardes vêtus de jolis uniformes bleu et rouge s'avancèrent vers nous. L'homme à la fraise leur ordonna de s'écarter, ce qu'ils s'empressèrent de faire – Walsingham était décidément quelqu'un dont on était toujours très désireux de ne pas entraver le passage. Nous entrâmes dans les grandes salles voûtées du palais, soutenues par de hauts piliers. Les murs étaient tendus de tapisseries aussi immenses que hideuses, et les tableaux, en grand nombre, représentaient des batailles moyenâgeuses où l'on était content de ne pas s'être trouvé. Walsingham se dirigea vers une grande porte de chêne gardée par des soldats. Tout à coup, il s'arrêta et me dit :

— Je veux que vous écriviez pour moi un sonnet amoureux.

Un sonnet ? Je savais au moins que c'était une sorte de poème, mais pourquoi en voulait-il un ? S'était-il entiché de moi ? Finalement, ils étaient peut-être tous homos ?

— Je ne crois pas que ce soit pour l'Angleterre ? remarquai-je.

— Non, reconnut-il. Je veux le donner à une femme tout à fait singulière, ajouta-t-il en prenant soudain un air sentimental.

Cet homme avait des sentiments ? De qui avait-il bien pu s'amouracher, de la méchante sorcière d'Oz ? Devant mon regard sceptique, Walsingham, retrouvant son visage sévère, me saisit par le bras et s'avança vers la porte de chêne, que les gardes ouvrirent aussitôt. Nous entrâmes. Au fond de la salle était assise, sur un trône doré, une femme à qui je donnai une bonne cinquantaine d'années. Elle portait une immense robe blanche et or à bustier, et un diadème sur ses cheveux relevés, d'un rouge carotte. Son visage pâle semblait dire : Attention, nous n'avons pas gardé les cochons ensemble !

— Votre Altesse, fit Walsingham en s'inclinant très bas.

Voyant que je ne l'imitais pas, il me donna un coup de coude dans les côtes, et je m'inclinai à mon tour.

— Laissez-nous seuls, Walsingham, ordonna la reine.

Bien que cela lui déplût, il se plia à sa volonté et sortit.

— Je suis enchantée de vous voir, Shakespeare.

J'avais comme l'impression qu'elle ne pensait pas ce qu'elle disait, mais je fis un effort pour répondre poliment :

— Merci.

— Voulez-vous bien me suivre dans mes appartements privés ? demanda-t-elle sans ambages.

Oh, mon Dieu ! La reine voulait-elle coucher avec moi ?

17

La première chose que j'entendis à mon réveil fut la voix de la reine :

— Faites-le pour l'Angleterre.

Ce que je vis ensuite fut la reine en personne. Comment me trouvais-je devant elle ? Comment étais-je arrivé là ? Drake n'essayait-il pas à l'instant de me décapiter ? Avait-il échoué ? Se pouvait-il que je ne fusse pas mort ?

— Ne craignez rien, mon cher Shakespeare, je ne cherche pas à vous séduire.

Une question – non sans vanité – me traversa l'esprit : Pourquoi pas ? N'étais-je pas assez désirable pour elle ?

J'allais lui poser cette question, mais mes lèvres refusèrent de m'obéir. Au lieu de cela, j'entendis cette autre phrase sortir de ma bouche :

— Ah, vous m'en voyez soulagée !

Mais ce n'était pas du tout ce que j'avais voulu dire !

De plus, il était fort imprudent de dire une chose pareille !

— Ainsi, vous êtes soulagé que je ne veuille pas vous séduire ? questionna froidement la reine. Ne me trouvez-vous donc pas désirable, jeune homme ?

— Eh bien... euh... nous deux... ça ne pourrait pas aller... balbutiai-je pour tenter de me tirer d'affaire.

— Tiens, tiens. Ça ne peut pas aller. Et pourquoi donc ? insista-t-elle.

Que devais-je répondre ? Que j'étais en réalité une femme dans un corps d'homme ? Et que je n'appartenais pas à son époque ? Elle me ferait aussitôt enfermer dans la maison de fous la plus proche, et je me doutais bien qu'en ce temps-là, les établissements de ce genre n'étaient pas des plus accueillants. Je me hâtai de me justifier :

— C'est que je suis beaucoup trop jeune pour vous.

Trop jeune pour la reine ? Mon Dieu, quels mots venait là de prononcer ma bouche ! Il était tout à fait défendu de mentionner devant elle l'âge de la reine !

Il fallait que je cesse de dire des folies. Mais c'était impossible, ma bouche semblait ne plus être liée à ma conscience. Mon corps lui-même n'obéissait plus à mes ordres : je voulais m'enfuir, mais il restait sur place. Je ne le sentais même plus. C'était comme si un esprit s'était emparé de moi. Oui, ce devait être cela : j'étais possédé par un esprit !

La reine me lança un regard noir.

— Euh... je veux dire, c'est ma faute, bien sûr... vous n'y êtes pour rien, bégayai-je, intimidée.

— Je n'y suis pour rien ? répéta-t-elle d'une voix tranchante.

— Non, bien sûr que non... d'ailleurs, vous n'avez pas du tout l'air si vieille.

— Pas « si » vieille ?

Pour l'amour du ciel, cet esprit voulait-il me mener à l'échafaud ?

La reine me considéra froidement. La sueur perlant à mon front, je repris à toute vitesse :

— Vous n'êtes pas vieille du tout, pas plus de cinquante-cinq ans... environ...

— J'ai cinquante et un ans, répliqua la reine d'une voix glaciale.

Cette fois, j'en étais certain : cet esprit voulait ma mort.

— Hem... oui, bien sûr... je le savais, cinquante et un ans, on ne vous donnerait pas un jour de plus...

— Je ne parais donc pas plus jeune que je ne suis ? Elle me mettait sur le gril, et la sueur commençait à dégouliner sur mon front.

— Je ferais peut-être mieux de me taire... ? proposai-je.

— Sage décision, dit la reine.

Une très sage décision, esprit, approuvai-je à mon tour, mais nul ne m'entendit, car je ne pouvais plus m'exprimer à voix haute, seulement penser.

— A présent, suivez-moi, ordonna la reine.

Impuissant, je vis mon corps possédé franchir une porte derrière le trône et suivre la reine dans un passage menant à l'aile privée du palais.

Mon Dieu, qu'allait pouvoir encore inventer cet esprit pour me mener à ma perte ?

18

— Vous et moi, nous ne parlerons plus jamais, jamais, jamais de mon âge, décréta la reine tandis que nous suivions un couloir lambrissé sans le moindre charme.

Cette partie privée du palais était totalement dépourvue d'ornements. Quelques-uns des flambeaux accrochés aux murs étaient allumés, car les rares fenêtres ne laissaient passer qu'un jour insuffisant. C'est alors que j'aperçus un miroir devant lequel je m'arrêtai, fort curieuse de savoir à quoi je ressemblais en Shakespeare. Je vis un homme d'un peu moins de trente ans, aux cheveux noirs et au visage réellement séduisant – il devait avoir du succès auprès de l'autre sexe. Il avait aussi ce regard très triste qui déclenche généralement chez les femmes l'instinct de protection. Moi-même, j'avais le regard triste, Jan me l'avait souvent dit. Peut-être était-ce mon âme immortelle qui errait tristement de vie en vie. Etais-je venue dans le passé pour rompre ce cycle de tristesse ?

— Nous n'avons pas de temps à perdre en futilités, dit la reine en accélérant l'allure.

Elle marchait sacrément vite, malgré sa robe corsetée qui devait peser probablement aussi lourd qu'un camion-citerne.

— Connaissez-vous la situation en Irlande ? demanda-t-elle tandis que je m'efforçais de la suivre.

La situation en Irlande ? Déjà à mon époque, je n'y connaissais rien. Je marmonnai donc un vague « Hmm » qui me parut la réponse la plus avisée en ces circonstances.

— Les Irlandais catholiques sont en rébellion, et, grâce à l'aide de l'Espagne, ils sont près de triompher. Si les Irlandais gagnent, cela encouragera les Espagnols à attaquer l'Angleterre. Et nous ne pouvons pas gagner cette guerre. Savez-vous ce que cela signifie ?

— Hmm, fis-je derechef.

Je n'en avais pas la moindre idée.

— Les Espagnols me mettront à mort.

— Hmm.

De nouveau, la reine me regarda d'un air mécontent.

— Cette perspective ne semble pas vous chagriner beaucoup.

— Oh... je veux dire... mais si, mais si... cela me ferait énormément de peine...

— Je me réjouis que mon salut ait quelque importance pour vous, fit la reine avec un soupçon de sarcasme dans la voix. Ma chambre à coucher, ajouta-t-elle en s'arrêtant devant une porte.

Qu'attendait-elle de moi, si elle n'avait pas l'intention de me séduire ? La reine ouvrit la porte, et nous entrâmes dans une grande pièce où se dressait un lit géant surmonté d'un baldaquin drapé de légers rideaux translucides. A travers ces rideaux, on distinguait vaguement la forme d'un homme allongé, qui ronflait tant qu'il pouvait.

— Et voici le problème, dit la reine.

Un homme dans son lit ? Si c'était un problème, il était partagé par quelques autres femmes.

— C'est le comte d'Essex, m'expliqua la souveraine, et, à cette heure, il devrait emmener notre armée guerroyer contre les Irlandais.

Voyant une cruche de vin rouge posée à côté du lit, je tirai mes conclusions :

— Mais il est trop soûl pour trouver le chemin de l'Irlande ?

— Pour le moment, il n'est même pas capable de trouver la sortie d'un lit. Et c'est afin que nul à la cour ne le voie dans cet état qu'il est couché dans ma chambre.

— Pourquoi donc boit-il ? demandai-je.

— A cause d'un amour malheureux.

— Pour vous ? me permis-je d'insister.

— Non.

Et je crus discerner dans sa voix une pointe de regret. Apparemment, elle éprouvait des sentiments pour lui. Elisabeth sembla deviner mes pensées, car elle m'interrogea sévèrement :

— Vous ne croyez tout de même pas que j'ai des sentiments pour un homme ?

Je priai pour que l'esprit ne répondît pas à cette question. S'il te plaît, esprit, tiens ta langue... je veux dire : ma langue !

— Non... non... je ne crois pas cela, répondis-je avec nervosité. Vous... vous êtes la reine...

— Précisément.

— Et, en tant que telle, les hommes ne vous sont rien...

— Exact, confirma-t-elle.

Très bien, esprit, soupirai-je avec soulagement.

— Je pense bien que vous êtes toujours vierge, ajoutai-je.

— Je ressemble donc à une vieille fille ? demanda la reine, vexée.

Oh, mon Dieu !

— Euh… pas du tout… vous n'avez absolument pas l'air d'une vieille fille… vous avez sans doute connu beaucoup d'hommes, balbutiai-je.

Arrghhhh !!!!!!!

— Ainsi, vous pensez que j'aurais pu perdre mon innocence sans être mariée ? me questionna-t-elle alors d'un ton inquisiteur.

Mon Dieu ! Tout ce qu'on disait dans cette maison pouvait se retourner contre vous !

Cette discussion commençait à me taper sur les nerfs :

— Ecoutez, franchement, ça m'est complètement égal que vous ayez ou non couché avec des hommes ! Je croyais que nous parlions de ce bon vieux comte d'Excès ?

Surprise de mon éclat, la reine s'efforça de n'en rien laisser paraître :

— Le comte d'Essex, corrigea-t-elle aussi froidement qu'elle le put.

— De qui cet homme est-il si désespérément amoureux ?

— De la comtesse Marie de Warwickshire.

— Est-elle mariée ?

— Non, mais elle ne veut plus voir aucun homme sept années durant.

Il existait des femmes tout à fait capables de réussir cet exploit.

— Pourquoi donc spécialement sept ans ? m'étonnai-je pourtant.

— Parce que ce sera la fin de son deuil. Son frère est mort et cela lui a brisé le cœur. Marie ne veut pas revenir à la vie ordinaire avant ce temps.

Eh bien ! Les gens de cette époque n'avaient pas seulement un faible pour les gros mots, ils avaient aussi un goût prononcé du théâtral !

— Mais, cher Shakespeare, vous allez aider Essex avec votre sens merveilleux de la langue. Ecrivez pour lui des lettres d'amour. Des poèmes d'amour. Des chansons d'amour... Enfin, faites ce qui vous viendra à l'esprit, pourvu que vous l'aidiez à conquérir le cœur de Marie.

— Afin qu'il soit heureux en amour et que cela l'encourage à massacrer les Irlandais.

— Exactement. Dois-je préciser ce qu'il adviendra de vous si vous échouez ? demanda la reine.

Je me souvins du bourreau et répondis :

— Non, merci, j'ai déjà l'estomac un peu faible.

La reine hocha la tête et, s'approchant du lit, écarta les rideaux de soie :

— Puis-je vous présenter le comte d'Essex ?

A la vue de l'homme qui ronflait sur le lit, j'eus le souffle coupé et ma tête se mit à tourner. Non parce que les vapeurs d'alcool qu'il exhalait auraient suffi à estourbir un bœuf à l'abattoir. Non, si j'avais le vertige, c'était pour une tout autre cause : le comte était pour ainsi dire le sosie de Jan !

19

Le comte ressemblait à Jan d'une façon véritablement stupéfiante, à ceci près qu'il avait les cheveux longs jusqu'aux épaules, comme l'un des Beatles à l'époque de leurs expériences psychédéliques. Mais le plus déconcertant, le plus stupéfiant, le plus renversant de tout était ceci : il ressemblait exactement à Jan le jour où nous avions fait connaissance. Où nous étions tombés amoureux l'un de l'autre. Où nous nous étions embrassés. Bref, le jour de notre première fois.

Quand je lui eus sauvé la vie, et tandis que nous étions encore dans le canot des sauveteurs, Jan m'avait invitée à une petite soirée décontractée sur la plage qui devait avoir lieu le jour même. Je n'avais qu'à venir chez ses parents, à Kampen, en toute simplicité.

En me changeant pour la soirée, dans la tente de Holgi, j'étais si énervée que je demandai à mon copain de m'accompagner à Kampen, le pays des riches. Mais il refusa, sous prétexte qu'il venait de faire la connaissance d'un serveur espagnol tout à fait charmant qui faisait la saison au restaurant « Mariachi » et qui – selon Holgi – avait une paire de castagnettes impressionnante.

J'enfilai donc un petit haut, mon meilleur pantacourt et des sandales et montai dans ma voiture pour me rendre seule à Kampen. La villa des parents de Jan était immense et très belle. Avec l'argent qu'elle avait coûté, on aurait sans doute pu racheter la dette d'un Etat africain. Dès mon arrivée, je constatai que les gens paraissaient avoir compris autrement que moi l'expression « soirée décontractée » : tandis que je portais mes plus jolies fringues de tous les jours, les femmes étaient en robes longues de la collection d'été des stylistes et les hommes en chemises de marques coûteuses. Je ne m'étais jamais sentie aussi décalée de ma vie. Sauf le jour où j'étais nue dans l'autobus. Mais ça, heureusement, ce n'était qu'un rêve.

La soirée sur la plage, hélas, était une réalité. Je m'apprêtais à ficher le camp, mais c'est alors que Jan m'accueillit par ces mots :

« Voici celle qui m'a sauvé la vie ! »

Il m'emmena sur la terrasse, qui donnait directement sur la plage, et m'offrit du champagne et de grosses crevettes grillées. Toutes choses auxquelles il n'était pas trop difficile de s'habituer. Ses amis me regardèrent certes d'un air légèrement offensé quand je demandai du ketchup, mais, au total, ils ne furent pas trop arrogants avec moi. Après tout, j'avais sauvé leur ami de la noyade. Olivia, qui, à l'époque, semblait déjà être la femme idéale pour Jan, me remercia du fond du cœur en disant :

« Tu as sauvé la vie à un homme tout à fait remarquable. »

A ce moment-là, elle ne me percevait pas comme une rivale possible. Il ne lui était absolument pas venu à l'idée que Jan pût s'intéresser à une personne telle que moi. Moi-même, je trouvais alors cela tout à fait invraisemblable.

Le DJ ouvrit le bal avec la chanson *Time of my life*, du film *Dirty Dancing*. J'avais très envie de danser pour chasser un peu la tension que j'éprouvais. Mais je constatai à mon grand dam que tout le monde avait déjà sa partenaire attitrée. Jan et Olivia formaient un couple d'une élégance rare, ils auraient pu se lancer sans problème dans les concours de danse. J'aurais bien voulu être à la place d'Olivia dans les bras de Jan, mais je ne savais même pas danser le fox-disco. Plus jeune, j'avais laissé tomber le cours de danse dès la deuxième heure, après avoir remarqué que les garçons, au moment de choisir une partenaire, avaient tendance à me fuir comme des Japonais recevant la visite de Godzilla à Tokyo.

« Tu n'aimes pas danser, ma bienfaitrice ? me demanda Jan à la fin de la chanson.

— Oh, je ne suis pas très fan de *Dirty Dancing* », mentis-je sans vergogne.

Je n'étais pas assez bête pour lui dire que non seulement je ne m'habillais pas aussi bien que ses amis, mais qu'en plus je ne connaissais même pas les danses les plus courantes.

« Alors, qu'est-ce qui te plairait ? » demanda-t-il en posant sur moi ses merveilleux yeux verts.

J'eus très envie de répondre : « Dirty Kissing », mais, comme Olivia nous regardait déjà avec une certaine perplexité, je ne pensai plus qu'à une chose : m'en aller de là. Avec Jan, si possible.

« J'aimerais bien faire une petite promenade », dis-je.

A ma grande surprise, Jan n'eut pas besoin de réfléchir longtemps avant répondre :

« Formidable. Let's go. »

Et, dans sa bouche, cette expression ne paraissait pas idiote comme avec la plupart des hommes, mais élégante et distinguée. J'avais peine à le croire : il laissait réellement tomber sa propre soirée pour moi ! Nous avons marché au bord de la mer, et la lune brillait comme si elle faisait des efforts pour montrer à quel point elle pouvait être kitsch quand elle voulait. Sans compter les étoiles par milliers. Un spectacle rare pour une enfant de la ville.

La conversation fonctionnait à merveille entre nous. Nous parlions même d'événements douloureux : par exemple, il me raconta le jour où, dans son internat anglais, il avait eu besoin de faire pipi dans un buisson juste au moment où le maître d'internat passait par là, un homme qui comprenait la plaisanterie à peu près autant que le professeur Rogue de *Harry Potter*. A mon tour, je lui racontai le jour où, pendant mon stage d'institutrice, j'étais partie avec les enfants en promenade, et où j'étais en train de faire pipi dans un buisson quand un petit garçon s'était écrié : « Avec mon nouveau portable, on peut même faire des photos ! »

Jan semblait réellement heureux de parler avec moi. Il remarqua lui-même qu'il n'avait encore jamais pu dire ces choses-là à personne. Encore moins rire de ces incidents pénibles. Plus nous riions ensemble, plus la différence de nos origines perdait de l'importance. Puis nous nous assîmes sur la plage et vîmes un petit dauphin nager devant nous, un spectacle romantique qui n'aurait jamais pu avoir lieu à Sylt sans la catastrophe climatique. En voyant l'animal bondir joyeusement dans les vagues, nous échangeâmes des regards émus. Jan me prit doucement dans ses bras. Puis il m'embrassa. A partir de ce moment-là, il ne fut plus question pour moi de revenir en arrière : j'étais éperdument amoureuse. Et lui aussi.

L'homme qui gisait devant moi sur le lit de la reine ressemblait donc presque trait pour trait au Jan de ce jour-là. Voulant m'assurer que ce n'était pas une illusion, j'approchai de sa joue une main tremblante et le touchai… pour sauter aussitôt en arrière avec effroi. Cet homme existait vraiment, en chair et en os. Je m'approchai de nouveau, lui caressai doucement la joue, et frissonnai délicieusement, comme ce jour-là.

Jamais encore je n'avais caressé la joue d'un homme !!!!

— Vous aimez les hommes ? demanda la reine étonnée.

Mon Dieu ! Cet esprit allait-il aussi détruire ma réputation ?

— Non... non... je n'aime pas les hommes, assurai-je en retirant ma main de la joue du comte.

Du moins cet esprit n'était-il pas un amoureux des hommes. Je pouvais lui être reconnaissant de ce détail.

— Il est très sage de ne pas aimer les hommes, dit la reine avec mélancolie.

Elle avait dû faire de mauvaises expériences. Cependant, elle avait un autre avertissement à me donner :

— Cher Shakespeare, il est encore une chose qui pourrait vous rendre la vie difficile.

— Laquelle ?

— Il y a à la cour des espions de la couronne d'Espagne qui tiennent fort à tuer Essex. Sa vie est en péril à chaque instant, et donc la vôtre à présent.

J'aurais mieux fait de ne rien demander.

— Sauvez l'Angleterre ! m'intima la reine avant de quitter la pièce.

J'étais bien trop bouleversée pour songer à lui dire au revoir. Je ne pouvais pas détacher mon regard de Jan... je veux dire, du comte. Il s'éveilla en poussant un grognement, ouvrit les yeux et parut avoir des difficultés à fixer son regard. Au bout d'un long moment, il parla enfin :

— Où... où suis-je ?

Mon Dieu ! Il avait aussi la voix de Jan !

— Vous êtes dans la chambre de la reine, répondis-je en essayant de prendre un air détaché.

Je n'allais pas lui dire qu'il ressemblait à mon ex, ni que je n'avais rien à faire dans cette chambre, ni dans cette époque, encore moins dans ce corps.

— Est-ce que j'aurais... avec la vieille bique ? demanda-t-il.

— Non, vous n'avez pas...

— Ah, bon ! fit-il, visiblement soulagé.

La reine n'aurait pas été enchantée, mais je gardai cette réflexion pour moi.

— Qui êtes-vous ? demanda-t-il ensuite.

Il n'était pas facile de répondre à cette question. Après m'être quelque peu creusé la cervelle, j'optai pour la solution la plus simple :

— Je... je suis William Shakespeare.

— Non ! Pas toi ! criai-je désespérément.

— Que faites-vous ici ? m'interrogea le comte. Etes-vous un amant de la reine ?

— Non, pas du tout.

— Alors, nous avons tous les deux eu de la chance, répliqua-t-il en s'étirant.

Il s'étirait exactement de la même manière que Jan !

— Que faites-vous ici ? répéta-t-il.

— Je suis censé vous aider à conquérir Marie.

— Marie... soupira-t-il amoureusement.

Ses yeux verts se perdirent dans le lointain, et le fait est que je ressentis un pincement de jalousie. C'était parfaitement absurde. Cet homme n'était pas Jan !

— Marie est l'amour de ma vie, s'extasia-t-il.

— D'après mon expérience, l'amour d'une vie ne dure pas toute la vie, répondis-je mélancoliquement.

— Alors, c'est que vous ne connaissez pas le véritable amour, dit-il avec mépris.

— C'est... c'est possible.

J'avalai ma salive. Selon Prospero, n'était-ce pas précisément pour apprendre cela que j'étais retournée dans le passé ?

— Puisque vous en savez si peu, Shakespeare, je ne vois pas de quelle aide vous pouvez m'être ici.

— A franchement parler, moi non plus, fis-je avec abattement en m'asseyant sur le bord du lit de la reine.

Le matelas était rembourré avec des noyaux de pêche. Si la reine dormait là-dessus, pas étonnant qu'elle soit de si mauvaise humeur.

— N'êtes-vous pas poète ? demanda soudain Essex après un long silence.

— Non, le poète, c'est moi ! me récriai-je.

— J'ai écrit moi aussi un poème pour Marie, dit Essex.

Et, sans me laisser le temps de répondre, il commença à le déclamer devant moi :

— O Marieû, quand je ne te vois pas, alors mon cœur soupireû, ô Marieû, je veux être avec touâ...

Une chose était certaine : le comte, lui, n'était pas poète.

— O Marieû, combien je te désireû...

Si seulement il déshonorait l'Irlande plutôt que notre belle langue !

— Comment le trouvez-vous ? me demanda Essex avec inquiétude.

Devant mon enthousiasme limité, il reprit sans attendre ma réponse :

— Je sais, je sais... je ne suis pas poète. Mais, en ces temps de folie, on ne peut faire la cour aux femmes qu'en paroles, hélas, et non par des actes. Or, mes talents sont ailleurs : je suis fort, courageux, je suis un bon amant...

— Les hommes qui prétendent être de bons amants ne le sont généralement pas, rétorquai-je.

— Comment le savez-vous ? s'étonna-t-il.

— Je… euh… c'est plutôt un savoir théorique…

Essex replia ses jambes et vint s'asseoir près de moi au bord du lit. Le sentir si proche m'électrisait, comme autrefois avec Jan.

— Pourriez-vous parler en ma faveur à Marie ? demanda Essex. Lui demander sa main pour moi ? Peut-être un homme aussi habile que vous en paroles pourrait-il l'amener à rompre son vœu. Peut-être même pourriez-vous me gagner son cœur.

Il me regarda d'un air suppliant, comme si toute sa vie dépendait de la conquête de cette femme. Cela me déplut profondément. En cet instant, j'étais vraiment jalouse.

— Je verrai ce que je peux faire pour vous, fis-je évasivement.

Ses yeux s'illuminèrent d'espoir.

— Vous êtes un bon ami, Shakespeare, dit-il en me serrant dans ses bras.

Son étreinte me bouleversa presque autant que le premier soir, au bord de la mer. Cette fois, j'avais du mal à faire la différence entre Jan et cet homme !

Je sortis en hâte de la chambre, tandis que le comte, étonné, me poursuivait en répétant que je représentais désormais son seul espoir de conquérir Marie. Il me confia un médaillon à l'intérieur duquel je trouverais un portrait de sa bien-aimée, afin que je puisse la reconnaître. Plantant là Essex, je me mis à courir dans le couloir et, passé le premier tournant, m'adossai à un mur pour tenter de remettre de l'ordre dans mes idées. J'espérais de toutes mes forces que ce sosie de Jan ne jouait aucun rôle dans ma mission de découvrir ce qu'était le véritable amour.

Evidemment, je me doutais que c'était le contraire.

D'une façon ou d'une autre.

Puis je m'aperçus que j'avais encore un problème : je devais absolument faire pipi !

20

Cette histoire d'« être dans la peau d'un autre » prenait subitement une dimension nouvelle. Je conçus en hâte un plan pour gérer cette situation tout de même assez délicate : simplement, j'allais me retenir aussi longtemps que je le pourrais. Avec un peu de chance, je découvrirais dans les quinze prochaines minutes ce qu'était le véritable amour, et je me réveillerais dans le présent. Et la question se résoudrait d'elle-même. En attendant, je constatais avec intérêt que la pression au niveau de la vessie causait exactement la même sensation chez un homme que chez une femme.

Je me mis à chercher autour de moi avec inquiétude, en marchant à petits pas. Ce faisant, j'eus l'occasion de regarder par une fenêtre qui donnait sur la cour, et, à la vue d'une fontaine dont le jet clapotait gaiement, je compris clairement que je ne tiendrais jamais quinze minutes. Si je ne voulais pas mouiller mon collant, il fallait que je trouve des toilettes. Quant à la façon de faire pipi lorsqu'on était un homme, j'y penserais le moment venu.

Voyant s'avancer dans ma direction une dame de la cour d'un certain âge, outrageusement maquillée et vêtue d'une large robe volantée, j'en profitai pour demander :

— Excusez-moi, où sont les W-C ici, s'il vous plaît ?

— Les W-C ? répéta-t-elle avec étonnement.

— Les toilettes, expliquai-je.

— Les toilettes ?

— Le petit coin ! m'écriai-je impatiemment.

— Il y en a dans toutes les chambres, répliqua-t-elle, vexée, avant de s'éloigner.

J'avais espéré trouver des toilettes collectives. Tant pis, je n'avais pas le choix. J'ouvris la première porte venue. Heureusement, la pièce était vide. Plus exactement, il n'y avait là qu'une belle table devant laquelle se trouvait un fauteuil plus imposant encore. C'était sans doute une sorte de bureau. A première vue, pas de toilettes. Mais il y avait aussi une petite porte en bois recouverte de cuir. Les toilettes étaient peut-être là-derrière ?

Je m'avançai vers la porte, l'ouvris à la volée, et effectivement : c'étaient des toilettes du Moyen Age – un grand coffre en bois avec un trou entouré d'un capitonnage sur lequel on pouvait s'asseoir. J'aurais très bien pu faire pipi là-dedans.

Dommage que la reine s'y trouvait déjà.

Occupée à régler une royale affaire.

Elle me vit.

Et ne fut pas amusée.

En vérité, je me serais volontiers passé de ce spectacle !

La reine me regarda avec une extrême froideur, faisant baisser de plusieurs degrés, je le sentis bien, la température de la pièce.

— Hem… je crois que c'est occupé ? fis-je pour tenter de rompre la glace.

Les yeux de la reine se rétrécirent jusqu'à n'être plus que deux fentes, et je me mis à trembler. Je tâchai de minimiser la chose :

— Ce n'est pas ce que vous pensez…

— Je ne suis donc pas assise devant vous sur le trône ? demanda froidement la reine.

— Bon, d'accord, c'est bien ce que vous pensez, concédai-je à contrecœur.

— Considérez-vous comme très heureux que j'aie encore besoin de vous pour sauver l'Angleterre, dit-elle d'une voix tranchante comme la hache du bourreau. A présent, disparaissez, et plus vite que ça !

— C'est comme si c'était déjà fait ! répondis-je en claquant la porte.

Et je regagnai le couloir en courant aussi vite que possible.

Je sus à cet instant que le spectacle de la reine sur le trône me poursuivrait sans doute jusqu'à la fin de mes jours.

Dès que j'eus cessé de courir, je constatai que la frayeur avait rendu le problème encore plus pressant ! Par une fenêtre, j'aperçus les jardins du palais et me rappelai enfin que nous, les femmes, nous enviions beaucoup les hommes de pouvoir pisser dans les buissons avec autant de simplicité. Je décidai donc d'aller dans le parc et de faire exactement cela. Une fois dehors, je revis la fontaine, dont le clapotis me fit presser le pas jusqu'au buisson le plus proche. Là, je réfléchis à la manière de gérer ma nouvelle situation. Je résolus de baisser le collant, de ne rien toucher et de ne pas regarder. Mais, pour que tout se passe bien et pour pouvoir me dispenser d'y mettre les mains sans pour autant m'arroser avec le jet, je me penchai un peu en avant.

Cet esprit faisait vraiment bien des manières pour uriner.

Tandis que je me soulageais, j'entendis des aboiements au loin.

Les chiens de garde de la reine !

Il y avait des chiens dans les parages.

Si l'esprit ne remontait pas très vite son collant pour s'enfuir en courant, les chiens allaient planter leurs dents dans les parties tendres de ma personne, et de telle façon que je ne jouerais plus désormais que des rôles de femme dans nos pièces !

Les chiens paraissaient se rapprocher. Je remontai mon collant.

Cours ! criai-je à l'esprit. Mais il ne m'entendait pas.

A présent, je voyais les chiens : deux dobermans qui ressemblaient à ceux de la série *Magnum*, Zeus et Apollon, mais juste en un peu moins câlins. Tout à coup, j'entendis une voix crier :

— *Couououououours !!!*

Je ne savais pas qui avait dit ça ni d'où cela venait, mais je trouvai que c'était une bonne idée. Je fonçai à travers les buissons sur le joli chemin pavé...

Je fus surpris : l'esprit s'était mis à courir. M'avait-il donc entendu ?

Je courais sans m'arrêter, mais les chiens me poursuivaient toujours, et ils gagnaient du terrain.

— *Plus vite !!! criai-je.*

Ça aussi, c'était une idée. Je courus encore plus vite.

L'esprit me comprenait ! En criant, j'avais réussi à me faire entendre.

J'avais beau courir très vite – et mon corps de Shakespeare était notablement plus athlétique que mon corps de Rosa (ce qui n'était certes pas très difficile) –, j'aurais du mal à échapper à de pareils molosses. Les chiens n'étaient plus qu'à quelques mètres de moi, j'apercevais déjà leurs canines, et dans leurs yeux comme une lueur de satisfaction à l'idée du bon repas qu'ils allaient faire. Paniquée, je commençais à perdre tous mes moyens, quand la voix me cria :

— *Grimpe sur le mur !*

Du coin de l'œil, j'aperçus un mur et me mis à courir vers lui. Je trébuchai et m'étalai de tout mon long.

— *Imbécile !*

Les chiens étaient déjà sur moi, ils allaient bientôt me réduire en charpie. Heureusement, dans ces situations, le corps humain sécrète de l'adrénaline. En sentant sous mon nez le souffle puant des molosses (mais on les nourrissait avec quoi, du tzatziki ?), je rassemblai mes dernières forces pour me relever d'un bond et foncer vers le mur. Les chiens aboyèrent comme des fous et leurs mâchoires claquèrent derrière moi. Le premier, un peu plus gros que l'autre, mordit la manche bouffante de ma chemise, mais n'attrapa que le tissu.

Dans un instant, les chiens allaient déchirer mon corps. Qu'avais-je fait pour mériter cela ? Je le confesse, je savais exactement ce que j'avais fait. J'avais commis une faute grave. Il me vint alors une pensée aussi évidente qu'effrayante : était-ce donc là un esprit vengeur ?

Haletante, j'atteignis le mur et y grimpai à toute vitesse, une performance que mon corps de Rosa n'aurait jamais pu accomplir, même sous l'effet de plusieurs substances dopantes. Je passai par-dessus et me laissai tomber de l'autre côté, atterrissant sur une herbe moelleuse, tandis que les chiens hurlaient leur déception d'être privés de repas. J'inspirai profondément et essuyai la sueur qui coulait de mon front.

— Peux-tu me comprendre, esprit ? demandai-je en essayant de ne pas laisser transparaître ma peur qu'il ne s'agît d'un terrible esprit vengeur.

Je regardai autour de moi avec effroi, mais il n'y avait personne.

— *Esprit, je suis ici, à l'intérieur.*

Effectivement, la voix venait de l'intérieur de moi.

— Qui es-tu ? demandai-je.

— *Qui veux-tu que ce soit ? Je suis William Shakespeare.*

21

Ainsi, je n'étais pas seulement dans le corps de William Shakespeare : j'étais dans le corps de Shakespeare avec Shakespeare. De mieux en mieux. Ma seule maigre consolation était de ne pas me trouver plutôt avec Kafka dans le corps de Kafka.

— *Esprit, rends la liberté à mon corps !*

Shakespeare me prenait pour un esprit ? Enfin, pour lui, c'était logique. A son époque, on était très superstitieux, et il n'avait pas comme moi suivi malgré lui un stage de régression temporelle avec Prospero. J'étais seulement surprise de constater que tout cela n'était pas un simple trip sous hypnose permettant de se souvenir d'une vie antérieure par la stimulation et l'éveil de je ne sais quelles régions inexploitées du cerveau. Cette régression-là fonctionnait autrement, comme un véritable voyage dans le temps. C'était donc à cela que Prospero faisait allusion quand il disait que les moines de Shinyen avaient découvert un moyen d'envoyer la conscience dans le passé. Si jamais je tombais un jour sur ces moines, je me ferais un plaisir de leur piétiner leurs clochettes !

— *Esprit, m'entends-tu ?*

— Vous faites assez de bruit pour ça ! répondis-je en pensée.

J'étais passée du « tu » à un « vous » respectueux. Je parlais quand même à Shakespeare.

— *Esprit ? Je t'ai posé une question.*

Il ne m'avait pas entendue. Cela signifiait que je pouvais l'entendre me parler en pensée, mais que, si je faisais la même chose, il ne comprenait pas. Apparemment, cela ne marchait donc que si je répondais à voix haute :

— Oui, je vous entends.

— *Es-tu... es-tu un esprit vengeur ?*

— Non... bien sûr que non.

— *Peux-tu le jurer ?*

Comme je ne voulais pas faire peur à Shakespeare, je déclarai solennellement :

— Je le jure par tout ce que j'ai de plus sacré.

— *Le ciel soit loué !*

Je décidai de me présenter :

— Je m'appelle Rosa.

— *Tu es donc une femme ?*

— Non, un caniche royal ! fis-je avec agacement. Evidemment que je suis une femme !

— *Tu es insolente, tu es donc bien une femme. Cela explique aussi ta façon peu orthodoxe d'uriner...*

— Je crois qu'à partir de maintenant, je vais boire très peu, afin d'éviter autant que possible ce genre de situation, répliquai-je.

— *Que veux-tu dire ? Tu... tu n'as pas l'intention de quitter mon corps ?*

— Je regrette, mais je ne peux pas, avouai-je.

— *Tu ne peux pas ?!? Qu'est-ce que cela signifie ?*

— Croyez-moi, si je le pouvais, je le ferais tout de suite. Mais l'homme qui m'a envoyée ici...

— *Quel homme ? l'interrompis-je.*

— Eh bien... euh... c'était une sorte de magicien.

— *Alors, il faut courir sur-le-champ chez ce magicien !*

— Il... il vit trop loin pour qu'on puisse aller le voir, expliquai-je avec regret.

Pour le moment, je préférais garder pour moi le fait qu'il s'agissait surtout d'une distance temporelle. Avant que Shakespeare ait pu répondre, un jeune soldat d'une taille impressionnante s'avança vers moi et m'interpella d'une voix rude :

— Hé, toi, que fais-tu ici ?

Je levai les yeux vers lui et répondis en toute sincérité :

— La réponse à cela est assez complexe...

— Serais-tu un espion espagnol en train de comploter ? questionna le garde en mettant la main sur la poignée de son épée, prêt à la tirer du fourreau.

Ces gens commençaient à me courir sur le haricot avec leur propension latente à tout régler par la violence, aussi répliquai-je avec un soupçon d'agacement :

— Quel espion espagnol en train de comploter répondrait à une telle question en disant : « Oui, je suis un espion espagnol en train de comploter » ?

Le garde prit un air offensé et tira son épée.

— Esprit, tu as le don de me mettre dans des situations difficiles !

— Taisez-vous un peu, s'il vous plaît, le rembarrai-je.

Surpris, le garde, qui, bien sûr, ne pouvait pas entendre Shakespeare, répondit :

— Mais... mais... je n'ai rien dit !

— Ce n'est pas à toi que je parle, expliquai-je.

Il regarda autour de lui et déclara d'un air perplexe :

— Il n'y a personne d'autre que moi ici.

Il pensait visiblement que je me fichais de lui, car il me mit l'épée sur la gorge, ce qui me donna l'occasion de constater que j'avais aussi une pomme d'Adam.

— Je... euh... je me parlais à moi-même, balbutiai-je.

Il parut étonné.

— A toi-même ?

— Oui, mentis-je. Je me reprochais de t'avoir parlé avec insolence, et de ne pas t'avoir témoigné le respect dû à un homme qui combat pour sa reine avec tant de valeur et de courage.

Le soldat se sentit très flatté, et Shakespeare me félicita :

— *Ça, esprit, ce n'était pas complètement stupide.*

— Merci, dis-je.

A quoi le garde répondit avec surprise :

— Mais... je n'ai encore rien dit ?

— C'est que j'ai vu la compréhension dans ton regard, fis-je hâtivement.

Le soldat approuva d'un hochement de tête, puis tourna les talons en s'écriant :

— Longue vie à la reine !

Après son départ, je respirai un peu. Pas très longtemps, car Shakespeare me questionnait déjà :

— *Que faisons-nous à présent ? demandai-je avec impatience.*

Je m'efforçai de réfléchir. Je devais à tout prix me sortir de ce pétrin. Apparemment, le seul moyen était de découvrir ce qu'était le véritable amour. Et pour le moment, mon seul indice était la ressemblance entre le comte et Jan.

— *Vas-tu enfin répondre à ma question, esprit ?*

— Arrêtez de m'appeler « esprit » tout le temps ! fis-je, agacée. Mon nom est Rosa !

Sur quoi j'entendis dans mon dos une voix tranchante questionner avec surprise :

— Votre nom est Rosa ?

C'était Walsingham et sa fraise. Je ne l'avais pas entendu approcher – ce type était aussi silencieux qu'une ombre. Ne sachant que répondre, je balbutiai :

— Euh... je... je...

— *... je travaille à une nouvelle pièce, soufflai-je à l'esprit.*

Je n'aurais pas aimé que Walsingham me crût fou. A côté des maisons de fous londoniennes, les cachots de la Tour étaient un petit coin de paradis.

— Je travaille à une nouvelle pièce, répondis-je à Walsingham en suivant le conseil de Shakespeare.

— Aha ! fit-il.

C'était apparemment bien passé.

— Et que faites-vous dans ce jardin ? demanda-t-il alors.

— Eh bien… euh… j'avais besoin de faire pipi, répondis-je sans mentir.

Walsingham me regarda avec indignation – et si quelqu'un savait vous regarder avec indignation, c'était bien lui. Puis, tendant la main vers un carrosse qui attendait à proximité, il fit signe au cocher d'avancer.

— Le carrosse va maintenant vous ramener chez vous. Il reviendra vous chercher demain matin pour vous conduire chez la comtesse Marie. Je vous conseille de réussir votre mission d'entremetteur. Les ennemis de l'Angleterre remplissent déjà la Tour, et je ne voudrais pas qu'à cause de vous les bourreaux aient encore plus de travail.

J'avalai péniblement ma salive :

— Je… je suis moi aussi pour le respect du droit du travail.

— Le droit du travail ? Qu'est-ce donc ? fit Walsingham en haussant légèrement un sourcil.

Comme il ne me paraissait pas spécialement du genre ouvert aux idées syndicales, je répondis :

— Oubliez cela !

Puis je montai en hâte dans le carrosse. J'allais fermer la porte quand Walsingham m'apostropha encore :

— Et songez au sonnet que vous devez écrire pour moi. S'il est mauvais, je vous ferai aussi enfermer dans la Tour ! Vous êtes averti.

Tandis que le carrosse s'ébranlait, je jetai un dernier regard à l'inquiétant personnage et murmurai :

— Ce type a une drôle de façon de motiver les gens.

— Tu ne connais pas Walsingham, Rosa ?

— Je ne suis pas d'ici, répondis-je.

J'aurais volontiers ajouté : « Dieu merci ! »

Walsingham est l'homme le plus puissant du royaume, il commande le service secret. C'est le conseiller le plus proche de la reine, et, pendant dix ans, il a aussi été en secret son amant. Puis quelque chose les a tout à coup séparés, nul ne sait quoi. Probablement le retour d'âge.

— Ou Essex, suggérai-je.

— Essex ?

— La reine a des sentiments pour lui, c'est évident.

— La reine est incapable de vrais sentiments.

— Parce qu'elle est la reine ?

— Parce que c'est une femme de pouvoir.

— Eh bien ! Je ne voudrais pas vous voir discuter avec Alice Schwarzer ! fis-je.

— Qui est cette Alice Schwarzer ? Une belle femme ?

— Une femme qui vous mangerait à son petit déjeuner.

Il me paraissait difficile de lui raconter toute l'histoire du « magazine politique de la femme ».

— Je ne reste jamais chez une femme jusqu'au petit déjeuner.

— Avec ces dispositions, il est même étonnant que des femmes vous invitent encore.

— Les femmes aiment les compliments. Et j'ai un talent particulier pour cela.

Cet homme avait une drôle de conception des femmes. Quel sale thon ! comme aurait pu dire mon élève au défaut de prononciation. Si c'était vraiment là ce qu'avait été mon âme dans une vie antérieure, je ne pouvais pas la supporter.

22

— *Les compliments sont aux femmes ce que le miel est aux mouches.*

Je secouai la tête d'un air réprobateur :

— Quand je pense qu'à mon époque on vous prend pour un romantique !

— *A ton époque ? Que veux-tu dire par là ? demandai-je, perplexe.*

Devais-je maintenant expliquer à Shakespeare d'où je venais ? Cela risquait de mettre son imagination à rude épreuve. Je décidai donc de broder un peu :

— Je voulais dire : dans mon pays.

— *Tu n'es donc pas de Londres ?*

— Non, je suis née à Wuppertal...

Avant que j'aie eu le temps de raconter que, depuis, j'avais déménagé à Düsseldorf, Shakespeare m'interrompit :

— *Wuppertal ? Je n'ai jamais entendu parler de cet endroit.*

— Vous n'avez rien raté !

— *Et on me connaît déjà à... Wuppertal ?*

J'étais très flatté.

Visiblement, le poète avait besoin qu'on le caresse dans le sens du poil. Mais qui pouvait s'en passer ? Moi-même, je m'étais toujours sentie rassurée quand Jan me disait combien il me trouvait belle. C'était d'ailleurs d'autant plus douloureux qu'il le dise à Olivia maintenant.

— *Que disent donc de moi les gens de Wuppertal ? demandai-je, curieux de connaître l'étendue de ma renommée.*

Je réfléchis quelques instants et conclus que Shakespeare serait sans doute mieux disposé à mon égard si je le flattais. Aussi lui répondis-je :

— Les gens s'enthousiasment pour vos pièces.

— Lesquelles, par exemple ?

Je nommai la seule que j'avais étudiée un peu en détail à l'école :

— *Hamlet*...

— *Mais, fis-je avec étonnement, je suis encore loin d'avoir terminé* Hamlet !

— Eh bien... euh... la renommée précède l'œuvre avant même qu'elle soit terminée, m'empressai-je d'expliquer.

— *En vérité, ce sera à coup sûr une comédie merveilleuse.*

— Une... euh... comédie ?

J'étais extrêmement surprise.

— *Elle raconte l'histoire d'un Danois incapable de se décider. Par exemple, lorsque Hamlet entre dans une taverne, il se demande : « Du vin ou pas de vin ? » S'il veut manger, il réfléchit : « Du cochon ou pas de cochon ? »...*

Visiblement, Shakespeare était encore très loin de la version finale de la pièce. Il faut dire qu'il était encore relativement jeune. Je me demandai ce qui, avec le temps, l'avait incité à modifier *Hamlet* pour en faire une tragédie.

— *... et quand Hamlet est nu dans un lit avec une femme, il se demande : « J'y vais ou j'y vais pas ? »...*

— Peut-être pourrions-nous nous en tenir là pour le moment ? le priai-je alors.

— *Comme tu veux, esprit... Dans ce cas, je me tais.*

J'étais légèrement vexé qu'il ne veuille rien savoir de plus sur ma nouvelle pièce.

— Parfait.

— *Je peux être muet comme une tombe...*

— C'est bon à savoir.

— *Pour être plus précis : auprès de moi, une tombe est un vrai moulin à paroles...*

— Formidable.

— *Et je...*

— Shakespeare ?

— *Oui ?*

— Vous allez la fermer, à la fin ???

Cet esprit était plus malpoli qu'une putain démangée par la gale.

Shakespeare s'étant enfin décidé à se taire, et tandis que le carrosse traversait les beaux quartiers de la ville, je me mis à jouer avec le médaillon qui renfermait le portrait de la comtesse Marie. Une pensée terrible m'assaillit soudain : Et si cette femme ressemblait à Olivia ? De la même façon qu'Essex ressemblait à Jan ?

Voilà que l'esprit se mettait à transpirer, par-dessus le marché. Et avec mon corps !

Je décidai de compter mentalement jusqu'à trois, puis d'ouvrir le médaillon. En même temps, je continuais à réfléchir :

Un... J'espère que cette comtesse ne ressemble pas à Olivia !

Deux... Si Jan et elle tombaient amoureux ici aussi, je ne le supporterais pas...

Trois... Parce qu'alors, cela signifierait réellement que leurs âmes se sont aimées à travers les siècles...

Quatre... Et dans ce cas, ce serait Olivia, et non moi, qui serait son grand amour prédestiné...

Cinq… Euh, en fait, j'ai déjà compté jusqu'à trois.

Six… Bon, je n'ai qu'à recommencer.

Un… J'ai bien trop la trouille pour ouvrir ce fichu médaillon.

Deux… Mais je suis aussi bien trop curieuse pour ne pas le faire.

Trois… Alors, qu'est-ce que je fais ?

Quatre… Pour cette histoire de compter jusqu'à trois, j'aurais besoin d'encore un peu d'entraînement.

Cinq… Bon, je recommence depuis le début.

Un… Oh, et puis zut !

J'ouvris le satané médaillon.

La femme du portrait ne ressemblait pas à Olivia.

Non : c'était Olivia, mais une Olivia encore plus belle, encore plus charmante que l'autre !

Il semblait donc se confirmer que nous avions tous vécu à cette époque-là, non seulement moi, mais aussi Jan et Olivia. Leurs deux âmes se baladaient-elles de vie en vie dans des configurations toujours nouvelles ? Peut-être avaient-ils déjà été amoureux dans la Rome antique, ou chez les anciens Egyptiens, ou même à l'âge de pierre ? Peut-être Jan avait-il été un homme du paléolithique nommé « Urghh » et Olivia une femme paléolithique répondant au nom d'« Uftata », et « Urghh » avait flanqué un bon coup de massue sur la tête d'« Uftata » avant de la traîner dans sa grotte sans lui laisser le temps de faire ouf ?

Etait-ce cela que je devais apprendre ? Que le véritable amour entre deux âmes prédestinées existait ? Que l'on devait laisser cet amour suivre son cours au lieu de lui mettre des bâtons dans les roues comme je l'avais fait ? Je m'étais débrouillée pour que Jan passe deux ans avec moi avant de trouver avec Olivia – comme il l'avait dit – un « amour plus mûr, plus profond, prédestiné ». Il l'aurait trouvé plus tôt si je ne m'étais pas interposée entre eux. Etais-je seulement le grain de sable dans les rouages de ce cycle éternel de l'amour ?

C'était certainement cela : le vrai amour entre deux âmes existe, il traverse les millénaires, il est prédéterminé. Et j'étais priée de ne pas me mettre en travers. Avec ce voyage dans le passé, j'avais appris ma leçon. Une leçon terriblement douloureuse.

Maintenant, me dis-je, je devrais d'un instant à l'autre me réveiller dans la caravane du cirque.

Mais rien ne se passa.

J'attendis, attendis, attendis encore. Je ne me réveillais toujours pas. Je me redressai et, me penchant par la fenêtre ouverte du carrosse, je regardai vers le ciel et criai avec désespoir :

— J'ai pigé ! Mission accomplie !

Puis je me souvins que George W. Bush aussi, après avoir envahi l'Irak, avait fait des déclarations où il parlait de « mission accomplie ».

Cet esprit n'était pas seulement impoli, il était aussi fou qu'un chien castré qui s'accouple avec une châtaigne.

Je ne savais pas du tout à qui j'avais crié cela. A Dieu ? C'était quand même bien lui qui avait eu cette idée des âmes, non ? Donc, le coup de l'amour devait être aussi une invention à lui. Sinon, qui aurait fait ça ? Ou alors, les âmes étaient-elles apparues sans l'intervention d'une puissance supérieure ? Au cours de l'évolution ? Comme un simple élément de la nature ? Dans ce cas, le fait que certaines âmes soient prédestinées et d'autres non n'avait rien à voir avec un être divin, c'était juste une question de biologie. Une biologie que, simplement, nous ne connaissions pas encore et comprenions encore moins. En tout cas, si c'était l'évolution qui avait produit les âmes, ce n'était pas la peine que j'invoque Dieu en regardant le ciel. Visiblement, mon âme avait autre chose à apprendre. Mais quoi ? Qu'est-ce que je devais donc comprendre sur ce sacré véritable amour ?

23

Il devenait urgent que cet esprit s'en aille. Je préférais ne pas imaginer ce qui se passerait si mes enfants le rencontraient. Ils en seraient affectés pour le restant de leurs jours. Plus encore qu'ils ne l'avaient été à cause de leur mère.

Mais comment m'en débarrasser ? Tout en réfléchissant à cette question, je m'aperçus que j'étais extrêmement fatigué. Etre possédé par un esprit, parler avec lui, être à sa merci paraissait demander une force herculéenne. Mes pensées commençaient à s'engourdir. Cependant, juste avant qu'elles ne s'endorment tout à fait, je trouvai une solution à mon dilemme. Un seul homme pouvait me délivrer de ce cauchemar : le grand alchimiste John Dee, un homme pour qui la magie noire n'avait pas plus de secrets que pour mon ami Kempe les prostituées de Londres. Cet alchimiste avait déjà accompli quantité de merveilles : il avait rendu fertile ce qui était stérile, et stérile ce qui était fertile, et on prétendait même qu'il avait inventé une pilule capable de ranimer la vigueur des vieillards impuissants. Avec cette seule invention, il aurait pu amasser plus d'or que n'en possédait la couronne d'Angleterre. Mais, pour quelque obscure raison, il ne s'en souciait pas. Seules l'intéressaient, disait-on, les contrées de la lointaine Asie – leurs religions, leurs us et coutumes. J'aurais pu comprendre cela s'il s'était intéressé aux femmes de ces pays. Mais peu m'importaient ses préférences : il saurait m'aider. Il y avait cependant une difficulté : comment amener l'esprit à me conduire chez l'alchimiste ? Tandis que j'usais mes dernières forces à réfléchir à cette question, je perdis peu à peu conscience...

Par la fenêtre du carrosse, j'observais la vie turbulente de Londres. Les marchands, les passants, les enfants qui couraient dans les rues en chemises déchirées, faisaient tous bien plus de bruit que les humains de notre époque. Ils parlaient plus fort, s'engueulaient plus fort, riaient plus fort... Bref, ils étaient beaucoup plus vivants. Comparés à eux, nous avions tous l'air d'être sous sédatifs. Si leurs dents n'avaient pas été aussi mauvaises, j'aurais presque envié l'énergie vitale de ces Londoniens.

De plus, ces gens menaient certainement une existence bien plus difficile que la nôtre. Nous avions nos problèmes aussi, avec la peur du chômage, la globalisation et le changement climatique, mais, en comparaison de ceux qui avaient vécu dans les précédents millénaires – la femme paléolithique Uftata, les esclaves romains ou les maîtresses de Gengis Khan –, nous nous en sortions plutôt bien.

D'un autre côté, à quoi bon comparer ? Comme mon père avait l'habitude de le dire : « Malheureusement, ce n'est pas parce que les gens meurent de faim en Afrique que ma sciatique ira mieux. »

D'ailleurs, malgré leur misère, les gens que je voyais ici se plaignaient très peu : ils préféraient s'injurier, criailler, pousser des cris de joie. En les regardant, je ne pouvais m'empêcher de songer qu'à mon époque, tous ces gens étaient déjà morts depuis des siècles. Ils étaient depuis longtemps retournés à la terre, leurs cercueils eux-mêmes réduits en poussière, et jusqu'à leurs pierres tombales, peut-être. Même s'ils devaient vivre plus de quatre-vingts ans, leur existence n'était qu'un battement de cils dans l'histoire du monde. C'était vrai aussi des hommes de notre temps, ceux du troisième millénaire. Tout ce qui nous agitait tellement deviendrait à la longue totalement insignifiant : les crises financières, la catastrophe climatique, les prix des communications sur les portables...

Bref, nous étions tous bien peu de chose !

Ma seule consolation était que l'âme, apparemment, renaissait donc sans cesse, même si on ne s'en rendait pas compte. Elle semblait poursuivre sa propre existence immortelle tandis que tout le reste ne faisait que passer – les corps qui l'abritaient, l'esprit qui constituait notre « moi », notre personnalité, notre individualité. Mon moi conscient de Rosa disparaîtrait, seule mon âme demeurerait à jamais, substance éternelle sans conscience...

Je me demandai si les gens que je voyais agiraient autrement s'ils savaient ce que je savais à présent, c'est-à-dire à quel point leur moi était périssable. La grosse femme à la jupe élimée se mettrait-elle autant en colère parce qu'on essayait de lui vendre une pomme véreuse ? Le vieillard au collant trop étroit laisserait-il sa femme se moquer de sa « virilité semblable à un pruneau séché » ? La comtesse Marie prendrait-elle le deuil de son frère pour sept ans si elle savait combien peu de tranches de sept ans il lui restait à vivre ? Le garçon d'environ onze ans qui proposait aux passants de chasser les rats de leur maison pour un peu d'argent ne préférerait-il pas aller à l'école s'il se rendait vraiment compte qu'il n'avait que cette vie à construire ?

Et moi, serais-je devenue institutrice ?

Plutôt pas.

En cet instant, je comprenais enfin quel précieux temps j'avais déjà gaspillé. Par exemple avec ma première expérience sexuelle. Et avec la deuxième. Et bien d'autres. Et avec ma première relation sérieuse. Au total, j'estimai à peu près aux trois quarts de ma vie le temps perdu que je ne rattraperais jamais.

De plus, je me rendais compte rétrospectivement que j'aurais dû mieux apprécier tout un tas de choses auxquelles je n'avais pas pris garde : le temps que mes parents passaient si volontiers avec moi. Le temps que je passais avec Holgi (je me disais toujours que j'aurais préféré avoir dans ma vie de vraies amies, dans le genre des filles de *Sex and the City*, et pourtant, Holgi était toujours là pour moi : quand j'étais soûle, c'était lui qui me mettait au lit, m'évitant ainsi de rester des nuits entières avec la cuvette des W-C en guise d'oreiller). Et, bien sûr, il y avait le temps passé avec Jan – pauvre imbécile que j'étais, je n'en avais pas assez profité, angoissée par l'idée qu'il pouvait me quitter pour une fille plus intelligente et plus belle que moi. Peut-être était-ce encore une chose que j'avais à apprendre ici, que je devais mieux profiter de la vie ? Que le véritable amour était l'amour de la vie ?

Dans ce cas, j'avais encore beaucoup de chemin à faire.

24

Le carrosse atteignit le quartier reculé où se trouvait le théâtre sur la scène duquel j'avais atterri dans le passé ce matin-là. En me déposant devant le « Rose », le cocher me rappela qu'il viendrait me chercher le lendemain pour m'emmener chez la comtesse Marie. Je n'étais certes pas très chaude à l'idée de rencontrer une réincarnation (ou plus exactement une incarnation précédente) d'Olivia, mais, comme j'avais encore moins envie d'être enfermée dans la Tour, je dis simplement au cocher :

— Au revoir.

Lorsqu'il eut disparu, je demandai à Shakespeare :

— Et maintenant, qu'est-ce qu'on fait ?

Pas de réponse.

— Shakespeare, vous m'entendez ?

Toujours rien. Soit il était encore vexé, soit il avait quitté son corps. Ce serait au moins une chance dans mon malheur. Faute de meilleure idée, je me dirigeai vers le théâtre. Des centaines de gens, la plupart en haillons, arrivaient pour assister à la représentation. En ce temps-là, le théâtre n'était visiblement pas réservé aux gens cultivés, mais ressemblait plutôt à notre cinéma, heureusement sans les pop-corn et les nachos à la sauce tomate qui avaient sur nos estomacs à peu près le même effet que les acides d'*Alien* sur le sol du vaisseau spatial *Nostromo*.

Remplie de curiosité, je décidai de suivre la foule, d'autant qu'on jouait ce jour-là – d'après la pancarte placée à l'entrée – la plus grande comédie que l'humanité ait jamais vue : *Peines d'amour perdues*. Pour la publicité aussi, le théâtre d'alors était comparable à notre cinéma d'aujourd'hui. C'était même étonnant à quel point l'industrie publicitaire avait peu évolué au cours des siècles.

Le jeune homme vêtu en femme que j'avais rencontré pour la première fois lors du duel avec ce cinglé de Drake se tenait à l'entrée du théâtre. Fou de joie de me revoir, il s'écria d'une voix perçante :

— Will ! Nous commencions à craindre que Walsingham ne t'ait envoyé à la Tour !

Il me serra dans ses bras et me donna cent baisers sur les joues. On aurait cru Bruce Darnell[1] sous ecstasy.

— Pour la Tour, ça peut encore venir, dis-je d'un ton légèrement fataliste en repoussant le jeune homme avec précaution.

— Holà, barde ! fit derrière moi une voix tonitruante.

C'était le gros à la veste bariolée. Sa lourde pogne s'abattit sur mon épaule de telle sorte que je m'étonnai de ne pas éclater en mille morceaux.

— Après la représentation, nous irons nous soûler la gueule ! tonna-t-il.

Etant donné les circonstances, cela me parut être une riche idée. De plus, je ne voulais pas choquer un type aussi sympathique. Que quelqu'un me soupçonne de ne pas être Shakespeare était ce qui pouvait m'arriver de pire en ce moment.

— Ça me va, répondis-je donc.

— Et nous mangerons des cuisses de poulet rôties ! se réjouit le gros.

---

1. Top model et chorégraphe noir américain installé en Allemagne, où il est connu pour son côté « efféminé » et pour ses publicités et émissions à la télévision. (*N.d.T.*)

De fait, mon estomac gargouillait, et, partant du principe que le poulet rôti du seizième siècle ne devait pas avoir un goût très différent du nôtre, je répondis :

— Encore mieux !

— Et après ça, nous baiserons quelques putains ! fit le gros, rayonnant de joie à cette perspective.

— QUOI ?

— Eh bien, nous baiserons les putains ! Jusqu'à ce qu'elles nous paient dans leur gratitude !

— Non merci ! répondis-je hâtivement.

— Pourquoi ? s'étonna le gros.

— Parce que... ce n'est pas possible.

— Comment ça ?

Dans ma précipitation, je trouvai seulement ce que je disais d'habitude en pareil cas :

— J'ai mes règles.

— Tu as... QUOI ?

Le gros homme était tout à fait perplexe.

— Euh, corrigeai-je en hâte, je veux dire que j'ai pour règle... de ne jamais coucher avec des prostituées.

— Ce n'était pas ta règle hier encore.

Shakespeare allait au bordel ? Décidément, mon âme me devenait de plus en plus antipathique.

— J'en ai déjà choisi une pour toi, poursuivait le gros. Elle s'appelle Kunga, elle vient des lointaines contrées de l'Afrique. Elle fait des choses remarquables au trapèze...

— Au trapèze ? répétai-je avec stupéfaction.

— Eh bien, elle se suspend la tête en bas, et quand l'homme ouvre son pantalon devant elle...

— Je ne t'ai rien demandé ! l'interrompis-je en hâte.

— Alors, tu ne veux pas venir avec nous ?

— Non, j'ai absolument besoin de dormir, dis-je.

Le gros était extrêmement déçu.

— Shakespeare, tu ne m'as pas l'air d'aller très bien.

En disant cela, le gros me regardait d'un air préoccupé, comme le faisait souvent Holgi. Et avec exactement la même expression !

Puis il entonna une chansonnette aussi idiote que celles de Holgi :

— Kunga, oh Kunga, les hommes sont fous de touâ !

Ses rimes étaient exactement aussi minables. D'ailleurs, les manières directes du gros me faisaient beaucoup penser à celles de mon meilleur ami. Les âmes amies traversaient-elles les siècles ensemble comme celles des amoureux ?

— Le spectacle commence ! s'écria le jeune homme vêtu en femme en se précipitant derrière la scène.

Le gros voulait que je vienne avec eux, mais, d'abord, je n'avais aucune envie de continuer à l'entendre me chanter les charmes de Kunga, ensuite, je voulais rester parmi les spectateurs. Les gens étaient debout autour de la scène, les seules places assises, réservées aux rares sommités qui s'aventuraient jusqu'ici, se trouvaient sur les galeries. Quant à l'ambiance, elle ne ressemblait pas vraiment à celle d'une salle de cinéma. On se serait plutôt cru à un concert rock, avec les acteurs pour stars : à peine étaient-ils entrés en scène que le public les acclamait déjà. La pièce commença. Trop heureux de fuir la dureté de leur existence, les spectateurs se laissèrent entraîner avec joie dans une Navarre fantaisiste dont le jeune roi et ses amis juraient solennellement de ne jamais fréquenter les femmes, mais de se consacrer à l'étude de la littérature et de la science. Comme on pouvait s'en douter, c'est un serment difficile à tenir, d'autant qu'une princesse de France et ses amies se trouvent justement dans les parages et font tourner les têtes des jeunes nobles. Un grand désordre amoureux comme on n'en voit que dans les comédies hollywoodiennes se déchaînait à présent sur la scène. Que le royaume de Navarre ne soit figuré que par quelques accessoires risibles à nos yeux de modernes ne dérangeait absolument pas les spectateurs. Ils n'avaient besoin ni de grands décors, ni d'effets spéciaux de plusieurs millions de dollars : portés par les acteurs, ils laissaient libre cours à leur imagination. Et il leur en fallait, puisque, pour une raison que j'ignorais, tous les rôles de femmes étaient tenus par des jeunes hommes. Dans les scènes d'amour, en particulier, cela conférait au spectacle un petit air de *Cage aux folles*.

Ce théâtre était totalement différent de celui de notre époque. Ici, il s'agissait de divertir le public, de lui procurer des émotions, pas de faire dans l'abstraction et l'intellectualisme petit-bourgeois. Et les spectateurs marchaient à fond : ils poussaient des cris de joie devant les simagrées des hommes fous d'amour, s'attendrissaient quand les amoureux s'avouaient leurs sentiments, et ils retinrent leur souffle quand la nouvelle arriva de France que le roi était mort, et que la princesse dut prendre le chemin du retour sans avoir pu épouser son bien-aimé le roi de Navarre.

Même des hommes frustes qui, le reste du temps, ne devaient pleurer que si on leur mettait les doigts dans les yeux au cours d'une bagarre, se montraient sentimentaux. Moi aussi, j'avais la larme à l'œil. Pas seulement parce que je compatissais avec le jeune homme qui incarnait la princesse. Non, ce qui m'émouvait le plus, c'était de voir plus d'un millier de spectateurs ainsi transportés par cette histoire, oubliant leurs soucis quotidiens, éprouvant des émotions profondes et magnifiques qu'ils n'auraient peut-être jamais ressenties à ce point dans la vraie vie. Tout cela uniquement parce que Shakespeare avait écrit une pièce.

Que mon âme fût capable d'une chose pareille était… tout simplement incroyable.

Cela signifiait-il que j'en étais capable, moi aussi ? Qu'il y avait en moi autre chose que ce que je croyais ?

Ne serait-ce pas merveilleux ?

Pas très vraisemblable.

Mais merveilleux.

25

A la fin de la représentation, hommes et femmes s'accordaient à dire que Shakespeare était sans doute l'être le plus romantique de la terre pour avoir pu écrire de telles scènes d'amour. La première pensée qui me traversa l'esprit fut : S'ils savaient...

Puis je me mis à réfléchir. Etait-il réellement possible de décrire ainsi les manifestations de l'amour sans les éprouver soi-même ? Finalement, les gens avaient peut-être raison : au fond de lui, Shakespeare devait cacher un côté romantique.

Autre chose m'étonnait dans cette pièce : *Peines d'amour perdues* était une comédie joyeuse, mais sans happy end. Pourquoi la fin était-elle si triste ? Cela avait-il à voir avec la propre vie de Shakespeare ? Avait-il connu un chagrin si grand qu'il ne pouvait plus exprimer son romantisme que dans ses pièces ? Etait-il une âme blessée ? Comme moi ?

Après le spectacle, je demandai au gros Kempe de me raccompagner « chez moi ». Car je n'avais aucune idée de l'endroit où demeurait Shakespeare, et le barde continuait de faire la sourde oreille. Devant le théâtre, dans la rue illuminée par le soleil couchant, les spectateurs ragaillardis prenaient le chemin du retour.

— N'est-ce pas un merveilleux métier que le nôtre ? s'extasia le gros.

— Je… je crois bien ! approuvai-je.

Il devait effectivement être merveilleux de donner autant de bonheur aux gens. Bien sûr, il existait aussi des institutrices qui faisaient merveilleusement leur travail et à qui cela procurait de grandes satisfactions, mais je n'en faisais décidément pas partie. J'étais plutôt de celles qui rendaient les enfants malheureux, et c'était réciproque. Les élèves et moi, nous étions dans une situation perdant-perdant.

— C'est formidable de voir les gens aussi heureux… commençai-je.

— Ce n'est pas ce que je voulais dire, répondit Kempe.

— Ah bon ? fis-je, surprise.

— Nous ne sommes pas obligés de travailler tous les jours, nous pouvons nous lever tard le matin, montrer nos derrières nus sur la scène sans que les soldats nous fouettent… Nous avons tous les jours licence de carnaval. Et, cerise sur le gâteau, le propriétaire de notre théâtre tient aussi un bordel ! Tu ne veux vraiment pas voir Kunga ?

— Non, non… j'ai mal à la tête.

— Il y a une autre nouvelle nommée Kitty, reprit Kempe en se remettant à chanter : Quand je suis avec Kitty, j'adore lui…

— Non, merci, l'interrompis-je sans lui laisser le temps d'achever sa chanson. Il faut vraiment que j'aille me coucher.

— Mais il y a encore une autre nouvelle, elle s'appelle Vicky.

— Maintenant, tu rimes avec leurs noms !

— Tu te fais vieux, soupira Kempe. Tu as pourtant dix ans de moins que moi.

Il s'arrêta devant une petite maison à colombages d'aspect miteux et prit congé de moi pour aller voir danser sa Kunga, non sans m'en chanter une petite dernière :

— Quand Kunga entre dans la dan-seû, je sens bouger ma...

Je lui claquai la porte au nez.

Puis, en regardant autour de moi, je découvris un escalier exigu et toute une enfilade de portes. Shakespeare ne devait pas gagner grand-chose avec son théâtre, sans quoi il aurait pu choisir une maison moins surpeuplée. Comme je n'avais aucune idée de l'endroit où il logeait, je me mis à monter les marches étroites et penchées. Trouvant une porte entrebâillée, je jetai un coup d'œil dans la pièce : elle contenait un lit spartiate, un cuveau de bois où l'on devait pouvoir s'asseoir pour prendre un bain, et une petite table sur laquelle étaient disposés des plumes, un encrier et une quantité de parchemins couverts d'écriture. En m'approchant de la table, je vis que la feuille du dessus portait cette inscription : « Hamlet, une comédie de William Shakespeare. » Alors, je sus que j'étais bien chez le barde. Je pouvais me vautrer sur le lit et me reposer enfin.

Je commençai par m'asseoir pour retirer mes chaussures, et constatai que Shakespeare avait tendance à puer des pieds.

Faisant de mon mieux pour ignorer l'odeur, je m'allongeai et contemplai le plafond de bois sombre. Puis je regardai par la petite fenêtre, d'où l'on voyait le ciel étoilé – entre-temps, la nuit était tout à fait tombée. Le scintillement des astres était réellement impressionnant. Un peu comme au bord de la mer, le jour où Jan et moi avions échangé notre premier baiser. Le souvenir de ce merveilleux moment me réchauffa le cœur : ce baiser était l'un des rares instants de ma vie dont j'avais pleinement profité. Je ne l'avais jamais regretté non plus, et, rien que pour cela, ma vie valait la peine d'avoir été vécue.

Tandis que je savourais ces souvenirs, on frappa à la porte. Je craignis un instant que ce ne fût Kempe, venu en compagnie de Kunga, de Kitty et de Vicky me proposer une partie de trapèze. Mais avant que j'aie pu réagir, la porte s'ouvrit et une jeune femme entra. Vêtue d'une robe marron, le visage très quelconque, elle me regarda pensivement avec des yeux qui louchaient un peu, puis me dit d'un air radieux :

— Me voici !

— Oui... euh... c'est bien toi, confirmai-je.

Elle se mit à allumer des chandelles dans la pièce. Ne sachant quelle était ma position dans l'affaire, je tâtai le terrain avec précaution :

— Et... et que vas-tu faire maintenant ?

— Me déshabiller.

— TE DÉSHABILLER ?

La situation était désormais tout à fait claire.

— Eh oui, à présent, ta petite Phoebe s'effeuille pour toi ! fit-elle en me souriant tout en louchant de plus belle.

Et la petite Phoebe joignit le geste à la parole. Avec quelle rapidité ! J'avais sous-estimé les femmes de cette époque : elles étaient vraiment promptes à ôter leur corset.

Quelques secondes plus tard, la jeune femme, nue comme un ver, décrétait :

— A présent, déshabille-toi aussi.

— Euh... ce n'est pas possible, bégayai-je.

— Pourquoi donc ?

Je cherchai en hâte une excuse et trouvai celle-ci :

— Je... je pue des pieds.

— Tu peux garder tes bas si tu veux, dit-elle en souriant.

— Mais, tu sais, ça traverse, fis-je d'une voix légèrement stridente (car je commençais à m'inquiéter sérieusement).

Cela ne la troubla pas davantage :

— Quand j'aime un homme, je l'aime tout entier, dit-elle en s'allongeant à côté de moi sur le lit.

Je n'avais jamais été couchée si près d'une femme nue. Et ça ne m'avait jamais manqué !

— Hem, mais… mes pieds puent vraiment horriblement. Sens donc ! fis-je en désespoir de cause en approchant mon pied de son visage.

— Je peux retenir ma respiration, dit Phoebe avec un grand sourire.

Et, repoussant mon pied, elle commença à déboutonner ma chemise.

— Mais je… je pue aussi sous les bras.

Elle continua à me déboutonner imperturbablement. Prise de panique, j'ajoutai :

— Et j'ai mangé des oignons !

— Rien ne peut me retenir, dit-elle en souriant gentiment.

A l'appui de ses paroles, elle se mit à m'embrasser dans le cou. Je trouvai cela extrêmement désagréable. Je devais dire quelque chose avant que cela ne dégénère :

— Il faut que tu t'en ailles, maintenant.

Phoebe me regarda avec stupéfaction :

— Mais… tu… tu m'avais pourtant promis de prendre ma virginité ?

Ce Shakespeare était vraiment un abruti.

— Peut-être une autre fois, proposai-je maladroitement. Quand je me serai lavé les pieds.

— Non, cette nuit merveilleuse ne peut pas attendre.

— Oh, tu sais, la première fois, ce n'est pas si merveilleux que ça. Si on pouvait s'en dispenser tout à fait…

— Ce n'est pas du tout ce que tu m'as dit il n'y a pas si longtemps, m'interrompit-elle. Tu m'as dit que tu étais le dieu de la défloration.

Le roi des crétins, oui !

Sans me laisser le temps de répondre, la jeune femme posa sa main sur moi… directement sur la bosse de mon collant !

Elle ne pouvait pas faire ça !

Elle se mit à me caresser à cet endroit.

Eh, oh, non, elle n'avait pas le droit !

Elle continua à me caresser.

Quelque chose se mit à bouger dans mon caleçon.
Oh, mon Dieu !
Elle me caressa avec un peu plus de conviction.
La chose bougeait de plus en plus.
OH, MON DIEU !!!
Phoebe mettait maintenant tout son cœur à l'ouvrage.
Mon caleçon commença à se tendre légèrement.
OH, MON DIEU, OH, MON DIEU, OH, MON DIEUMONDIEUMONDIEU !
Prise de panique, je sautai à bas du lit en criant :
— Ne me touche pas ! Ne me touche pas !
— Mais pourquoi ?
— Parce que ! Moi non plus je n'y touche pas !
J'avais complètement pété les plombs.
— Tu n'y touches pas ? Mais alors, comment fais-tu pipi ?
— Je me penche en avant.
— Tu te penches en avant ? dit Phoebe, sincèrement étonnée.
— Bon, ce n'est pas la question ! Maintenant, sors de cette chambre !
Phoebe me foudroya du regard :
— Tu sais ce qui va arriver si tu me jettes dehors ?
— Oui, répondis-je avec exaltation. J'aurai manqué le coup le plus surprenant de toute l'histoire de l'humanité !
Sans s'arrêter sur cette déclaration pour elle assurément sibylline, elle me chuchota :
— Ta petite Phoebe va aller raconter à son père que tu l'as dépucelée.
— Mais ce n'est pas vrai ! m'étonnai-je.
— Je le ferai quand même.
— Mais... pourquoi ?
J'avais du mal à comprendre.
— Parce qu'il t'enverra ses gens, et ils te jetteront par la fenêtre.
Cette petite Phoebe était une sacrée salope.

— Mais si tu couches avec moi, la petite Phoebe ne dira pas à son papa que tu l'as dépucelée, ajouta-t-elle avec un sourire malicieux et un regard plus louche que jamais.

Si elles étaient toutes comme ça en ce temps-là, je commençais à comprendre pourquoi Shakespeare avait une image de la femme quelque peu négative.

— Alors, tu te recouches avec moi ? insista-t-elle en me coulant un regard torve qui se voulait sans doute séducteur.

Et elle tendit de nouveau la main en direction de mon bas-ventre. Je n'avais plus le choix :

— Maintenant, va-t'en ! dis-je d'une voix ferme.

Phoebe considéra mon air décidé. Des larmes de rage et de désespoir jaillirent de ses yeux. Elle était furieuse comme une mère d'élève à qui on vient d'expliquer que son enfant ne s'est pas distingué par sa conduite remarquable, mais seulement fait remarquer pour sa conduite.

— Tu es trooooooop vulgaire ! s'écria Phoebe.

Elle ramassa ses affaires et se rhabilla presque aussi vite qu'elle s'était déshabillée. Là aussi, j'avais sous-estimé la rapidité des femmes de cette époque.

— Tu le regretteras ! cracha-t-elle en quittant la pièce.

Ahurie, je la regardai partir. Je commençais à me sentir très mal, mais j'essayai de me calmer : elle bluffait peut-être ? Si elle tenait tant à être déflorée par Shakespeare, elle n'allait pas le faire tuer. En amour, les gens de cette époque étaient encore plus cinglés que moi, mais quand même pas au point d'en arriver là… Si ?

Je me recouchai, et j'avais à peine eu le temps de pousser un grand soupir que la porte se rouvrait déjà à la volée. Quatre hommes très grands portant des tuniques noires, des collants noirs et des capuchons qui me rappelèrent ceux du Ku Klux Klan se précipitèrent dans la chambre.

Oh, merde, ils ont vraiment fait vite ! me dis-je.

26

Les hommes encapuchonnés se saisirent de moi et m'arrachèrent à mon lit avec la dernière brutalité. Je me demandai si je n'aurais pas mieux fait de laisser Phoebe tripoter mon collant, mais je répondis moi-même à cette question par un « Non ! » franc et massif.

— Je peux tout expliquer… fis-je.

Oui, mais comment ? Phoebe avait déjà dû raconter à son père que je l'avais déflorée. On me croirait difficilement si je me contentais de dire qu'elle avait tout inventé.

— Nous ne voulons pas d'explications ! répondit d'une voix sifflante le premier des encapuchonnés.

— Je… je reconnais… que j'étais au lit avec elle… mais je suis impuissant, dis-je dans mon affolement.

Si je disais que je n'avais pas couché avec Phoebe parce que je ne pouvais pas, et qu'elle était donc encore vierge, on me croirait peut-être ? Je poursuivis donc :

— Je vous assure, je ne peux pas bander.

Je n'aurais jamais cru prononcer un jour une phrase pareille.

— Alors, écoute bien ça, fit le deuxième capucin d'une voix méchamment menaçante. Nous allons t'arracher les couilles !

Je n'étais pas un homme, loin s'en fallait, mais je trouvai quand même cela assez inquiétant, et je me demandai de nouveau si je n'aurais pas mieux fait d'accéder au désir de Phoebe. Tout à coup, je n'étais plus aussi sûre de devoir répondre à cette question par la négative.

— Et après, on te tranchera la gorge, railla le troisième homme, qui semblait être le chef.

Sa voix de basse vibrait d'une façon impressionnante. A l'appui de ses dires, il brandit un poignard d'argent. Ah, si seulement j'avais couché avec Phoebe !

Le chef posa la pointe de son poignard contre ma toute nouvelle pomme d'Adam et appuya. Je sentis la peau se déchirer et un petit filet de sang chaud me couler dans le cou. Je n'allais pas tarder à pousser des cris de panique.

— Pas un mot ! siffla le chef.

Je n'avais jamais eu aussi peur de ma vie - de mes deux vies, devrais-je dire. Je n'allais pas tarder à m'oublier dans mon collant.

— Tu vas faire ce qu'on te dit, reprit le chef d'un ton intimidant.

Je ne répondis rien.

— Pourquoi ne réponds-tu pas ?

J'avais bien envie de lui dire : Parce que tu m'as défendu de dire un seul mot, crétin ! Mais, comme le sang me dégoulinait lentement du cou jusqu'au sternum, je préférai répondre à voix basse :

— J'ai compris.

— Bon.

L'homme abaissa son poignard, et je respirai un bon coup.

— Je vais aller tout de suite retrouver Phoebe.

— Phoebe ? Quelle Phoebe ? s'étonna le chef.

— La femme que je devais déflorer.

Encore une phrase que je n'aurais jamais cru pouvoir prononcer un jour.

— Je n'ai pas la moindre idée de qui tu parles, reprit le chef.

Il paraissait réellement surpris. Et je n'étais pas moins étonnée de sa surprise.

— Mais vous vouliez bien me tuer parce que je n'avais pas couché avec elle ?

— Juste ciel, poète, il semble que tu aies toutes sortes d'ennuis ! dit en riant l'homme à la voix vibrante tandis que les deux autres s'esclaffaient.

— Oui, je sais...

J'étais de plus en plus perplexe : ces gens n'avaient donc rien à voir avec Phoebe ? Mais alors, qu'attendaient-ils de moi, c'est-à-dire de Shakespeare ? Cessant de rire, l'homme m'expliqua :

— Notre chef désire qu'Essex continue à être malheureux. Tu y veilleras. Sans quoi nous reviendrons ! Et cette fois, nous ne serons pas aussi doux avec toi.

Sur quoi les trois hommes quittèrent la chambre de Shakespeare. Ils n'étaient donc pas envoyés par le père de Phoebe, mais avaient un autre projet plus sinistre. Si leur mystérieux commanditaire ne voulait pas qu'Essex reprenne du poil de la bête, ils agissaient donc contre les intérêts de la reine. Qu'avait-elle dit, déjà ? Que si l'Angleterre gagnait la guerre contre l'Irlande, cela porterait un coup aux Espagnols. Et, pour que l'Angleterre gagne, il fallait qu'Essex conduise les troupes. Si l'Irlande gagnait, l'Espagne profiterait de ce moment de faiblesse pour attaquer le royaume. J'en déduisis que les hommes encapuchonnés et leur chef étaient des espions espagnols chargés d'empêcher Essex de surmonter son chagrin (avec mon aide) et de partir pour l'Irlande.

Je n'étais pas dans le passé depuis vingt-quatre heures que j'étais déjà impliquée dans une intrigue politique carabinée !

Cela me terrorisait plus encore que le poignard sur la gorge. Une chose était claire : je devais au plus vite trouver ce qu'était le véritable amour, sans quoi quelqu'un d'ici me tuerait tôt ou tard. Plus probablement tôt que tard.

27

Ma blessure au cou me faisait mal, et j'avais les bras meurtris. Je me levai et allai à un petit miroir accroché au mur. Le miroir était sale et de travers – Shakespeare n'était apparemment pas un fanatique de l'ordre, ce qui me le rendait un tout petit peu plus sympathique.

Dans le miroir, je vis que la blessure au cou commençait déjà à se refermer. J'ôtai ma chemise et passai en revue les hématomes sur le haut de mes bras. Shakespeare avait un torse bien bâti, peut-être pas très costaud, mais pas mal du tout quand même. En tout cas beaucoup mieux que mon corps de femme pas terrible du troisième millénaire. Si j'avais vu passer le torse de Shakespeare sur une plage, je l'aurais suivi des yeux. Mais, comme c'était moi qui étais maintenant dans ce corps, je me hâtai de remettre ma chemise. Pour tromper ma nervosité, je me mis à marcher de long en large dans la petite chambre. J'étais beaucoup trop bouleversée pour me recoucher, sans même parler de dormir. Après tout ce qui m'était arrivé, je n'allais pas pouvoir fermer l'œil. Si j'avais été chez moi, je me serais assise sur le canapé, je me serais rongé les ongles et j'aurais zappé pendant des heures sur la télévision en cherchant les énièmes rediffusions de *Desperate Housewives*, de *Newport Beach* ou même de *Beverly Hills 90210*, pour m'apercevoir que toutes les chaînes étaient occupées par des émissions de cuisine ou par des femmes à moitié nues me proposant – avec quelques problèmes d'élocution – de les appeler. Mais, comme il n'y avait pas beaucoup de chaînes câblées dans l'Angleterre shakespearienne, je devais trouver un autre moyen de me distraire. Je continuai donc à arpenter cette chambre spartiate, dont le plancher craquait affreusement. Shakespeare n'avait décidément pas un standing très élevé. Soit il ne gagnait que très peu d'argent avec ses pièces, ce qui était difficile à imaginer avec tous ces spectateurs, soit il dépensait l'argent pour autre chose : les prostituées, l'alcool, le tabac ? Mon Holgi aurait sans doute trouvé – comme Kempe – qu'il y avait des investissements bien pires.

Mon regard se posa sur un petit tableau accroché au mur et recouvert d'un tissu rouge. Je m'approchai, ôtai le tissu et découvris le portrait d'une femme à l'air aimable, tout à fait charmante. Ce n'était peut-être pas une beauté renversante, mais son sourire réchauffait le cœur. A côté d'elle, cette vieille Mona Lisa souriait comme une amatrice. En retournant le tableau, je vis une petite inscription : Mrs Shakespeare.

Ainsi, Shakespeare était marié. Mais alors, pourquoi n'y avait-il ici aucune trace de la présence d'une femme ? Et pourquoi cachait-il ce tableau ? Ils étaient peut-être séparés. Mais le divorce existait-il à cette époque ? Probablement pas. Les gens mariés ne devaient pouvoir vraiment se séparer qu'en changeant de nom et en coupant tous les ponts.

Mrs Shakespeare vivait peut-être tout simplement ailleurs parce qu'elle ne pouvait plus supporter le dieu de la défloration.

Je recouvris le portrait et commençai à regarder les papiers où Shakespeare avait écrit avec de longues plumes d'oie et de l'encre noire. « Hamlet, une comédie » était sur le dessus. Je reposai à côté de la pile le joyeux *Hamlet* et trouvai dessous le début d'un poème :

Tu es pour moi semblable à un beau jour d'été
Je l'aime tout autant

Hem... c'était loin d'être déjà un poème. Bien que ces vers aient été écrits par le plus fameux poète de l'histoire mondiale. Visiblement, il manquait encore quelque chose au jeune Shakespeare pour devenir un vrai grand auteur.

Je regardai ces vers de plus près et me demandai s'ils ne seraient pas plus beaux en retournant l'idée principale... Par exemple, si la bien-aimée (si c'était une femme) était plus merveilleuse que le jour d'été, au lieu d'être juste aussi belle.

Je m'installai sur le petit tabouret devant la table et pris une plume. Le geste me parut tout naturel, et le contact de la plume agréable. Je la trempai dans l'encrier maculé de taches et me mis à écrire sur le parchemin :

Vais-je te comparer à un beau jour d'été ?
Car le bail de l'été bien trop tôt se termine.

Cela m'était venu tout naturellement, sans que j'aie eu besoin de réfléchir. Et je constatai avec étonnement que le résultat n'était pas si mauvais. Pourtant, je n'avais rien écrit depuis bien longtemps – en fait, pas depuis que mon prof, au lycée, m'avait expliqué que personne ne voudrait lire une histoire où une jeune fille tomberait amoureuse d'un être surnaturel.

Il aurait dû demander à Stephenie Meyer[1].

Les enseignants peuvent être vraiment stupides.

1. Auteure américaine de livres de science-fiction à succès (*Twilight*, *Les Ames vagabondes*...). (*N.d.T.*)

J'étais bien placée pour le savoir, puisque j'en étais une.

J'avais éprouvé un très grand plaisir à composer ces vers. Je me mis donc à chercher ce que je pourrais encore dire de ce jour d'été pour le rendre moins beau que la personne à qui s'adressait le poème. En même temps, je ne devais pas trop l'amoindrir si je voulais que la comparaison garde toute sa force et que la beauté de la personne aimée n'en soit que rehaussée. Je repensai à une scène d'amour que j'avais écrite il y avait bien longtemps pour ma comédie musicale, une scène où le loup-garou et sa chérie pique-niquent dans un pré fleuri tandis que l'orage approche :

Des vents rudes secouent les chers boutons de mai...

Ça non plus, ça ne sonnait pas mal. Avec le vent, j'avais juste un peu chiffonné les jolies fleurs, sans les priver de leur beauté. Et, apparemment, j'avais gardé le même goût pour les images kitsch qu'à quinze ans. Mais comment trouver quelque chose qui rimait avec « termine » ?

Mon Dieu, que tu as bonne mine !
ou peut-être : *Ne laisse pas tomber ta tartine !*
ou alors : *A la mer, ça sent la sardine !*

Il fallait que je me concentre un peu. Je pouvais quand même trouver mieux que des histoires de plage et de friture. Gamine ? Patine ? Mâtine ? Non, pas terrible. Et si j'essayais « câline » ?

Vais-je te comparer à un beau jour d'été ?
Ton charme est plus aimable, ton humeur plus câline.
Des vents rudes secouent les chers boutons de mai,
Et le bail de l'été bien trop tôt se termine.

Je contemplai mon œuvre, et un merveilleux sentiment de bien-être m'envahit. Après toutes ces années, j'avais de nouveau écrit quelque chose. Et ce n'était pas si mal. Un poème rimé et scandé. Dire que c'était moi qui avais réussi à faire ça ! A créer quelque chose !

C'était vraiment chouette de pouvoir créer. Même seulement quelques vers. Ou peut-être était-ce si chouette justement parce que ce n'était que cela : quelques vers ?

Etait-ce là ce que j'avais à apprendre : que mon véritable amour était l'écriture ?

28

— *Tes vers ne sont pas tout à fait ineptes.*

Je faillis sauter au plafond, tant j'étais surprise d'entendre parler. Absorbée par le poème, j'avais tout oublié.

— Est-ce... est-ce vous, Shakespeare ?

Je venais de me réveiller, pas reposé du tout, mais vraiment charmé de ce que l'esprit Rosa avait fait de mes mots :

— C'est une très bonne idée d'avoir tourné le poème de façon à rendre la personne aimée encore plus belle que le jour d'été.

C'était la première fois que quelqu'un louait un de mes écrits. Je ne m'étais jamais sentie aussi fière de ma vie. De plus, le compliment ne venait pas de n'importe qui. Ce n'était pas comme lorsque j'étais adolescente et que ma mère me félicitait pour ma façon de jouer de la batterie, pendant que les voisins étaient déjà en train de se rassembler pour me lyncher. Non, cette reconnaissance me venait de Shakespeare en personne !

La façon dont Rosa avait réussi à faire naître le sonnet auquel je travaillais laborieusement depuis si longtemps me transportait. Sa création avait libéré quelque chose en moi.

— Nous pourrions continuer à déprécier l'été de cette manière, proposai-je.

Et je déclamai :

D'un éclat trop brûlant parfois l'œil du ciel luit,
Les nuages souvent voilent l'or de son teint...

— *Et maintenant, Rosa, il faut trouver quelque chose qui rime avec « luit ».*

Enfin, il m'appelait Rosa et non plus « esprit » ! Cela me réjouissait encore plus, et je commençai à chercher avec lui :

— ... *Lilas fleuri...*

— ... Corset qui meurtrit...

— ... *Membre raidi...*

— Euh, ça, je préfère oublier, dis-je avec un coup d'œil à la bosse sur mon collant. Et si nous disions plutôt, à propos de l'été : « Toute sa beauté un jour la fuit » ?

— *Parfait ! m'écriai-je. Sauf que le compte n'y est pas tout à fait, ce serait mieux comme cela :*

D'un éclat trop brûlant parfois l'œil du ciel luit
Les nuages souvent voilent l'or de son teint ;
Et de toute beauté un jour la beauté fuit
Dépouillée par les ans ou le mouvant destin.

Rosa inscrivit ces vers d'une plume alerte. Je regardai la feuille. C'était vraiment bon. Etonné, surpris, charmé, je répétais à tout instant :

— *Je n'ai jamais rien écrit d'aussi bon.*

— Il suffit de me demander !

— *Puisque nous sommes devenus si intimes, nous pourrions peut-être nous tutoyer maintenant, proposai-je à Rosa dans mon exaltation.*

— OK, dis-je, flattée.

Bon, de son côté, il me tutoyait depuis le début. Mais il venait de me donner la permission d'en faire autant avec lui.

— Tu connais déjà mon prénom : Rosa.

— *Enchanté. William.*

— Oui, je sais, fis-je avec un grand sourire.

Etre à tu et à toi avec Shakespeare... Il y avait de quoi faire pâlir d'envie tous les spécialistes de l'histoire du théâtre !

J'avais une question à poser à Rosa :

— *Rosa, de ton vivant, étais-tu toi aussi poète ?*

Je me demandai si le moment était venu de lui expliquer que je venais du futur. Mais j'avais vu suffisamment de films sur le sujet, dans le genre *Retour vers le futur*, pour savoir que cela créait parfois une légère confusion. Si je racontais à Shakespeare comment nous vivions au troisième millénaire, cela pouvait changer le cours du temps. Il se mettrait peut-être, comme Nostradamus, à écrire un livre où il prédirait aux générations successives toutes sortes de catastrophes : des guerres, des accidents d'avion, Modern Talking...

Ce ne serait peut-être pas si mal – mais seulement à première vue. Parce qu'on voyait ça aussi dans les films où quelqu'un voyageait dans le temps : chaque fois qu'on essayait d'influencer positivement l'avenir, quelque chose tournait mal et on se retrouvait dans un présent complètement bouleversé. Par exemple un présent où ce serait Erich Honecker qui gouvernerait l'Allemagne réunifiée. Ou Joseph Goebbels. Ou même Florian Silbereisen[1]. Il valait donc mieux dispenser l'information avec parcimonie. Je répondis simplement :

— Je suis enseignante.

— Le métier le plus bas du monde.

Formidable. Même ici, les profs étaient mal considérés. Il ne lui manquait plus que de me dire que nous avions trop de vacances. Un peu énervée, je me défendis :

1. Chanteur populaire et présentateur d'une émission de variétés sur la chaîne ARD. (*N.d.T.*)

— Oh, il y a quand même quelques métiers plus méprisables…

— Mon rival Marlowe a été enfermé quelque temps à la Tour. A sa sortie, il s'est vanté en disant que les bourreaux n'étaient pas aussi terribles que son ancien maître de latin.

Que répondre à cela ? Défendre un métier que je n'aimais pas moi-même ? Je préférai regarder de nouveau le poème :

— C'est vraiment beau…

— Oui, nous pouvons être satisfaits, bien qu'il ne soit pas encore terminé.

— Nous semblons former une bonne équipe, conclus-je.

Une équipe. C'était une idée surprenante, mais tout à fait pertinente, du moins pour ce qui concernait l'écriture.

— Qui l'eût cru ? dis-je.

J'étais aussi épatée que Shakespeare.

— Oui, qui l'eût cru ?

Sûrement pas mon professeur d'allemand au lycée.

29

J'appris que nous travaillions à un sonnet : un poème en quatre strophes et quatorze vers. Il nous en manquait donc six pour le terminer. Pendant que Shakespeare m'expliquait cela, j'entendis de nouveau des pas approcher. Des pas masculins, et très décidés !

Les hommes aux capuchons étaient-ils revenus ? Ou bien c'étaient peut-être les gens du père de Phoebe ? Allaient-ils croire mon histoire d'impuissance ? Ou me jeter par la fenêtre avant que j'aie eu le temps de dire : « Je vous jure que je ne bande pas » ?

— Oh, mon Dieu, ils viennent à cause de Phoebe ! gémis-je.

— Phoebe ? demandai-je avec effroi. Mais pourquoi viendraient-ils à cause de Phoebe ? Et de quels « ils » parles-tu ? Juste ciel, Rosa, qu'est-ce que tu as fabriqué ?

— Je t'expliquerai plus tard, le coupai-je.

Car on frappait déjà à la porte. Mais beaucoup trop poliment aussi bien pour les espions encapuchonnés que pour le père de Phoebe, que je ne connaissais pas encore, certes, mais dont j'imaginais assez clairement les manières.

— Qui est là ? demandai-je d'une voix tremblante.

— C'est moi, fit une belle voix profonde. Laissez-moi entrer.

C'était la voix de Jan.

Je courus à la porte et l'ouvris, le cœur battant. C'était le comte d'Essex. Cette fois encore, sa ressemblance avec Jan me laissa sans voix. Il portait une chemise noire à manches bouffantes et un élégant pantalon noir – et surtout, large. Enfin un homme dont on n'avait pas l'impression qu'il pouvait à tout instant se mettre à danser *Le Lac des cygnes.*

— Quand partez-vous chez Marie ? demanda-t-il en bafouillant légèrement.

Il avait de nouveau un peu bu. Jan aussi, après m'avoir surprise avec le prof de gym, s'était soûlé comme un mercenaire au Congo, ou comme un jeune bachelier en vacances à Lloret de Mar. Finalement, son mental n'était pas aussi solide que je l'avais cru.

— Walsingham veut que je parte demain matin, déclarai-je.

— Parviendrez-vous à la conquérir pour moi ? demanda Essex d'une voix incertaine.

L'incertitude seyait à cet homme d'acier. Fascinée, je le regardais fixement.

— Pourquoi me regardez-vous ainsi ? s'étonna-t-il.

— Co... co... comment est-ce que je vous regarde ? sursautai-je.

— Amoureusement, dit-il sans s'embarrasser de complications.

Je sentis comme un nœud dans ma gorge.

— C'est vrai ? Tu le regardes amoureusement ?!? m'écriai-je avec épouvante.

Bien sûr, je ne pouvais pas voir l'expression du visage de Rosa.

Je ne répondis pas à Shakespeare, parce qu'Essex aurait entendu. Le comte poursuivit :

— Et quand un homme me regarde amoureusement, je deviens comme un sanglier furieux...

— Il ne veut sûrement pas dire : comme un sanglier en rut...

L'expression qui se lisait à présent sur le visage d'Essex confortait la supposition de Shakespeare. Je répondis la première chose qui me vint à l'esprit :

— Mes... mes yeux peuvent faire cet effet-là quand il n'y a pas assez de lumière.

Et j'allumai quelques chandelles supplémentaires.

— Alors, allez-vous reconquérir Marie pour moi ? insista Essex en débouchant un flacon de vin qui se trouvait près du lit de Shakespeare.

Sans même se donner la peine de chercher un verre, il but directement à la bouteille. Comte ou pas comte, il n'était pas plus distingué qu'une vedette de série B.

Que faire ? Si je n'aidais pas Essex, la reine me tuerait. D'un autre côté, si je l'aidais, c'étaient les espions espagnols qui me tueraient. Pas génial comme choix. Puis une idée me vint : si Essex parvenait à conquérir la comtesse par ses propres moyens, la reine serait contente et les Espagnols ne pourraient pas me mettre ça sur le dos, puisque je n'aurais rien fait. J'allumai la dernière bougie et me retournai vers Essex :

— Il vaudrait peut-être mieux que la comtesse vous entende directement.

— M'entende ? fit-il, surpris.

— Que diriez-vous d'un sonnet ? proposai-je.

— Alors, écris-m'en un, barde ! Ou préfères-tu que je le demande à ton concurrent Marlowe ?

— *Il lui fourguerait de la mauvaise marchandise, dis-je, piqué.*

Je ne savais absolument pas qui pouvait être ce Marlowe dont ils parlaient tous les deux. Peu m'importait, d'ailleurs, car j'avais une autre solution :

— Vous devez l'écrire vous-même.

— Mais vous savez bien que mes poèmes sont comme vos pieds ! objecta Essex en fronçant le nez.

— Détestables ?

Le comte approuva d'un hochement de tête.

— *Hé, vous deux, vous ne venez pas d'insulter mes pieds ?*

Je ne pouvais toujours pas répondre au barde, mais je me hâtai d'enfiler les chaussures qui gisaient au pied de son lit, tandis qu'Essex insistait à nouveau :

— Il faut donc que vous m'écriviez ce poème, Pue-des-pieds.

— *L'odeur vient seulement de mes chaussures ! tentai-je d'expliquer sans intéresser quiconque.*

— Vous pourriez peut-être vous y prendre d'une autre manière pour convaincre la comtesse, proposai-je. Comment faites-vous d'habitude avec les femmes ?

— Je les soulève dans mes bras, je les embrasse avec passion et je les emporte dans ma chambre.

— Ah, bon...

J'avais toujours soupçonné que l'âme de Jan avait un côté un peu expéditif – qu'une certaine brutalité sommeillait sous ses apparences polies –, mais j'en avais la preuve à présent, et je ne savais pas trop comment je devais prendre la nouvelle.

— Avez-vous essayé cela avec la comtesse ? demandai-je prudemment.

— Oui, mais quand je l'ai prise dans mes bras, une petite chose nous a séparés...

— Quelle petite chose ?

— Elle m'a donné un coup de pied dans les parties.

— *Je ne connais que trop cette réaction chez les dames.*

— La petite chose, ce n'était pas vos parties ? demandai-je, un peu perturbée.

— *Je ne crois pas, commentai-je avec amusement.*

— Non, répliqua Essex légèrement froissé. Je parlais du coup de pied de la comtesse.

Je me raclai la gorge et fis une nouvelle tentative :

— Vous n'avez pas besoin d'écrire un poème parfait. A vrai dire, il n'est même pas nécessaire que ce soit un poème. L'important est que vos paroles viennent du cœur, n'est-ce pas ?

Essex ne comprenait pas très bien ce que j'entendais par là.

— Faites donc un essai. Imaginez que je suis la comtesse, proposai-je.

Quand nous étions en formation continue, les coaches nous obligeaient tout le temps à faire des jeux de rôle, et il arrivait parfois, à ma grande surprise, que ce ne soit pas complètement idiot. Peut-être réussirais-je à mettre Essex sur la voie avec une sorte de jeu de rôles ?

— Que vous... vous soyez la comtesse ? demanda-t-il, perplexe.

— Oui, comme au théâtre.

Il hocha la tête. Il avait compris. Dans ce siècle-là, tout le monde semblait aimer le théâtre. C'était un vrai média de masse.

— Dites-moi ce que vous ressentez pour moi, l'encourageai-je.

— Pour vous ?

Il était vraiment dur de la comprenette.

— Je vais vous réexpliquer : en ce moment, je ne suis pas un homme. Pour vous, je suis la comtesse que vous adorez.

Le comte hésitait encore :

— Je ne sais pas si...

— Essayez ! Laissez-vous aller à votre imagination.

— *Les soldats n'ont pas d'imagination, Rosa.*

— Mais... je ne suis pas très habile en paroles...

— Je suis certain que vous sauriez avouer votre amour à la comtesse, même sans poème, l'encourageai-je.

Il commençait à devenir nerveux.

— Qu'avez-vous à perdre ? dis-je.

Il réfléchit quelques instants, but une grande gorgée de vin rouge au goulot, reposa la bouteille et, dans un suprême effort, se planta devant moi pour balbutier avec agitation :

— Comtesse...

Il était tout à fait charmant dans cet état.

— Oui ? demandai-je aimablement.

Ce petit jeu me plaisait décidément beaucoup. Puis il me regarda dans les yeux et dit d'une voix pénétrée :

— Comtesse, vous êtes la créature la plus belle, la plus merveilleuse, la plus extraordinaire que j'aie vue de ma vie.

Cela faisait des années que Jan ne m'avait pas fait de compliments, et ces paroles m'allèrent droit au cœur. Que c'était bon de les entendre de la bouche d'un homme dont le corps ressemblait tant à celui de Jan et était même habité par son âme !

— Je... je...

Il se tut, submergé par ses propres sentiments. L'alcool aidant, il était à présent tout à fait entré dans son rôle.

— Que voulez-vous me dire ? demandai-je en me rapprochant de lui.

Nous n'étions plus séparés que par quelques centimètres. La pièce crépitait d'électricité. Comme lors d'un premier rendez-vous. Ou plutôt, comme à la fin d'un premier, d'un merveilleux rendez-vous. Comme autrefois avec Jan, au bord de la mer, juste avant notre premier baiser.

— *Euh... Rosa, qu'est-ce qui se passe ici ? demandai-je avec effroi.*

Je n'entendais plus Shakespeare, seulement le comte.

— Je... je... vous aime, chuchota-t-il alors avec passion en posant sur moi un regard langoureux.

J'avais tellement désiré entendre à nouveau ces mots ! Et, même si cela arrivait dans la situation la plus grotesque que l'on puisse imaginer, c'était tout simplement grandiose.

— Moi... moi aussi je t'aime, répondis-je.

Submergée par mes sentiments, j'en oubliais tout à fait de le vouvoyer.

Mon Dieu, il ne manquait plus que cela ! Rosa était amoureuse du comte !

Nos visages n'étaient plus qu'à quelques millimètres l'un de l'autre, et le comte, totalement pris au jeu, souriait béatement :

— Est-ce vrai ?

Du plus profond du cœur, je répondis :

— Oui.

— *Non !!!*

— Tu m'aimes donc aussi ? demanda le comte avec un sourire radieux en abandonnant à son tour le vouvoiement.

— *En aucun cas !*

A force de regarder Essex... Jan... dans les yeux, je ne savais plus ce que je faisais. Mes lèvres s'approchèrent des siennes, et il ne recula pas. Lui aussi avait perdu la tête. A cause de l'alcool. Ou de ses sentiments pour la comtesse.

— C'est si bon de t'entendre dire que tu m'aimes, chuchota Essex.

— Merci, de même, répondis-je à voix basse.

Et je l'embrassai.

— *Oh... mon... Dieu !*

Les lèvres du comte étaient un peu moins douces que celles de Jan, mais pour le reste, la sensation était exactement la même. Pour quelques millisecondes, je fus au septième ciel.

C'était l'enfer ! Je me mis à hurler :

— *Ahhhhhhhh !*

Effrayée par le cri de Shakespeare, je m'écriai à mon tour :

— Ahhhhhhhh !

Sur quoi Essex beugla lui aussi :

— Ahhhhhhhh !

Il est vrai qu'il faisait cela moins à cause du « Ahhhhhhhh » que j'avais poussé qu'à cause du baiser.

— Tu m'as embrassé ?!?!?!?! s'écria-t-il avec épouvante. A quoi joues-tu avec moi, malheureux ?

— Eh bien...

Je cherchai les mots appropriés, mais n'en trouvai aucun.

— Tais-toi !

Il chancela, perdant tout contrôle de lui-même :

— Je devrais te tuer, scélérat !

Il recula un peu plus et voulut tirer sa dague, mais il trébucha contre la table. Ce faisant, il renversa la bougie allumée, qui tomba sur les papiers et les enflamma aussitôt.

— Hamlet ! *La comédie ! criai-je, affolé.*

— Notre poème !

— *Oui, ça aussi !*

Je ne fis qu'un bond jusqu'à la table, écartai la bougie et jetai à terre les papiers enflammés. Pour *Hamlet*, ce n'était pas très grave, Shakespeare devait de toute façon modifier l'histoire du Danois indécis pour en faire une tragédie. Une chance dans mon malheur : mon geste avait permis de sauver le poème que nous avions commencé. La malchance, par contre, voulait que le bois sec du plancher s'enflamme tout aussi rapidement. Avant d'avoir eu le temps de dire ouf, j'étais encerclée par les flammes.

30

Il fallait reconnaître une qualité à ces maisons de bois de la vieille Angleterre : elles brûlaient du feu de Dieu. Comme les flammes montaient toujours plus haut autour de moi, je fus saisie d'une panique indescriptible : j'allais être brûlée vive ! Les premières images d'un film sur Jeanne d'Arc que j'avais vu autrefois défilaient déjà dans ma tête. Au début du film, des hérétiques étaient brûlés par des gens d'Eglise. Lentement dévorés par les flammes, ils poussaient des hurlements épouvantables et suppliaient Dieu à grands cris de les délivrer de leurs tourments. En voyant ce film, j'avais pensé trois choses. Premièrement, que c'était une façon abominable de mourir. Deuxièmement, que ces religieux avaient une drôle de conception de la charité chrétienne. Et troisièmement, je m'étais demandé quelle sorte de dieu permettait cela : le dieu de la sale blague ?

Et maintenant, c'était moi qui me trouvais environnée de flammes et qui éprouvais la peur indicible de souffrir comme ces hérétiques. Sans compter que, si je mourais ici, mon cerveau et mon corps mourraient dans le présent. Bon, du moins savais-je que mon âme, elle, poursuivrait sa route. Elle mènerait une autre vie – en espérant que ce ne soit pas en Afghanistan, au Bangladesh ou dans la maison de Britney Spears. Mon âme, en tout cas, était à peu près tranquille. Mais mon esprit, ma conscience, mon « moi » disparaîtraient à jamais ! De plus, je n'avais toujours pas compris ce qu'était le véritable amour. Ce serait tellement tragique de mourir sans l'avoir connu...

Comme les flammes prenaient de la hauteur, je mis mes bras devant mon visage dans l'espoir de le protéger. C'est alors que j'entendis Essex s'écrier :

— Taïaut !

Enveloppé dans la couverture grise, il bondit dans le cercle de feu, jeta la couverture autour de nous deux, m'attrapa par la taille et fit demi-tour en sautant à nouveau par-dessus les flammes. Le bas de mon collant fut certes un peu roussi, mais la couverture nous protégeait. Apparemment, Essex l'avait d'abord arrosée avec l'eau de la cruche posée à côté du lit – du moins, j'espérais très fort qu'il s'agissait bien de la cruche et non du pot de chambre...

Essex était comme tous les soldats : un fieffé crétin. Aucun être humain doué de raison ne parcourrait la moitié du monde sur l'ordre de la reine en faisant tomber les têtes de peuples lointains dans le seul but de ramener en Angleterre le fruit du bananier. Mais il était parfois bon d'avoir dans les parages un imbécile courageux. Par exemple en ce moment ! Si je n'avais pas déjà – grâce à Rosa – embrassé Essex, je l'aurais volontiers fait en cet instant !

— Nous ne sommes pas encore sauvés, me cria Essex.

Il souleva un peu la couverture afin que nous puissions chercher notre chemin, et je vis qu'une poutre avait déjà pris feu au-dessus de nous. Nous nous mîmes à courir, mais la poutre enflammée s'écrasa sur le sol devant nous, nous barrant le passage. Les flammes étaient derrière nous et devant nous. Et, c'était trop bête, il y en avait aussi de chaque côté et au-dessus. Il ne restait plus aucune issue !

Au moins, je mourrais dans les bras de Jan. Nous étions si près l'un de l'autre, en tout cas nos corps, blottis ensemble sous la couverture grise. Qui sentait un peu fort le pot de chambre, il est vrai, mais je ne me laissai pas arrêter par ce détail. Je contemplai le visage de cet homme merveilleux et ne pus me retenir : je l'embrassai de nouveau sur la bouche.

Ce n'était pas du tout ainsi que je m'étais représenté mes derniers instants sur cette terre !

Cette fois, Essex ne me regarda ni avec surprise, ni avec épouvante, mais avec une expression de totale confusion. Il ne voulait plus me tuer pour ce baiser comme quelques instants auparavant, il paraissait plutôt... bouleversé ? Ce baiser lui aurait-il plu ? Ce n'était pas possible, à moins que... Non, ç'aurait été de la folie. Encore plus fou que tous les événements qui avaient précédé.

Mais il était peut-être, je dis bien peut-être, possible que nos deux âmes soient prédestinées l'une à l'autre, et qu'il l'ait pressenti en cet instant, alors même que j'étais dans le corps d'un homme. Il était donc possible que je ne sois pas, moi, l'élément perturbateur dans le cycle de l'amour éternel entre Jan et Olivia. Et peut-être était-ce Olivia, au contraire, qui revenait sans cesse pour torpiller l'amour éternel de deux âmes prédestinées ? Celle de Jan et la mienne ?

Il fallait absolument que je sache. J'embrassai doucement Essex sur la joue.

A présent, il ne savait plus du tout comment réagir.

Il était clair que quelque chose en lui se sentait attiré par moi.

Et, malgré la chaleur brûlante autour de nous, cela me fit frissonner de bonheur.

Essex non plus n'avait sans doute pas imaginé ainsi ses derniers instants sur cette terre.

Le moment était presque romantique. Dommage, les flammes me léchaient déjà les pieds. La chaleur devenait intolérable là-dessous. Au point que je devais sautiller d'un pied sur l'autre pour échapper aux flammèches. Et, comme Essex faisait de même, nous ressemblions à deux touristes qui, sur une plage grecque à midi, s'aperçoivent qu'ils ont oublié leurs sandales à l'hôtel. Mon collant était déjà tout noirci, il pouvait prendre feu d'un instant à l'autre, et moi avec. Paniquée, je sautillais toujours plus haut. Ce n'était plus romantique du tout, je commençais même à avoir des pensées du genre : « Si seulement j'étais montée dans la bagnole d'Axel au lieu de la caravane de l'hypnotiseur ! »

Au milieu du crépitement des flammes, j'entendis tout à coup un craquement. Cela venait du plancher à demi brûlé. A cause de nos bonds affolés, il était en train de céder sous nos pieds.

— Il faut que nous arrêtions de sauter ! dis-je à Essex.

— Alors, nous allons brûler, répondit-il.

— Mais sinon, nous passerons à travers le plancher !

A peine avais-je dit cela que le plancher s'effondrait avec fracas. Pendant notre chute libre, je criai dans les oreilles d'Essex :

— AU SECOUOUOUOUOUOURS !

Nous nous écrasâmes brutalement sur le sol du petit logement de l'étage inférieur, dont les habitants semblaient avoir fui les flammes depuis longtemps. En fait, j'atterris directement sur le pauvre Essex, qui amortit ma chute à son corps défendant tandis que je criais encore à son oreille :

— ... OUOUOUOUOURS !!!

Il me répondit avec un gémissement de douleur :

— Veuillez cesser de crier, sans quoi je serai encore… Oh merde !

— Tu seras « oh merde » ? m'étonnai-je.

— Non, dit-il en pointant le doigt vers le plafond. Le toit va nous tomber dessus d'un instant à l'autre, voilà pourquoi j'ai crié : « Oh merde ! »

— Oh, merde, fis-je à mon tour en voyant un madrier enflammé se détacher du plafond.

Avec une présence d'esprit remarquable, Essex prit son élan et roula sur le côté avec moi, tandis que le madrier tombait à moins de cinquante centimètres de nous.

A présent, c'était Essex qui était couché sur moi, tandis que je le regardais, lui, mon sauveur, avec un regain d'amour qui le déconcertait visiblement.

— Je te serais très obligé de ne pas me regarder sans cesse de cette manière.

— Cela te gêne ? demandai-je.

— C'est étonnant, mais… non, répondit-il d'une voix douce.

Mais moi, oui !

— Je ne sais ce que c'est, mais quelque chose m'attire vers toi… balbutia Essex en me regardant avec un mélange de confusion et, oui, de fascination.

Pas de doute, si j'avais été dans un corps de femme, il m'aurait embrassée sur-le-champ. Mon cœur se mit à battre la chamade. Ainsi donc, c'était vrai : il existait bien un lien entre nos deux âmes ! Un lien qui franchissait la barrière du temps. Et même la barrière des sexes.

31

Dans les situations extrêmes, il est naturel que les hommes aient des réactions extrêmes. D'ailleurs, si nous sortions de là vivants, Essex pourrait bien m'embrasser tant qu'il voudrait. Je lui permettrais même de me lécher le visage comme un clébard. Mais ce n'était vraiment pas le moment ! Je criai de toutes mes forces :

— Il faut sortir d'ici, Rosa !

Shakespeare avait raison, même s'il me déplaisait beaucoup d'interrompre cet instant magique.

— Il faut nous lever, dis-je à Essex.

Il approuva d'un hochement de tête, et, nous ressaisissant, nous sortîmes de la pièce pour nous précipiter dans l'escalier, où les flammes étaient déjà hautes. De plus, une fumée noire avait tout envahi et on n'y voyait pas à deux pas. Nous descendîmes les marches en trébuchant, respirant de plus en plus difficilement dans la fumée qui s'épaississait de seconde en seconde. Chose surprenante, Essex semblait avoir plus de peine que moi à résister.

Un acteur qui chaque jour, corps et âme, met sa vie en jeu sur la scène, est en bien meilleure forme que n'importe quel soldat.

Je soutenais Essex, qui perdait peu à peu conscience. Mais j'avais moi aussi de plus en plus de mal à tenir sur mes jambes, et j'étais secouée de quintes de toux. Pourtant, je ne pouvais pas le laisser là. Je l'aimais beaucoup trop – lui... ou Jan... ou son âme – pour l'abandonner. Je continuai donc à descendre les marches, ahanante, traînant cet homme évanoui. A travers la fumée, je devinai la forme de la porte d'entrée. Une fois les dernières marches franchies, quelques mètres seulement me séparaient de la liberté. Mais la fumée devenait toujours plus compacte et plus corrosive. Je toussais violemment, j'avais l'impression de cracher du goudron. Ma tête tournait et je n'allais pas tarder à perdre connaissance. Rassemblant mes dernières forces, je parvins à la porte, cherchai le loquet à tâtons à travers la fumée noire. En passant ma main sur la porte, je sentis qu'elle était déjà brûlante, et qu'une suie épaisse se collait à mes doigts... Enfin, la poignée ! Dans un dernier sursaut, je la saisis et voulus appuyer dessus... mais je n'avais plus aucune force. Je m'écroulai au pied de la porte, Essex évanoui dans mes bras, à quelques centimètres du salut. Nous allions mourir ensemble, asphyxiés. Ou brûlés. L'un ou l'autre. Ma dernière pensée fut : une mort comme dans une grande tragédie amoureuse.

Si on faisait abstraction de l'odeur de la couverture.

Si ces deux ballots ne s'étaient pas regardés aussi longtemps dans les yeux avec amour, nous aurions été sauvés au lieu de finir lamentablement au pied de la porte. Dans ce malheur incommensurable, j'eus tout de même une chance : comme Rosa s'était évanouie, je pus soudain sentir à nouveau mon corps. Très surpris, j'essayai de remuer les doigts... et j'y parvins ! Je pouvais de nouveau contrôler mes membres ! Quelle joie extraordinaire ! Malgré la chaleur et le danger, j'étais si heureux de ne plus être emprisonné dans mon crâne que, ironie du destin, je perdis de précieuses secondes à plier et déplier mes doigts comme un petit enfant qui apprend à compter. Quand je voulus me ressaisir, la fumée me fit perdre conscience et je m'écroulai. A quelques pouces de la porte de ma maison. Ma dernière pensée fut celle-ci : j'allais donc terminer ma vie dans les bras d'un soldat. Ce n'était pas la fin d'une grande tragédie, ni même celle d'une grande comédie. Une conduite aussi insensée que la mienne méritait un mot nouveau : c'était une crétinerie !

32

— WILL… entendis-je très loin de moi.

— WILL !

L'appel se faisait plus pressant.

— WILL !!!

Je n'osais pas ouvrir les yeux. Où étais-je ? Dans la caravane de Prospero ? Dans la maison de Britney Spears où je commençais une nouvelle vie ? Cependant, ni Prospero ni Britney ne m'auraient appelée « Will ». De plus, j'avais encore très chaud et je respirais difficilement. J'étais donc encore dans la cage d'escalier enfumée. Je me forçai à ouvrir les yeux et, dans la fumée noire, je reconnus vaguement une grande et grosse forme : Kempe ! Il avait enfoncé la porte et me soulevait dans ses bras.

— Je vais te sortir de là, dit le gros homme avec effort.

— Sauve… Jan, balbutiai-je.

— Qui est Jan ? demanda Kempe, étonné.

Sur quoi je retombai dans les pommes.

Quand je m'éveillai à nouveau, j'étais étendue dans la rue, en face de la maison en feu, à côté d'Essex toujours inconscient. Le gros acteur se tenait debout devant moi, sa veste de perroquet maculée de suie.

— Tu m'as sauvé la vie, murmurai-je.

— Cela devient une habitude.

— Une habitude ?

— C'est la cinquième fois, dit-il avec un grand sourire.

— Pardon ?

— J'ai fait le compte. La première fois, c'était quand tu as voulu te tuer.

— J'ai voulu me tuer ?

— De chagrin, à cause de ta femme...

Shakespeare avait eu un chagrin d'amour à cause de sa femme ? Et il avait même voulu se suicider pour cela ? Cette fois, il m'inspirait une vraie sympathie. Au fond de son cœur, ce n'était donc pas un homme arrogant qui méprisait les femmes. Son aversion pour elles avait pour origine une grande douleur. J'avais déjà pressenti que c'était une âme blessée. Comme moi. Peut-être même plus que moi, car je n'avais jamais voulu me tuer à cause de Jan. J'avais seulement gâché quelques années de ma vie.

Au fait, que devenait Shakespeare en ce moment ? Il se taisait, mais je ne pensais pas qu'il eût disparu, car, je ne savais trop comment, il me semblait percevoir sa présence dans mon – pardon, dans son – corps. Peut-être était-il encore inconscient ?

— La deuxième fois que je t'ai sauvé la vie, poursuivit Kempe, c'était quand tu avais émis devant le comte de Worcestershire la supposition que ses parents devaient être frère et sœur. La troisième fois, l'abbesse du cloître de Cambridge voulait te tuer parce que tu avais prouvé à deux de ses nonnes que l'ascèse était une belle sottise.

Il se mit à rire très fort. Son rire réchauffait le cœur, comme celui de mon ami Holgi, et s'il était un vrai ami pour Shakespeare, Holgi l'était aussi pour moi. Combien de fois m'avait-il consolée quand je n'en pouvais plus ! Combien de fois m'avait-il vue pleurer dans mon sommeil à cause de Jan ! Et combien de fois avait-il dû venir chez moi parce que je ne m'apercevais qu'une fois aux toilettes que j'avais encore oublié d'acheter des tampons.

Il est vrai que Holgi n'avait pas risqué sa vie pour moi, mais il avait souvent renoncé à une aventure d'une nuit qui lui aurait sans doute fait davantage plaisir que d'aller demander des tampons au vendeur de la station-service. Et qu'avais-je fait pour le remercier ? Pas grand-chose. Je l'avais toujours considéré comme une évidence, je ne lui avais jamais dit qu'à sa manière, il comptait pour moi autant que Jan. Etait-ce cela que j'avais à apprendre à propos du véritable amour, que c'était l'amitié ?

— La quatrième fois que je t'ai sauvé la vie, c'était il y a un instant, dit Kempe, interrompant mes pensées.

— Je croyais que c'était la cinquième fois ?

— Non, celle-là, c'est tout de suite, mon ami.

Je le regardai avec étonnement.

— Les gens de Henslowe veulent te tuer. Phoebe a raconté à son père que tu l'as déflorée.

— Mais ce n'est pas vrai ! protestai-je.

— Alors, tu as maintenant tous les inconvénients sans avoir eu d'abord les avantages, dit Kempe avec une feinte pitié.

— Très drôle, répliquai-je.

— Cache-toi au théâtre, proposa Kempe.

— N'est-ce pas le premier endroit où ils viendront me chercher ?

— Ils l'ont déjà fait, ils ne vont donc pas revenir de sitôt. Et puis, je vais les distraire un peu de te chercher en les attirant au bordel, où quelques dames que j'ai payées détourneront leur attention... et leur feront cadeau d'une petite syphilis.

— Tu es un vrai ami, soupirai-je, soulagée.

C'était la phrase que j'aurais dû dire depuis longtemps à Holgi. Mais, puisqu'il n'était pas là, je serrai Kempe très fort contre mon cœur. En espérant que j'aurais encore l'occasion de le faire avec Holgi. Kempe se mit à rire :

— Tu me broies comme un lutteur ! fit-il de sa voix sonore.

— C'est par amour, dis-je en souriant, ce qui le surprit visiblement.

— L'amour chez les lutteurs... J'aime mieux ne pas voir cela ! dit-il avec un sourire extatique.

Puis j'aperçus Essex, qui gisait toujours sur le sol, inanimé, couvert de suie et les vêtements troués par le feu. Il paraissait tellement sans défense ! Je m'inquiétai de son sort :

— Qu'est-ce qu'on fait de lui ?

— Traînons-le jusqu'au théâtre, proposa Kempe.

Une fois arrivé au Rose, nous soulevâmes Essex et l'allongeâmes sur la scène. Puis Kempe prit congé afin d'aller s'acquitter de sa « mission syphilis ». Shakespeare ne me parlait toujours pas. J'étais donc seule dans le théâtre silencieux, où l'atmosphère était tout autre qu'à la fin de l'après-midi. Les spectateurs émus et enthousiastes qui vibraient avec les acteurs en scène et s'amusaient follement étaient depuis longtemps couchés. La lune et les étoiles brillaient par la grande ouverture du toit. Je ne les avais jamais vues aussi distinctement, même ce soir-là avec Jan au bord de la mer du Nord. C'était un des avantages lorsqu'on vivait dans un monde sans problèmes environnementaux. La seule pollution aérienne venait de mes frusques enfumées, qu'il fallait changer de toute urgence. Mais, dans ce corps d'homme, cela ne me ferait probablement pas plus plaisir que de vider ma vessie, et je pouvais donc bien attendre encore un peu. Je respirai profondément et tentai de mettre de l'ordre dans mes pensées. J'avais déjà beaucoup appris sur l'amour. Par exemple, qu'il existait des âmes destinées l'une à l'autre par-delà le temps. Même si je ne savais pas trop à qui Jan était destiné :

à moi ou à Olivia ? Une chose au moins était claire, nos âmes étaient liées d'une façon ou d'une autre. Mais il restait une question : étais-je, moi, son grand amour éternel, ou seulement la tentation qui l'en détournait ? Celle qui ne lui tombait dessus que dans les situations désespérées, comme ce jour-là à Sylt, alors qu'il allait se noyer, et aujourd'hui dans la maison de Shakespeare en flammes ?

J'avais aussi appris que je n'avais pas suffisamment cultivé l'amour de mon meilleur – et mon seul – ami. Et que la vie était bien trop courte pour ne pas en profiter, même si je ne savais pas encore très bien comment. Pourtant, je n'en avais visiblement pas encore assez appris sur le véritable amour pour avoir le droit de retourner vers le présent.

Je poussai un soupir, regardai autour de moi et passai derrière la scène, où je trouvai une petite écritoire portant une chandelle, une plume et de l'encre, tout à fait pareille à celle qui se trouvait dans la chambre de Shakespeare. Probablement s'en servait-il à l'occasion pour apporter quelques changements de dernière minute à ses pièces. En me penchant sur les papiers, je vis qu'il y avait griffonné des phrases isolées, comme celle-ci : « L'enfer est vide, tous les diables sont déjà ici. »

Je me souvins avec satisfaction que j'avais encore appris autre chose à propos de l'amour : que j'aimais écrire.

Je tirai de la poche de ma chemise le sonnet commencé et me réjouis de constater que le papier était intact, bien que légèrement entamé sur les bords. J'allumai la chandelle et étalai la feuille sur la table. Un peu de suie de ma chemise tomba sur le papier, et j'entendis soudain :

— *Tu vas le salir !*

— Juste ciel ! m'écriai-je avec frayeur. Décidément, tu aimes bien prendre les gens par surprise.

— *Un instant, un instant, qui a choqué l'autre ici ? Ce n'est pas moi qui ai embrassé un homme !*

— Euh, excuse-moi, objectai-je, mais, à strictement parler, c'était bien toi... puisque c'était ton corps.

— *Je préférerais qu'on ne me le rappelle pas.*

— C'est toi qui as commencé.

— *Et j'arrête tout de suite.*

— Bonne idée.

— *Mais cela me ferait grand plaisir que tu n'embrasses plus jamais un homme.*

Comme je ne pouvais pas lui promettre cela, je me tus. Au bout d'un moment, il proposa :

— *Nous devrions changer de vêtements.*

— Pardon ?

— *Nous devrions changer de vêtements et nous laver.*

Je tenais à mettre les choses au point :

— En tant que femme, je n'ai absolument pas l'intention de déshabiller un inconnu, même si je suis dans son corps.

— *Mais, couvert de suie comme nous sommes, nous ne pouvons guère nous présenter devant la comtesse Marie et accomplir notre mission. Et si nous ne le faisons pas, nous finirons dans la Tour.*

— Je me suis laissé dire que ce n'était pas pire qu'à l'école, répliquai-je d'un ton caustique.

Pourtant, je savais qu'il avait raison. Je devais ôter ces vêtements et me laver.

— Mais je garde le slip, fis-je avec décision.

— *Qu'est-ce que c'est qu'un slip ?*

— Comment ça, « qu'est-ce que c'est qu'un slip » ?

— *C'est la première fois que j'entends ce mot.*

— Tu ne sais pas ce que c'est qu'un slip ?

Je trouvais cela inconcevable. J'étais tombée dans un siècle où on n'avait pas encore inventé le slip !

— *Alors, qu'est-ce qu'un slip ? demandai-je une nouvelle fois.*

Je réfléchis quelques instants et conclus que cela ne risquait pas trop de modifier l'avenir si je dévoilais à

Shakespeare le concept du slip. Je lui expliquai donc en quoi consistait cette invention, l'une des plus belles découvertes de l'humanité. Quand j'eus fini, il déclara, impressionné :

— *Avec ce slip, certaines gens pourraient éviter les traces brunes sur leurs collants...*

Vu sous cet angle, le slip était peut-être même la meilleure de toutes les inventions humaines. Mais ce constat ne m'avançait pas à grand-chose. Si je devais me changer, il faudrait que j'enlève tout. Je changeai donc d'avis et dis que je ne voulais pas me changer.

— *Vraiment, tu ne veux pas me dévêtir ?*

Cette Rosa paraissait être une femme décente comme on n'en voit guère. Je commençais à me dire que j'aurais pu être investi par des esprits bien plus terribles : celui d'Attila le Hun, celui de Néron, ou même – chose inconcevable – celui de mon odieuse mère. Si celle-là avait dû me dévêtir... Non, je préférais ne pas imaginer un tel cauchemar. Je revins en hâte au problème qui se posait à moi :

— *Il existe une bonne façon de sortir de ce dilemme.*

— Si tu me dis maintenant que tu pourrais demander à une femme de te déshabiller, je te tape dessus !

— *Mais alors, tu te frapperais toi-même.*

— Oui, mais ça vaudrait le coup.

Rosa ne manquait pas de culot – pour dire cela de façon imagée, car, bien sûr, c'était ma culotte qu'elle portait. Néanmoins, elle m'amusait fort, car j'aimais les femmes de tempérament. Je lui dévoilai un secret :

— *Pendant l'incendie, j'ai fait une découverte : quand tu dors ou que tu es inconsciente, je peux reprendre possession de mon corps.*

Je fus très étonnée, mais de fait, cela ressemblait à une solution pour que je n'aie pas à laver moi-même le corps de Shakespeare. De plus, après tous ces événements, je me sentais véritablement épuisée.

— Ça me paraît un bon plan, dis-je à Shakespeare. Je dormirais très volontiers.

Je me dirigeai vers un petit divan qui se trouvait dans un coin parmi d'autres accessoires de théâtre tels qu'étendards, épées et chevaux de bois. Le divan faisait un peu romain, ce devait être le genre d'où les césars criaient : « Des orgies ! Donnez-moi des orgies ! » Je m'allongeai dessus, mais ne parvins pas à trouver le sommeil. Sans doute l'excès d'adrénaline dans le sang. De plus, je puais terriblement la fumée.

— *Que se passe-t-il ? demandai-je.*

— Je n'arrive pas à m'endormir.

— *Je peux peut-être y remédier. Depuis quelques années, il y a chez nous une nouvelle berceuse qui plaît beaucoup aux enfants anglais. Une vraie rengaine. Cela t'aidera peut-être ?*

— Tu ne parles pas sérieusement, dis-je en souriant.

— *Dors, mon enfant, dors, ton père garde les moutons... commençai-je à chanter.*

J'éclatai de rire :

— Oh, non !

— *Ta mère secoue son p'tit bâton. .*

— Franchement, les paroles me paraissent un peu douteuses.

— *C'est bien vrai.*

— Surtout que le père est en train de garder les moutons. La question se pose donc de savoir à qui appartient le petit bâton que la mère secoue.

— *On ne peut que supposer qu'il s'agit d'un autre homme. Qui ne pue pas autant que le berger.*

— Peut-être son beau-frère, suggérai-je.

— *Ou le curé.*

— Voilà pourquoi la maman tient tellement à ce que l'enfant s'endorme. Sans quoi, si jamais il les surprend tous les deux, le petit aura une mauvaise opinion de Dieu.

— *Tôt ou tard, c'est ce que chacun finit par penser de toute façon.*

— Par exemple le père, qui est dans son pré sans se douter de rien au sujet du petit bâton.

— *A coup sûr, pendant ce temps, le pauvre homme cherche à se consoler auprès de ses brebis.*

— Merci beaucoup, avec ce genre d'image en tête, je ne risque pas de m'endormir.

— *C'est le curé surtout qui me fait de la peine.*

— Pourquoi, parce qu'il aura des ennuis avec les autorités ecclésiastiques ?

— *Non, même les évêques pratiquent la fornication.*

— Pourquoi, alors ?

— *Parce qu'il n'a qu'un petit bâton, pas un gros.*

J'éclatai de rire. Il fallait bien reconnaître que Shakespeare ne manquait pas d'humour.

— Dans ce cas, c'est plutôt la femme qui me fait de la peine, répliquai-je.

J'éclatai de rire. Il fallait bien reconnaître que Rosa ne manquait pas d'humour.

C'était la première fois que je m'amusais vraiment depuis que j'étais dans le passé. Pour être plus précise, c'était la première fois que je m'amusais vraiment depuis bien longtemps.

C'était la première fois depuis bien longtemps que j'éprouvais une vraie joie. Pour être plus précis, c'était la première fois que j'éprouvais une joie véritable depuis le grand désastre de Stratford.

Peut-être pouvais-je aimer mon âme malgré tout ?

33

Rosa et moi, nous continuâmes à imaginer l'histoire du berger, du prêtre et du petit bâton, constatant au passage, entre autres choses, que l'idée d'« heure du berger » prenait ici une connotation sodomite qui nous amusa beaucoup. Nos éclats de rire se changèrent peu à peu en sourires béats – Rosa commença à se sentir fatiguée, et elle finit par s'endormir comme une bienheureuse. Je me demandai à quoi elle pouvait ressembler, quel effet cela m'aurait fait de la voir couchée là. Etait-elle ravissante ? Voire ensorcelante ? Aussi ensorcelante qu'elle était spirituelle ?

Pourtant, je repoussai ces pensées. Je n'avais plus de temps à perdre. Reprenant le contrôle de mon corps, j'ôtai mes vêtements sales, me lavai en hâte, trouvai d'autres vêtements dans les malles du théâtre et me mis en route pour aller chez l'alchimiste Dee. Je traversai les rues presque désertes de Southwark endormie. A cette heure de la nuit, seule la pire vermine rôdait encore dans les rues ou les bordels – voleurs, brigands et financiers. Je passai en hâte devant le bordel de Henslowe, qui était en train de fermer ses portes. Les clients sortaient dans la rue en titubant, certains se grattant déjà l'entrejambe. Je me demandais si je n'allais pas faire peut-être moi aussi un petit crochet par le bordel – nous autres, gens de théâtre, on nous accordait des rabais, et on nous servait même après la fermeture –, quand je vis mon ami Kempe, ivre, sortir en chancelant de l'établissement avec quelques-uns des sbires de Henslowe. Que faisait-il avec ces misérables ? Pourquoi le remerciaient-ils de son invitation ? Et surtout, pourquoi agitait-il ses mains en me faisant signe de disparaître ?

J'en conclus que Rosa avait dû faire des siennes avec Phoebe. Soit elle avait dépucelé cette petite peste. Soit elle n'avait précisément rien fait de tel. Et, à en croire les manifestations de pudeur de Rosa à la seule idée de me laver, il devait plutôt s'agir d'une affaire de non-défloration. Mais je me soucierais une autre fois de ce problème relativement mineur. Pour le moment, je devais débarrasser mon corps de la présence de Rosa.

Je passai donc rapidement devant le bordel pour me diriger vers la Tamise à travers les rues désertes. Là, j'empruntai une barque et descendis le fleuve éclairé par des flambeaux jusqu'à une masure de pierre bâtie par les Normands au temps de leur domination. C'était la demeure de l'alchimiste. Je frappai au portail de fer forgé, qui fut bientôt ouvert par un petit Chinois pourvu d'une moustache, d'une calotte noire et d'une robe verte.

— Que désilez-vous ? me demanda-t-il.

— Je désire voir John Dee. Mon nom est William Shakespeare.

En entendant mon nom, l'Asiatique s'illumina tout à coup :

— Shakespeale ? J'adole Peines d'amoul peldues...

C'était un amateur de mon art ! Je l'avais toujours su : mes pièces étaient capables d'enflammer les hommes de toutes les parties du monde.

— Qu'aimez-vous exactement dans cette pièce ? demandai-je tandis que nous traversions la grande salle pavée de l'entrée.

Je n'étais jamais las de m'entendre complimenter sur mon œuvre.

— Les nobles gens y font toujouls des choses si lidicules !

Oui, c'était l'un des secrets d'une bonne histoire : montrer que les nobles et les riches peuvent eux aussi être en difficulté. C'est pour cela que j'écrivais sur les angoisses des souverains, les folies amoureuses des comtes et les amours incestueuses des rois.

Le Chinois amateur de théâtre me mena à une pièce où se trouvaient les nombreuses cartes du ciel grâce auxquelles Dee établissait l'horoscope des nobles – jusqu'à celui de la reine, murmurait-on. Les murs étaient en outre couverts de tapisseries orientales. L'alchimiste avait sans doute rapporté ces dernières – comme le petit Chinois – de ses voyages fabuleux dans la lointaine Asie. Lui-même était en ce moment courbé au-dessus d'une écritoire de pierre, étudiant avec une loupe un parchemin chinois où était représentée une carte du ciel. Peut-être s'aidait-il de la science des sages asiatiques pour établir ses prédictions astrologiques. Ce vieillard aux sourcils touffus faisait l'effet d'un homme qui n'avait d'autre préoccupation que la science.

— Comment oses-tu me déranger, Hop-Sing ? demanda-t-il doucement au Chinois sans lever les yeux de sa carte.

— William Shakespeale est ici.

— Que me veux-tu, barde ? demanda Dee sans cesser de considérer son parchemin.

— Je suis possédé par un esprit et j'ai besoin de votre aide.

— Cela ne m'intéresse pas, répondit-il avec un geste de la main pour m'intimer l'ordre de sortir.

— Je... je vous en supplie, implorai-je avec désespoir. L'esprit est une femme.

— Cela m'est égal.

— ... elle vient d'un lointain pays au nom étrange...

— Cela aussi m'est égal.

— ... ce pays a nom Wuppertal.

A peine avais-je dit cela que l'alchimiste, délaissant sa carte, me regarda, les yeux écarquillés, et répéta avec étonnement :

— Wuppertal ?

34

Dee se leva et, tel un inquisiteur, se mit à me questionner sur ce que je savais de Rosa et de Wuppertal. Comme j'en savais très peu en vérité, mes réponses ne le satisfirent guère. Je finis par lui demander :

— Pourquoi ce Wuppertal vous intéresse-t-il tant ?

— Parce que ce lieu n'existera que dans un lointain avenir, répondit l'alchimiste

Je le regardai avec stupéfaction. J'avais maintenant des centaines de questions à poser, mais, me coupant la parole, Dee m'ordonna :

— Sois ici, non pas la nuit prochaine, mais celle qui suivra. Ni plus tôt, ni plus tard. Alors, je te délivrerai de cet esprit. Une fois pour toutes.

— Mais tu... tu ne le détruiras pas ? demandai-je.

J'étais un peu inquiet tout à coup. Car je commençais malgré tout à avoir quelque sympathie pour Rosa.

— Cela fait partie des possibilités.

J'avalai ma salive. Remarquant mon trouble, l'alchimiste déclara :

— On ne fait pas d'omelette sans casser des œufs.

C'était l'une de ces phrases à la mode qui entraient ces temps-ci dans le répertoire londonien.

Je frémis à la pensée que l'esprit de Rosa pourrait être anéanti. Mais je ne pouvais pas continuer à vivre avec sa présence dans mon corps, aussi répétai-je à voix basse :

— On ne fait pas d'omelette sans casser des œufs.

Je quittai la demeure de l'alchimiste et rentrai à Southwark à l'aube. De fait, le carrosse qui devait m'emmener chez la comtesse Marie attendait déjà devant le théâtre. A peine y avais-je pris place que je perdis de nouveau tout pouvoir sur mon corps. Rosa s'éveillait...

... pendant une seconde, j'espérai m'éveiller sur la couchette de la roulotte de cirque de Prospero, et que tout ce voyage dans le temps n'ait été qu'un mauvais rêve. Mais il n'en était rien, bien sûr. Je sentais les cahots, j'entendais le galop des chevaux. J'étais de nouveau dans le carrosse, et je portais une tunique brune et un collant vert. Sentant quelque chose dans une poche, j'y mis la main et en retirai un médaillon. Mais ce n'était pas celui où se trouvait le portrait de cette idiote de comtesse qui ressemblait tant à Olivia, non : celui-ci renfermait l'image de deux enfants visiblement du même âge, sept ou huit ans peut-être. La fillette, jolie et rayonnante, portait une chaste robe blanche. Le petit garçon, vêtu d'un collant, d'une tunique et d'une fraise, paraissait plutôt mélancolique et sensible, voire fragile.

— *Hamnet et Judith, mes jumeaux.*

— Alors, tu as vraiment des enfants, constatai-je.

Je m'habituais peu à peu à ce que Shakespeare m'adresse la parole sans prévenir.

— *Doutais-tu donc de ma virilité ?*

— Ta virilité ne m'intéresse absolument pas, dis-je.

— *Elle intéresse pourtant toutes les autres.*

— Oui, mais je ne suis pas « toutes les autres ».

— *C'est ce qu'il me semble aussi.*

Shakespeare disait cela sans mépris, presque gentiment. Peut-être commençait-il à m'apprécier ? De même que, de mon côté, je commençais à le trouver sympathique ? Je me remis à parler de ses enfants :

— Comment se fait-il que tu loges dans une petite chambre ? Il n'y a pas la place pour une famille...

— Mes enfants sont toujours dans mon village natal, Stratford-upon-Avon.

— Alors, pourquoi vis-tu à Londres et non à Stratford ?

— *Hélas, le besoin de dramaturges se fait bien peu sentir là-bas ! J'aurais dû passer ma vie à être gantier, comme mon père. Et s'il y avait une chose que je ne voulais pas, c'était devenir comme mon père.*

Cela, je pouvais le comprendre. Moi non plus, je ne voulais pas ressembler à ma mère. Curieuse, je poursuivis mes questions :

— Vois-tu souvent tes enfants ?

— *Bien trop rarement.*

Il s'efforçait de bannir tout chagrin de sa voix, mais sans grand succès.

— Tu les aimes beaucoup, n'est-ce pas ? fis-je, compatissante.

— Il faut être un barbare pour ne pas aimer ses enfants !

— Es-tu divorcé ?

— Divorcé ? Qu'est-ce que cela signifie ?

Ah oui, j'oubliais que le divorce était un concept encore à inventer. Comme le pacte civil de solidarité, la pension alimentaire et les batailles juridiques pour la garde des enfants. Je corrigeai ma question :

— Je veux dire : qu'est devenue ta femme ? Pourquoi n'a-t-elle pas voulu t'accompagner à Londres ?

— *Tu es bien curieuse, Rosa.*

— Excuse-moi.

Il avait raison, tout cela ne me regardait en rien. Je n'étais qu'un esprit qui avait par hasard pris possession de son corps. Pas une amie.

Je regrettais d'avoir repoussé Rosa aussi rudement. Elle paraissait se soucier sincèrement de mon sort, et, hors mon fidèle compagnon Kempe, elle était donc le seul être sur cette terre à vouloir y prendre part. Devais-je lui parler d'Anne ?

Shakespeare se taisait, et je sentais d'instinct qu'il aurait bien voulu parler de ce qu'il ressentait, mais qu'il n'osait pas. Typiquement masculin !

— Parfois, cela peut faire du bien d'exprimer ses sentiments, suggérai-je alors.

Exprimer ses sentiments ! Quelle singulière idée !

— Je sais que cela vous est difficile, à vous les hommes. Mais parler de ce qu'on ressent, c'est un peu comme vomir.

— *Vomir ?*

— C'est désagréable au début, mais ensuite, on se sent soulagé.

— *Tu as un sens intéressant de la métaphore, constatai-je avec amusement.*

— Merci, répondis-je en souriant.

Un bref instant, je me demandai si je ne devais pas essayer. Durant toutes ces années, je n'avais parlé à personne de ma douleur. Sauf cette nuit où j'avais confié à une prostituée, Sophie, tout ce qui pesait sur mon cœur, sachant qu'elle ronflait, ivre morte. Cependant, j'avais beau être près de croire Rosa lorsqu'elle disait que cela me soulagerait d'épancher enfin mon cœur, je n'avais toujours pas le courage de confier mon histoire à quiconque.

— Alors... aimerais-tu parler ? demandai-je avec précaution.

— *Je suis fatigué. Je dois me reposer...*

Après cela, Shakespeare ne prononça plus un mot. Nous n'en étions visiblement pas encore au point de parler ensemble de nos sentiments. D'ailleurs, rien ne nous y obligeait, et ce n'était peut-être pas approprié à la situation... A y bien réfléchir, c'était même absurde : pourquoi le grand Shakespeare exposerait-il ses sentiments, et surtout à quelqu'un comme moi ?

Peut-être parce que nous partagions la même âme.

A cette pensée, je repris un tout petit peu espoir : Shakespeare et moi, nous avions des problèmes avec l'amour. Ne pourrions-nous pas nous aider mutuellement ? Peut-être même, ensemble, trouverions-nous ce qu'était le véritable amour ?

35

Dans le carrosse qui roulait à travers la ville pour m'emmener chez la comtesse, je ne pouvais qu'espérer que les espions espagnols ne me suivaient pas. Je venais seulement de me rendre compte qu'Essex n'était pas avec nous – était-il resté au théâtre ? Préoccupée par ma situation et par la discussion avec Shakespeare, je l'avais presque oublié. C'était la première fois depuis des années que je m'éveillais sans penser à Jan.

Le carrosse approchait de la porte de la ville, gardée par des soldats. Des paysans d'aspect misérable, traînant derrière eux des charrettes de blé – ils n'avaient visiblement pas de quoi se payer des chevaux –, s'avançaient d'un pas lent à notre rencontre, venant de l'extérieur des murs. Ces affamés auraient sans doute été heureux de recevoir les subventions agricoles de l'Union européenne. Au passage de la porte, je découvris un spectacle abominable : deux têtes humaines plantées sur des épieux. Je n'avais encore jamais rien vu de si horrible et je m'attendais à vomir d'un instant à l'autre, mais l'estomac de Shakespeare était apparemment plus solide que le mien. Il est vrai qu'il devait avoir l'habitude de ces scènes. Je le plaignais de plus en plus.

Quant à lui, il ne disait toujours rien. Il devait dormir quelque part dans les profondeurs de mon… de son… de notre cerveau. Je m'en réjouissais pour lui, car tout ce qu'il vivait avec moi devait beaucoup le fatiguer lui aussi. J'espérais seulement qu'il n'avait rien fait d'autre, le reste de la nuit passée, que se laver et changer de vêtements, sans déflorer personne.

Dès la sortie de la ville, l'air me parut infiniment meilleur. Les prés étaient couverts de magnifiques fleurs jaunes et rouges, qui profitaient visiblement de ce que les pluies acides et les émanations de monoxyde de carbone n'avaient pas encore été inventées. Ce spectacle merveilleux me fit oublier celui des têtes coupées. Malheureusement, je me mis aussi à imaginer combien il serait agréable de me promener dans ces belles prairies avec Jan/Essex. Dans ce fantasme, je me voyais évidemment dans mon corps de Rosa, sans quoi cela vous aurait eu un petit air de *Brokeback Mountain*…

Après avoir roulé quelques kilomètres à travers ce magnifique paysage, nous atteignîmes un petit château. Mais un vrai château, pas un de ces manoirs anglais que l'on voit dans les films tirés des romans de Jane Austen. Franchissant le pont-levis et la herse, nous entrâmes dans un merveilleux jardin orné d'un labyrinthe végétal. L'ensemble était si charmant que je songeai : Si j'étais comtesse, je voudrais avoir un château comme celui-ci.

Quand le carrosse s'arrêta devant le perron, je descendis et allai frapper à la lourde porte de chêne. Au bout de quelques instants, un homme d'un certain âge m'ouvrit. Il portait un collant blanc, une veste bleue, un gilet rouge et une sorte de béret qui, de loin, rappelait ces trucs que les gens se mettent sur la tête au carnaval de Mayence. L'homme se présenta avec cérémonie, d'une voix nasillarde :

— Mon nom est Malvolio, je suis le majordome de cette maison.

— D'accord, répondis-je.

Je n'avais fichtrement aucune idée de ce à quoi servait un majordome.

— Qui êtes-vous ? demanda-t-il alors.

— William Shakespeare.

C'était la première fois que je prononçais ce nom sans hésiter.

— Et que désirez-vous ? demanda l'homme.

— Je voudrais voir la comtesse.

— Très bien. Il vous faudra juste patienter un peu.

— Combien de temps ?

— Sept ans, répondit-il en souriant.

Et il me ferma la porte au nez.

Sept ans ? Cette femme ne plaisantait donc pas quand elle avait fait vœu de préserver le souvenir de son frère défunt et de ne voir aucun homme pendant ce long deuil.

Sans me laisser abattre, je fis le tour du château, trouvai une fenêtre ouverte et l'escaladai. A l'intérieur, l'atmosphère était beaucoup moins plaisante que dans le parc. Il y avait plus d'animaux empaillés accrochés aux murs que dans une auberge tyrolienne. Et tous les espaces libres entre ces cadavres étaient occupés par des portraits du même jeune homme un peu trapu, représenté tantôt en chasseur, tantôt en escrimeur, ou encore regardant au loin avec l'expression stupide que l'on ne voit qu'aux gens figés sur des peintures à l'huile. Il ne pouvait s'agir que du défunt frère dont Marie portait le deuil. Je me pris à espérer que ce n'était pas un de ces cas d'amours incestueuses devant lesquels les gens normalement socialisés crient à la consanguinité.

Au bout d'un couloir, je trouvai une porte ouverte sur une cour qui menait à la partie arrière de la propriété. Entendant soudain derrière moi des pas et la respiration bruyante du majordome, je me hâtai de sortir et me dirigeai vers un petit étang couvert de nénuphars. Le majordome n'avait pas dû m'entendre, car il ne me suivait pas. Je soufflai un peu, puis j'entendis un nouveau bruit de pas, cette fois plus léger. Regardant autour de moi, je vis la comtesse sortir du château. Elle ressemblait trait pour trait à Olivia. Les cheveux relevés et une serviette à la main, elle était surtout absolument nue, vraisemblablement pour se baigner dans son étang. Elle ne m'avait pas encore découverte, mais si elle me voyait, elle se mettrait sans aucun doute à crier au secours. Après cela, il y aurait peu de chances qu'elle écoute ma requête avec patience, et Walsingham, le chef des services secrets, me mettrait la main au collet comme il l'avait promis.

D'un autre côté, Essex serait de nouveau libre pour moi et nous pourrions recommencer à nous embrasser... Mon Dieu, qu'est-ce que je racontais ?

Il fallait disparaître au plus vite, mais où ? Affolée, je regardai autour de moi et ne vis qu'une seule issue : sauter dans le lac. A peine avais-je plongé sous les nénuphars que je constatais que j'avais déjà eu de meilleures idées dans ma vie. Je n'allais pas pouvoir rester sous l'eau jusqu'à ce que la comtesse ait fini de prendre son bain. Juste à côté de moi, je vis un pied entrer dans l'eau, puis un autre.

A mon réveil, je vis sous l'eau une belle jambe de femme. Je m'étais déjà réveillé devant des spectacles bien pires.

La comtesse était maintenant dans l'eau jusqu'à la taille, tout près de moi, mais, grâce aux nénuphars, elle ne me voyait pas.

De plus, je vis ensuite un derrière bien arrondi qui suscita en moi un vif intérêt.

Je ne devais absolument pas bouger si je ne voulais pas qu'elle s'aperçoive de ma présence. Mais je commençais à manquer d'air, et les bulles qui s'échappaient de ma bouche montaient à la surface. Au-dessus de moi, j'entendis la voix assourdie de la comtesse s'exclamer avec surprise :

— Des bulles d'air ? Pourtant, je n'ai pas pété.

Elle avait la même voix qu'Olivia. Malgré la distorsion, la mélodie, les intonations étaient exactement semblables...

— Je dirai au majordome que je ne veux plus avoir de lentilles aux repas, l'entendis-je dire.

Les bulles continuaient à remonter vers la surface.

— Et plus de haricots aux oignons.

Malgré mes efforts, je ne parvenais plus du tout à retenir les bulles.

— Ni de bière de houblon !

Cette fois, je ne savais plus quoi faire.

— Rosa, je ne voudrais pas être impoli et te forcer à sortir de l'eau... Je prends grand plaisir à contempler le magnifique postérieur et les jambes de la comtesse...

Ce Shakespeare était vraiment incroyable.

— ... mais, comment te dire ? JE NE VEUX PAS ME NOYER, NOM D'UN CHIEN !

Shakespeare avait raison, si je restais encore quelques secondes là-dessous, j'allais nous noyer. J'entendis la comtesse se demander avec étonnement :

— Mais d'où viennent donc toutes ces bulles ? Je n'ai pourtant pas du tout l'impression de péter.

Prenant mon courage à deux mains, je sortis la tête de l'eau.

Devant la comtesse nue.

Comme je m'y attendais, elle s'écria avec épouvante :

— Sainte Mère de Dieu !!!!

Puis, le premier moment de frayeur passé, elle reprit contenance, se cacha la poitrine et demanda :

— Que faites-vous ici ?

J'étais trop occupée à reprendre mon souffle pour répondre.

— Que faites-vous dans mon étang ?

— *Nous admirons la vue.*

— Je... je suis envoyé par le comte d'Essex, m'efforçai-je d'expliquer.

— Le comte est certes un homme fort pressant, mais ses envoyés me paraissent l'être encore davantage, constata la comtesse.

— Je dois vous dire quelque chose de sa part, repris-je.

— Et qu'est-ce donc ?

J'aurais bien aimé le savoir moi-même. Si je devais conquérir cette femme pour Essex, je ne pouvais guère lui réciter son ridicule poème. Tandis que je réfléchissais fiévreusement, Shakespeare vint à la rescousse :

— *Dis-lui le début de notre sonnet, soufflai-je à Rosa.*

Alors, je me redressai, et, ruisselante, debout dans la mare devant une femme qui ressemblait à ma rivale Olivia, je déclamai :

Vais-je te comparer à un beau jour d'été ?
Ton charme est plus aimable, ton humeur plus câline.
Des vents rudes secouent les chers boutons de mai,
Et le bail de l'été bien trop tôt se termine...

La comtesse fut visiblement enchantée, mais, avant que j'aie pu continuer, elle posa les doigts sur ses lèvres pour me faire signe de me taire :

— Ce n'est pas le comte qui a composé ce poème, n'est-ce pas ?

— Mais... mais si, mentis-je.

— Non, ce ne peut être qu'une autre âme, une âme moins guerrière, dit-elle avec émotion.

— *Et les poètes sont de meilleurs amants que les soldats, complétai-je.*

Hélas, la belle comtesse ne m'entendait pas, et Rosa ne lui répéta pas ce que j'avais dit.

— Je crois plutôt que ce poème est de vous, monsieur. Quel est votre nom ?

— Euh... William Shakespeare.

— Pardonnez-moi, maître Shakespeare, mais je crois n'avoir encore jamais entendu parler de vous.

Sacré nom de nom ! Je le savais : il fallait absolument que j'écrive de meilleures pièces afin d'accroître ma renommée. Et afin que même des créatures aussi merveilleuses que celle-ci entendent parler de moi.

— Maître Shakespeare, à présent, je dois vous prier de sortir de mon étang et de quitter mon château sur-le-champ.

Je voulus protester, mais elle reprit d'une voix sévère :

— Sur-le-champ.

Je me décidai donc à quitter la scène, trempée jusqu'aux os.

— *Rosa, nous n'avons pas le droit de partir maintenant !*

Je ne pouvais pas répondre à Shakespeare devant la comtesse. Pour le coup, elle m'aurait crue complètement gaga.

— Veuillez m'excuser un instant, dis-je.

Et j'allai me cacher derrière un arbre. Tout en m'égouttant, j'expliquai à Shakespeare à voix basse :

— Elle veut que nous partions.

— *Certes. Mais nous avons bien des raisons de ne pas quitter les lieux. D'abord, si nous renonçons, Walsingham et la reine nous puniront cruellement.*

— Ah, c'est juste, reconnus-je.

— *Ensuite, je goûte fort la compagnie de cette comtesse nue.*

— Mais pas moi !

— *Parce que tu es une femme.*

— Pas pour le moment, hélas.

— *La comtesse est une vraie beauté.*

— Tu la trouves belle ?

— *Je coucherais volontiers avec elle.*

— Quoi ?!?

— *Pas avant que tu aies quitté mon corps, bien sûr.*

— Je te remercie de cette extrême obligeance, fis-je avec ironie.

— *Une nuit avec moi dissuaderait certainement la comtesse de continuer à pleurer son frère.*

— Quelle abnégation de ta part, fis-je avec sarcasme.

— *Je suis comme cela. Désintéressé et charmant.*

— A d'autres, soupirai-je.

— *La comtesse le croira sans peine. Quant à moi, une telle liaison pourrait me rapporter beaucoup.*

— Te rapporter ? Comment cela ?

— *Tout dramaturge rêve d'une riche protectrice. Si la comtesse tombe amoureuse de moi, ce qu'elle fera à coup sûr si je m'y mets sérieusement, elle m'offrira sans nul doute mon propre théâtre. Un théâtre où je pourrai faire jouer toutes les pièces que je voudrai, sans plus avoir à me compromettre avec un tenancier de bordel. Cela fait longtemps que j'en rêve, et je sais déjà comment je l'appellerai : le théâtre du Globe !*

Je n'écoutais plus du tout ses élucubrations. Je ne songeais qu'à une chose : Shakespeare en pinçait pour la comtesse. Il ne manquait plus que cela !

36

Si j'avais été dans mon corps de femme, je suis sûre que tout cela m'aurait flanqué une migraine carabinée. Dieu merci, le corps de Shakespeare n'avait pas ce genre de faiblesse. C'était au moins un avantage.

Je devais absolument dissuader Shakespeare de s'intéresser à la comtesse :

— La reine nous a demandé de réunir Essex et la comtesse.

— *Je sais.*

— Si nous agissons contre sa volonté, elle nous punira cruellement.

— *Là encore, tu dis vrai.*

— Il serait donc bien imprudent de séduire la comtesse.

— *C'est cela.*

— Alors, vas-tu bientôt cesser de m'énerver avec cette histoire ?

— *Non.*

— Quoi ???

— *Je suis fermement décidé : elle financera mon théâtre. C'est la première femme que je rencontre qui soit à la fois riche et belle. Son visage est merveilleux, son corps sans défaut…*

— Tu parles ! protestai-je avec indignation. Elle a des bourrelets aux hanches.

Je n'étais pas très sûre de mon fait. En tout cas, dans notre millénaire, Olivia avait un peu de cellulite en haut des cuisses, comme j'avais pu le constater lors d'une excursion baignade avec des amis de Jan. Elle était certes loin d'avoir la peau aussi plissée que moi, mais il était tout de même agréable de se dire qu'elle non plus n'était pas absolument parfaite.

— *Je n'ai rien vu de tel. Et, crois-moi, j'ai bien regardé. La comtesse est une personne réellement remarquable, son corps semble avoir été créé par les dieux – et quand je dis « les dieux », j'entends par là des dieux particulièrement doués...*

— ARGGHHHH ! criai-je de toutes mes forces.

Je ne pouvais en supporter davantage.

— Vous sentez-vous mal ? dit la voix inquiète de la comtesse.

Je fis volte-face. Elle était à quelques mètres de moi, enveloppée dans son grand drap de bain. Ce n'était pas une jolie serviette moelleuse et colorée comme on en fait à notre époque, mais une pièce de grossier tissu gris, non sans ressemblance avec une couverture de prison. Les femmes de ce temps-là n'avaient donc pas que les corsets à supporter.

— De... depuis combien de temps écoutez-vous ? demandai-je à la comtesse.

— Depuis « la comtesse a des bourrelets aux hanches », répondit-elle.

Si j'avais encore eu pouvoir sur mon corps, je serais rentré sous terre de honte.

— Je... euh... je parlais d'une autre comtesse.

Je n'étais pas très convaincante, et elle n'en crut pas un mot, bien sûr.

— Il est temps que vous retourniez chez le comte, dit-elle.

Je hochai la tête, mais Shakespeare protesta :

— *Récite-lui la suite de notre sonnet !*

— Je ne réciterai plus aucun sonnet !

— Maître Shakespeare, ce n'est pas non plus ce que j'attends de vous.

Elle était capable de se montrer aussi hautaine qu'Olivia. Je m'éloignai rapidement, mais Shakespeare ne lâchait pas le morceau :

— *Si tu ne lui dis pas ce poème, je vais chanter sans arrêt dans ta tête le « Dieu sauve la reine ».*

— Quoi ?

— *Dieu sauve notre gracieuse reine, entonnai-je.*

— Tu plaisantes !

— *Longue vie à notre noble reine, Dieu sauve la reine ! chantai-je de plus en plus faux et sur un ton qui aurait poussé au suicide n'importe quel amateur de musique.*

— Si nous n'avions pas le même corps, je te frapperais !

— *Qu'elle soit victorieuse...*

— Je vais peut-être te frapper quand même !

— *Heureuse et glorieuse...*

— Bon, bon, tu as gagné.

Il n'est pas de meilleure arme que la persévérance pour parvenir à ses fins. C'était l'une des recettes de la réussite de l'Eglise anglicane. Avec la torture.

Faisant à nouveau demi-tour, je m'avançai vers la comtesse. Elle m'avait entendue et en avait certainement conclu que j'avais parlé seule tout le temps. Aussi me dit-elle avec compassion :

— Avez-vous combattu à la guerre et vécu des événements qui vous ont ôté la raison ?

— Non, je n'ai fait aucune guerre, dis-je.

— Mais alors, qu'est-ce donc qui vous a ainsi troublé l'esprit ? demanda-t-elle d'un air inquiet.

— Ce serait trop long à expliquer, soupirai-je.

Puis, comme Shakespeare me l'avait ordonné, je me mis à déclamer notre sonnet inachevé :

Vais-je te comparer à un beau jour d'été ?
Ton charme est plus aimable, ton humeur plus câline.

Des vents rudes secouent les chers boutons de mai,
Et le bail de l'été bien trop tôt se termine.

D'un éclat trop brûlant parfois l'œil du ciel luit
Les nuages souvent voilent l'or de son teint ;
Et de toute beauté un jour la beauté fuit
Dépouillée par les ans ou le mouvant destin.

Ces vers émurent la comtesse aux larmes. Au milieu de ma déclamation, elle me dit avec transport :

— Votre langue est très éloquente.

— *Elle sait faire bien d'autres choses ! m'écriai-je.*

Je préférai ne pas répéter cela à la comtesse et me contentai d'observer son visage ému. Il était très étrange pour moi de charmer ainsi ma plus grande rivale. Et par des mots à la composition desquels j'avais contribué.

Cette fois, je voulais vraiment partir. Shakespeare aurait beau chanter, je m'en fichais. Je m'inclinai donc pour prendre congé. Ce faisant, je m'aperçus que c'était là un geste assez masculin. Mon nouveau corps déteignait-il sur mon comportement ? Si je restais encore longtemps ici, finirais-je par devenir un homme ? Un homme qui allait à tout bout de champ se mettre la main au pantalon ?

Ecartant ces pensées, je m'éloignais en hâte quand Olivia/Marie me rappela, bouleversée :

— Pouvez-vous dire quelque chose de ma part au comte ?

— Quoi donc ? demandai-je en me retournant vers elle.

— Qu'il me donne encore de ses nouvelles.

Elle paraissait très nerveuse, et je ne comprenais pas ce qui lui prenait : ne voulait-elle pas rester sept ans sans voir aucun homme ? Pourquoi parlait-elle maintenant de rencontrer le comte ?

— Je le lui dirai.

— Merci. Mais il y a une condition.

— Laquelle ?

Elle répondit d'une voix tremblante :

— Vous seul aurez le droit de m'apporter ces nouvelles, maître Shakespeare.

A présent, c'était clair : elle ne voulait pas vraiment avoir de nouvelles du comte. Mais seulement me revoir. Moi. Ou plutôt, revoir l'homme qui l'avait comparée à un jour d'été : Shakespeare. Celui-ci s'exclama avec jubilation :

— *O dieux, merci !*

Si la comtesse s'était entichée de Shakespeare tandis que je nourrissais moi-même de tendres sentiments pour Essex, qui, de son côté, attendait quelque chose de la comtesse, nous nous dirigions tout droit vers la partie carrée.

Une partie carrée avec seulement trois corps.

37

Avant que j'aie eu le temps d'analyser les complications que l'évolution récente des événements apportait à notre quadrille à trois corps, Malvolio, le majordome, apparut devant moi :

— Si jamais tu me prends la comtesse, je te tordrai le cou !

Est-ce que vraiment tous les hommes avaient un faible pour cette cruche ? Je tentai de le calmer :

— Ne t'inquiète pas, je ne m'intéresse pas à elle.

— *Mais moi, si !*

Shakespeare commençait à m'énerver sérieusement.

— Je crois qu'il faut que nous ayons de toute urgence une petite conversation, lui dis-je.

— A quel sujet ? demanda Malvolio.

— Ce n'est pas à toi que je parle, idiot !

— Euh... à qui donc ? s'étonna-t-il après avoir regardé autour de lui sans voir personne.

— A un autre idiot, répliquai-je en tournant les talons.

Une chose était claire, ce n'était pas ici que je pourrais parler tranquille avec Shakespeare. En sortant du château, la vue du labyrinthe végétal me fit songer que c'était l'endroit idéal pour discuter sans être dérangé. Je ne savais pas que, dans quelques minutes, je m'apercevrais à quel point cette supposition était erronée.

J'entrai dans le labyrinthe et, après avoir parcouru quelques mètres de ses sentiers sinueux, je compris pourquoi certains riches aimaient en avoir dans leur parc : là-dedans, on se sentait tout à fait à l'écart du monde ordinaire. Comme si on était ailleurs, très loin.

Un banc de bois était installé au pied de l'une des haies soigneusement taillées. Pas un modeste banc comme on en trouve dans nos jardins publics : celui-ci était orné d'une quantité de sculptures qui, toutes, représentaient le frère de la comtesse. Pour un peu, on aurait cru que le défunt était le Sauveur en personne. Je m'assis sur le banc et respirai enfin librement. Après avoir mis un peu d'ordre dans mes pensées, je m'adressai à Shakespeare :

— Je te le dis pour la dernière fois : oublie cette femme.

— *Sais-tu ce que je commence à penser, Rosa ?*

— Non, mais tu ne vas sûrement pas tarder à me le dire.

— *Tu es jalouse de la comtesse.*

— Moi, jalouse ? m'écriai-je avec colère.

— *Tu aimes Essex, ça crève les yeux, inutile de nier.*

Je me tus.

— *Tu l'as embrassé ! Et même avec passion.*

Il me faisait réellement une scène. A croire qu'il était aussi jaloux d'Essex que moi de la comtesse.

Je parlais à Rosa bien trop rudement. Mais c'est que je ne comprenais pas pourquoi les femmes étaient attirées par des sots de l'espèce d'Essex. Surtout lorsqu'il s'agissait de créatures aussi spirituelles que Rosa. Comme elle ne répondait toujours pas, je lançai une nouvelle pique :

— Et tu aurais bien voulu coucher avec lui !

Cette fois, je ne pouvais plus me taire.

— Je ne voulais pas coucher avec Essex ! protestai-je.

— Je me réjouis fort de l'apprendre, commenta une voix glaciale.

Effrayée, je levai les yeux et vis, juste devant moi... la reine ! C'était encore cette sacrée reine !

— Oh putain ! m'écriai-je sans réfléchir.

— Vous êtes bien grossier, Shakespeare.

La reine portait une robe bleu et or, et sur la tête une petite couronne de voyage.

— *Rosa, dis-je avec terreur, la reine a fait enterrer des hommes vivants pour des motifs bien plus anodins !*

Enterrer vivants ? L'idée me fit frissonner. Je tentai de me rattraper :

— Je... je... je n'ai pas dit « putain »...

— Ah ? Et quoi donc ? demanda la reine.

— Hem... je voulais dire... luth, fis-je d'une toute petite voix.

— *Luth ?*

— Luth ? fit à son tour la reine étonnée.

— L'instrument, expliquai-je timidement.

— *Elle sait ce qu'est un luth, soupirai-je.*

— Je sais ce qu'est un luth, répliqua sèchement la reine.

— *Qu'est-ce que je te disais ?*

Cette fois, la reine ne me regardait plus seulement comme si elle voulait m'enterrer vivante, mais comme si elle avait l'intention d'ajouter un essaim de termites dans le cercueil. Puis elle déclara, non sans une apparence de raison :

— Je ne vois aucun luth dans ces parages.

— Hem... je voulais dire... que... que je jouerais bien du luth.

— Vous m'apercevez devant vous et, à cette vue, vous vous écriez que vous aimeriez jouer du luth ?

La reine avait maintenant une expression qui semblait vouloir dire : Vous auriez pu trouver mieux pour vous foutre de ma gueule.

— Euh... oui... en votre honneur, fis-je d'une toute petite voix.

— Ainsi, vous souhaitez jouer du luth en mon honneur ?

En guise de réponse, je souris un peu stupidement.

— Vous n'avez pas de meilleure idée pour expliquer votre grossier juron ?

— *C'est exactement la question que je voulais poser.*

— Hélas, non, répondis-je d'une voix encore plus faible.

La reine pencha un peu plus la tête de côté, au point que je me demandai si sa couronne n'allait pas tomber.

— *Rosa, je savais que tu allais être cause de ma mort.*

La reine plissa les yeux, ouvrit la bouche, et j'attendis le moment où elle appellerait ses gardes, qui se tenaient très certainement à l'entrée du labyrinthe, afin qu'ils aillent m'enterrer dans la forêt la plus proche. Je me préparai au pire. C'est alors que la reine se mit à rire. A rire à gorge déployée.

Je dois avouer que je fus quelque peu surpris.

La reine riait de bon cœur, sans arrière-pensée, presque d'une façon sympathique, comme si, derrière cette façade de dureté, se cachait une femme joyeuse, mais prisonnière des règles et des conventions. Cependant, je n'étais pas encore soulagée : peut-être riait-elle seulement parce qu'elle venait d'avoir une idée plus amusante que de me faire enterrer vivante ?

Elle venait certainement de penser à quelque chose d'amusant à faire avec un luth et les ouvertures de mon corps...

La reine s'assit sur le banc à côté de moi et essuya ses larmes de rire :

— Vous savez, Shakespeare, après un tel juron en ma présence, j'aurais fait mettre à mort n'importe qui d'autre. Mais vous m'avez fait rire. Savez-vous quand j'ai autant ri pour la dernière fois ?

Cela devait faire longtemps, me dis-je, à en juger par les plis aux coins de sa bouche et la façon dont celle-ci tombait. Mais je n'allais pas lui dire cela, aussi répondis-je :

— Non, je ne sais pas.

— Moi non plus, soupira-t-elle.

Tandis qu'elle disait cela, son visage prit tout à coup une expression douce et tendre. Peut-être celle qu'il avait dans sa jeunesse ? Avait-elle été, avant de porter le fardeau de ses nobles fonctions, une jeune femme, une adolescente comme les autres, dont la puberté s'était gaiement passée à boire trop d'alcool, à faire enrager ses royaux parents, à connaître son premier amour et aussitôt après son premier chagrin d'amour ? Pouvait-on parler de ces choses avec elle ?

Probablement pas. Car déjà, elle se ressaisissait et redevenait professionnelle :

— Je suis venue voir si vous aviez fait des progrès dans notre affaire.

Que fallait-il lui raconter ? Que Shakespeare s'était entiché de la comtesse, la comtesse de moi et moi d'Essex ? C'était le plus court chemin vers la tombe.

— Euh... oui... je progresse un peu... pas très vite... disons que ce sont de tout petits progrès... de mignons petits progrès de bébé...

— Et pourquoi vous êtes-vous écrié que vous ne vouliez pas coucher avec Essex ? m'interrompit-elle.

— *Je redoutais cette question.*

— Parce que je ne veux pas coucher avec lui, dis-je avec franchise et surtout faute d'une réponse plus intelligente.

— Je le savais, dit la reine en souriant. Vous êtes *queer*.

— *Queer* ?

Le mot me surprenait.

— « *Queer* » *signifie qu'on aime les hommes. Et maintenant, la reine croit que j'aime les hommes ! Dire que c'est à cause de toi, sotte créature ! Rectifie cela. Sur-le-champ !*

Le ton de Shakespeare ne me plaisait pas du tout, et j'étais encore fâchée de la façon arrogante dont il m'avait accusée de jalousie tout à l'heure. Une petite leçon ne lui ferait pas de mal. Après tout, c'était moi qui commandais dans ce corps, non ? Alors, je dis à la reine :

— Oui, je suis *queer.*

— *Pardon, comment ?*

— Je n'aime que les hommes.

Je prenais plaisir à énerver Shakespeare.

— *Rosa, tu détruis ma réputation !*

— C'est ce que je pensais, dit la reine. Vous avez un air légèrement efféminé.

— *Hé, un instant !*

— Totalement efféminé, renchéris-je.

— *Je vais te tuer !...*

— Il m'arrive parfois de mettre des vêtements de femme : talons hauts, robe...

— *... te tuer lentement, dans de grandes souffrances !*

— ... et ce que j'aime le plus, c'est me laquer les ongles.

— *Tu veux me donner une leçon, Rosa. D'accord. Mais j'aimerais te faire remarquer que, dans notre pays, l'Eglise envoie les* queers *au bûcher.*

J'avalai ma salive. La reine sourit :

— Mon clergé souhaite naturellement que tous les *queers* soient envoyés au bûcher...

— *Je t'avais avertie !*

J'aurais peut-être mieux fait de trouver autre chose pour marquer un point contre Shakespeare. Pendant que je me disais cela, la reine reprit :

— Mais ne vous inquiétez pas. J'aime m'entourer d'hommes de ce genre.

— Et moi donc !

Je souris, soulagée, et eus une brève pensée pour mon ami Holgi.

— Avec les *queers*, on peut fort bien parler de ses peines.

— Quelles peines avez-vous donc ? demandai-je.

Elle ne me répondit pas. Bien sûr, elle n'allait pas parler de ses problèmes avec le premier *queer* venu.

— Pardonnez-moi, ma reine, j'ai sans doute été un peu trop curieux.

— Pas du tout, mon cher Shakespeare. Nous pouvons fort bien parler ensemble. J'ai besoin de quelqu'un auprès de qui je puisse m'épancher.

— D'accord...

— Mais je dois vous avertir. Le dernier *queer* auprès de qui je me suis épanchée n'a pas su garder mes secrets et a bavardé à la cour.

— Et... que lui est-il arrivé ?

— *Nous ne voulons pas le savoir !*

— Je l'ai fait pendre par la langue, dit la reine en souriant tandis que je frissonnais.

— *Qu'est-ce que je t'avais dit, Rosa ? Nous ne voulons pas le savoir.*

— Je vais vous conter ce qui oppresse mon cœur, commença la reine. Une reine n'a droit à aucune intimité. Elle n'a pas le droit de tomber amoureuse, si ce n'est tout au plus d'un homme de sang royal. Et savez-vous quels sont les hommes de sang royal qui briguent ma main en ce moment ?

— Non, je ne sais pas.

— Le roi de Danemark, un homme grossier, qui m'a confié lors d'un banquet qu'il aimait avoir plusieurs soubrettes à la fois dans son lit, et qui m'a demandé si je ne souhaitais pas être témoin de sa légendaire puissance. Quant au roi de Suède, il ne contrôle plus sa vessie, et le prince italien, d'après sa conduite, me semble être de ceux qui aiment se travestir en femme.

Oh là là ! songeai-je. La reine a encore moins de choix que moi sur www.amour-elite.

— Et les gentilshommes dont je tombe amoureuse me sont interdits.

— Comme Essex, dis-je à voix basse.

Elle ne répondit pas, mais son regard douloureux montrait que j'avais touché juste. A présent, elle me faisait vraiment de la peine.

Je me souvins que, quelque part dans les années 1930, un héritier du trône d'Angleterre avait renoncé à la couronne pour pouvoir épouser la roturière qu'il aimait. Je demandai donc, un peu naïvement, je l'admets :

— Et si vous abdiquiez ? Si vous laissiez le trône à quelqu'un d'autre ?

— Dans ce cas, ma demi-sœur Marie me succéderait. Elle livrerait le pays aux Espagnols, et mon Angleterre renoncerait à sa grandeur, à sa dignité, à sa fierté. Elle serait perdue !

Le dégoût qui se lisait sur son visage montrait à quel point cette idée lui était insupportable.

— Vous aimez l'Angleterre plus que votre propre bonheur ?

— Oui, répondit-elle simplement d'une voix fière et digne.

Je contemplai cette femme qui aimait tant son pays. Elle avait quelque chose dans sa vie qui lui donnait un sens. La plupart des gens ne pouvaient pas en dire autant. Moi non plus.

Avait-elle une leçon à m'enseigner ? Devais-je apprendre d'elle que le véritable amour n'était pas celui qu'on a pour un être humain, mais pour une cause supérieure ?

— Je suis même prête à envoyer en Irlande l'homme que j'aime, poursuivit la reine. A l'envoyer à la guerre. Pour l'Angleterre, je mets sa vie en jeu.

Sa voix trembla un court instant, mais elle se ressaisit très vite et ajouta d'un ton pénétré :

— Je le fais de tout mon cœur, pour l'Angleterre.

Elle était prête à sacrifier son amour. Etait-ce cela ? Le véritable amour signifiait-il faire des sacrifices ?

Je rejetai cette idée de toutes mes forces. Je ne voulais pas finir comme la reine, être une femme malheureuse, sacrifiée à un but supérieur. Il devait exister une autre voie. Plus belle. Plus joyeuse.

— La comtesse ira-t-elle rendre visite à Essex, et l'aimera-t-elle ? demanda la reine, déjà revenue aux affaires.

— Il faudra sans doute encore un peu de temps, dis-je sans me compromettre.

— Mais nous n'avons pas le temps. Notre armée d'Irlande sera vaincue. Essex doit prendre sa tête sans plus tarder, ou la chute de l'Angleterre est assurée. Je vais ordonner à mes gardes d'amener la comtesse.

— De l'amener ? m'étonnai-je.

— Je la forcerai à épouser le comte, dit la reine en se levant.

C'était extraordinaire : non seulement elle voulait envoyer son grand amour à la guerre, mais elle voulait le marier à une autre femme !

— Mais... si la comtesse refuse de l'épouser ? demandai-je.

— Si elle se montre mal disposée envers lui, je la ferai exécuter.

— *Rosa, nous... nous ne pouvons pas laisser faire cela !*

Pour une fois, j'étais entièrement d'accord avec Shakespeare, qui, bien sûr, voyait déjà s'écrouler son rêve d'un théâtre du Globe financé par la comtesse. Quant à moi, même si je ne pouvais pas souffrir cette femme, je trouvais qu'elle ne méritait ni le mariage forcé, ni la mort. Je me mis donc à courir après la reine en criant :

— Votre Majesté, attendez !

Elle s'arrêta et se retourna.

— Donnez-moi encore un peu de temps, suppliai-je.

La reine m'observa avec insistance. Au bout d'un moment, elle répondit :

— Je vous aime bien, Shakespeare. Dans deux jours, je donne une grande fête sur le vaisseau amiral de Drake, le vainqueur de l'Armada. Vous devez réussir avant cette fête, faute de quoi je marierai Essex et la comtesse sur le vaisseau. Mais je vous avertis : ne me décevez pas !

— Je ne le ferai pas, soyez-en certaine, m'empressai-je de dire. C'est vrai, je n'aime pas du tout les déceptions. C'est toujours tellement... décevant... et...

— Je vous ai compris, coupa la reine.

Et elle quitta le labyrinthe, sa robe froufroutant le long des haies. Je me rassis sur le banc et m'épongeai le front : j'avais sauvé la comtesse, au moins provisoirement. Une idée me vint subitement : je n'étais plus tout à fait un cliché à présent ! Quelle héroïne de comédie romantique hollywoodienne aurait accepté d'intercéder en faveur d'une rivale sans tache ? Ma parole, ce voyage dans le temps aurait-il fait de moi une personne plus mûre ?

Ces belles pensées en tête, je levai les yeux et contemplai les cimes des arbres par-delà les haies. C'était un très beau jour d'été, le ciel était bleu, l'air d'une chaleur agréable, avec juste ce qu'il fallait de brise pour qu'on ne transpire pas. Dans les branches, les oiseaux chantaient, des écureuils sautaient de-ci de-là, et des hommes vêtus de noir, armés d'arcs et de flèches...

Je les reconnus aussitôt : c'étaient les espions espagnols qui, chez Shakespeare, avaient menacé de me tuer si j'aidais la reine à accoupler Essex avec la comtesse.

Ah là là, il n'y avait donc jamais moyen de faire une petite pause dans ce passé ?

38

— *Qui sont ces hommes cachés dans les arbres ? voulus-je savoir.*

— En tout cas, ce ne sont pas des ornithologues, répondis-je laconiquement, car j'avais une peur bleue de recevoir une flèche d'un instant à l'autre.

— *Qu'est-ce que des « ornithologues » ?*

— Des gens qui observent les oiseaux.

— *Pourquoi diable voudrait-on observer des oiseaux ?*

— Pour ces gens, c'est une manière de passer le temps.

— *Mais qui peut être assez sot pour passer le temps d'une manière aussi consternante ?*

— Eh bien, il y a l'écrivain Jonathan Franzen, et... oh, bon, qu'est-ce que ça peut foutre !

— *Peut-être voulais-tu dire que ces gens observent ceux qui font des choses avec leur « petit oiseau » ? Je dois dire que nous n'appelons pas cela des « ornithologues »...*

— Pourrions-nous nous concentrer un peu sur le problème en cours ? Ces gens-là veulent nous massacrer, merde !!!

— *Oh, fis-je d'une voix blanche, dans ce cas, je préférerais de beaucoup que ce soient des « ornithologues ».*

J'expliquai en hâte à Shakespeare que ces hommes étaient des espions espagnols, et pourquoi ils s'en prenaient à nous. Tout cela ne le surprit guère, car il vivait depuis plus longtemps que moi dans les intrigues politiques de cette époque. Je lui demandai qui pouvait être le chef de ces hommes, mais il me répondit simplement qu'il ne le savait pas, et qu'il était à peu près impossible d'y voir clair dans ces machinations :

— *Ceux qui essaient de comprendre la politique deviennent fous tôt ou tard.*

Puis Shakespeare apaisa mes craintes en ajoutant que ces hommes ne tenteraient pas de nous tuer en présence de la garde royale. Je retournai donc au château pour en ressortir de l'autre côté et quitter le domaine par une issue aussi éloignée que possible de l'endroit où se tenaient les espions. Même s'ils ne nous avaient pas vus partir, ils surveillaient certainement la route de Londres. La question était maintenant de savoir ce que nous devions faire. Il était trop dangereux de rester ici, mais rentrer à Londres l'était encore davantage. C'est alors que Shakespeare fit une proposition :

— *Il n'y a qu'un seul endroit où nous puissions nous mettre en lieu sûr : Stratford-upon-Avon. Mon pays.*

39

Nous atteignîmes Stratford-upon-Avon à la tombée du jour. Le village n'avait que quelques rues, apparemment bien entretenues, et je fus charmée par les maisonnettes aux toits de chaume. C'était le genre d'endroit où on aurait aimé avoir une petite résidence secondaire – plutôt qu'à Kampen sur l'île de Sylt. Et sûrement pour beaucoup moins cher.

— Où allons-nous passer la nuit ? demandai-je. Chez ta femme ?

Shakespeare ne répondit pas, mais dirigea mes pas vers un monastère situé sur une hauteur. Tandis que le soleil de mai se couchait, répandant sur le petit bourg une lumière encore plus pittoresque, nous frappâmes à la porte. Un barbu en habit de moine nous ouvrit, un flacon de vin à la main. Si ç'avait été un blaireau, il aurait ressemblé trait pour trait au frère Tuck du *Robin des bois* de Disney.

— Will ! s'écria le moine en me prenant dans ses bras et en couvrant mes joues de baisers humides.

— Rosa, j'aurais peut-être dû te dire que, dans notre jeunesse, Lorenzo avait été amoureux de moi.

Oui, cette information aurait pu m'être utile, pensai-je.

Quand Lorenzo eut déposé sur mes joues un assez grand nombre de baisers imbibés de vin, il me fit entrer. L'intérieur du couvent était sombre et pauvrement meublé, les murs ne portaient que des crucifix et des flambeaux. Mais je fis à peine attention à tout cela, frappée que j'étais par la proportion, parmi ceux qui circulaient en ce lieu, de très beaux jeunes gens du style éphèbe. Dans un endroit pareil, même mon copain Holgi, un athée convaincu, aurait voulu se faire moine. Comme il le disait toujours : « Si Dieu existe, pourquoi permet-il qu'on ait des problèmes d'érection ? »

Tandis que Lorenzo donnait des instructions à ses moines pour qu'ils me préparent un repas, Shakespeare m'expliqua d'une voix empreinte de gratitude :

— *Le couvent de frère Lorenzo est un refuge moins pour les croyants que pour les* queers.

— Cela me rend ce couvent très sympathique, dis-je.

— *Et que tu le trouves sympathique pour cette raison te rend sympathique, répondis-je avec émotion.*

— Et que tu trouves sympathique que je le trouve sympathique pour cette raison te rend sympathique, plaisantai-je.

— *Tu me trouves donc sympathique ?*

Je souriais d'aise, car cela me flattait beaucoup.

— Apparemment, tu me trouves sympathique toi aussi, dis-je avec un large sourire.

— *Dis-moi, Rosa, serais-tu en train de me conter fleurette ?*

C'était une question surprenante, mais le plus surprenant était qu'il avait peut-être raison : nos chamailleries prenaient de plus en plus l'allure d'un flirt. Il y avait des années que je n'avais flirté avec personne, et voilà que je le faisais avec Shakespeare ? En tout cas, je n'avais pas l'intention de l'admettre, car cela l'aurait rendu prétentieux, et il l'était déjà bien assez. Je lui répondis donc :

— Non, c'est plutôt toi !

— *Moi, flirter avec toi ?*

L'affirmation ne laissait pas de surprendre, mais le plus surprenant était que Rosa avait peut-être raison. Cependant, je n'avais aucune intention de l'admettre, car cela l'aurait rendue prétentieuse, et elle l'était déjà bien assez. Aussi lui demandai-je :

— Pourquoi donc flirterais-je avec toi ?

— Parce que, contrairement aux femmes dont tu t'entoures d'ordinaire, les prostituées, les Phoebe, je suis plus intelligente qu'une moule !

J'éprouvais un réel plaisir à me chamailler avec lui.

— C'est possible. Mais, contrairement à toi, ces femmes ont un corps !

— C'est bien leur seul avantage, ripostai-je.

— La comtesse en a cependant quelques autres : elle est instruite, riche, noble...

Tout à coup, cela ne me faisait plus aucun plaisir de le chicaner. Devant la comtesse, je me sentais en état de totale infériorité. Elle avait assez d'argent pour lui payer un théâtre, et elle avait un corps bien à elle.

— Cette idiote n'est pas si formidable que vous l'imaginez tous ! fis-je avec aigreur.

— Je disais donc vrai tout à l'heure : tu es jalouse de la comtesse, constatai-je après cet éclat de Rosa.

Forcée de me rendre à l'évidence, je ne pus que me taire.

— Mais... l'es-tu à cause d'Essex, ou... à cause de moi ? demandai-je, un peu troublé.

Jalouse à cause de Shakespeare ? Alors là, il se fourrait le doigt dans l'œil jusqu'au coude ! Il fallait un ego aussi surdimensionné que le sien pour avoir une idée pareille. Je n'attendais rien de Shakespeare, même si j'avais trouvé amusant pendant quelques minutes de flirter avec lui... Il aurait été complètement absurde d'imaginer autre chose... D'ailleurs, nous n'allions pas du tout ensemble : nous n'étions pas du même siècle, nous n'avions pas les mêmes idées sur la vie... nous n'avions même pas deux corps pour faire quoi que ce soit ensemble ! La seule chose que nous avions en commun, c'était notre âme… et la joie de l'écriture… et le plaisir de nous chamailler… en fait, cela faisait déjà pas mal de choses… plus que je n'en avais eu avec la plupart des hommes de ma vie… il fallait bien l'admettre… mais de l'amour, quand même ?

D'ailleurs, j'aimais Jan.

Non ?

Tandis que je cherchais quoi répondre pour me tirer d'affaire, frère Lorenzo revint et me mena à la petite cellule spartiate où il demeurait d'ordinaire.

— Frère Marc est prêt à me faire une place dans sa chambre, déclara-t-il. Je dormirai chez lui cette nuit.

Ce disant, il me fit un clin d'œil, d'où je conclus que frère Marc l'hébergeait déjà plus souvent qu'à son tour. Une fois Lorenzo parti, j'entrai dans la cellule, où les moines avaient déposé pour moi du pain de leur fabrication et du vin rouge. Je mangeai un morceau et bus un peu de vin, puis m'allongeai en silence sur la paillasse. Fatigué, Shakespeare me souhaita bonne nuit et s'endormit aussitôt. Dieu sait que j'aurais bien voulu en faire autant. Mais à peine avais-je fermé les yeux que Lorenzo entra dans la chambre. Il dut s'apercevoir de ma frayeur, car il dit :

— N'aie pas peur, je ne suis pas venu te séduire. Le temps de nos baisers est révolu.

— Nos baisers ?

J'étais stupéfaite : Shakespeare et Lorenzo avaient fricoté ensemble autrefois ?

— Il n'y a rien à renier, Will. Cela fait si longtemps. Et nous étions bien jeunes.

Ainsi donc, Shakespeare avait eu des expériences sexuelles à l'adolescence… Qui l'eût cru ?

J'observai le moine. Quand il ne vous léchait pas le museau, c'était un type sympathique. Et il connaissait bien Shakespeare. Puisque celui-ci ne voulait pas me dire ce qui s'était passé avec sa femme, peut-être

Lorenzo pourrait-il m'en parler ? Je pris un air détaché et me lançai :

— Hem... que devient ma femme ?

Une expression de colère envahit tout à coup le visage jusqu'alors si joyeux du moine.

— Que veux-tu qu'elle devienne ? dit-il. Elle est toujours aussi morte.

40

J'en restai le gosier sec : la femme de Shakespeare était morte ?

Lorenzo joignit inconsciemment les mains, comme s'il priait pour elle :

— C'était une si aimable personne... En sa présence, j'oubliais même que j'étais *queer*.

Malgré moi, je pensai au tableau dans la chambre de Shakespeare. Il est vrai que Mrs Shakespeare – comment s'appelait-elle, déjà ? Anne ? – y avait un sourire charmant. Que lui était-il arrivé ? Comment était-elle morte ? Je voulais, je devais en savoir davantage :

— Lorenzo, s'il te plaît, voudrais-tu, pour quelques instants, faire comme si j'étais un étranger et me raconter ce qui s'est passé entre Anne et moi ?

Lorenzo me considéra avec inquiétude :

— Comment pourrais-je faire une chose aussi absurde ?

— Parce que je t'en prie.

Voyant son désarroi, je dis :

— Regarde-moi, et tu comprendras que je n'ai aucune mauvaise intention.

Lorenzo scruta mon visage, il lut dans mes yeux que cette demande ne cachait aucune malice.

— Ainsi, tu voudrais savoir comment un spectateur extérieur décrirait la tragédie de votre amour... ou peut-être comment un poète tel que tu l'es toi-même la représenterait ?

— Oui... s'il te plaît, fis-je d'une voix émue.

— Alors, je vais te conter l'histoire du plus grand amour qu'on ait jamais connu à Stratford-upon-Avon, et probablement dans toute l'Angleterre.

La façon dont il prononça ces mots me fit frissonner.

— Il y avait à Stratford deux maisons, celle du gantier Shakespeare et celle du fermier Hathaway, égales en dignité, mais ennemies à cause d'une vieille rancune...

— Une vieille rancune ? De quoi s'agissait-il ? l'interrompis-je.

— Avec les vieilles rancunes, on ne sait jamais, répondit-il laconiquement.

Cela rappelait un peu *Astérix en Corse*. Ou les guerres balkaniques. Lorenzo poursuivit son récit :

— Deux amants avaient vu le jour au sein de ces deux funestes familles. Contre le vœu de leurs parents, je mariai les amoureux en secret, ici même, dans cette abbaye. Je caressais l'espoir de ramener enfin la paix entre ces familles querelleuses, et j'y parvins, à ma grande fierté. Mais la paix fut rompue par la faute du cousin d'Anne, Tybald, qui aimait Anne comme un frère depuis leur enfance. Par orgueil, Tybald calomnia William, prétendant qu'il était infidèle.

Cette fois, on se serait cru dans *Dynastie*.

— A son tour, Shakespeare se moqua avec légèreté du cousin d'Anne, le décrivant comme « un homme qui monte un grand cheval pour compenser la petitesse de son membre ». Tybald en conçut d'autant plus de haine et troubla par de nouveaux mensonges la sensible et crédule Anne. Pour finir, il voulut apporter à sa cousine une preuve de l'infidélité de Shakespeare. Et, comme il ne pouvait prendre Shakespeare en défaut – car celui-ci aimait beaucoup trop son Anne –, Tybald chargea quatre belles prostituées de le séduire...

— Et Shakespeare se laissa séduire, murmurai-je.

Il était donc arrivé à William la même chose qu'à moi avec le professeur de gymnastique. Dire que cette idiote d'âme commettait à chaque siècle les mêmes fautes stupides...

— Non ! protesta Lorenzo. Il ne faiblit pas, et même Tybald, le misérable, dut le reconnaître.

Cette fois, j'étais réellement surprise. Ce tombeur était donc plus fidèle que moi ?

— Tu disais toujours que l'acte sexuel sans amour ne te procurait pas plus de joie que de plonger tes bourses dans un buisson d'orties.

Ainsi, Shakespeare était un homme que le sexe sans amour n'intéressait pas. Cela me le rendait encore bien plus sympathique. D'autant que le pauvre ne semblait plus avoir que des relations sexuelles assaisonnées aux orties.

— Pour tenter de le séduire, les prostituées déployèrent toutes les ressources de leur féminité, et elles n'en manquaient pas, assurément. Mais William Shakespeare resta de marbre, et par là, je n'entends pas ses parties viriles.

Machinalement, je jetai un regard à mon collant et relevai très vite les yeux.

— Ces belles prostituées en furent si dépitées qu'elles entrèrent au couvent. Cependant, je dois à la vérité de dire que, depuis ce jour, ce couvent est très fréquenté par des gentilshommes qui y laissent beaucoup d'argent.

Ah, en ce temps-là, Benoît XVI aurait sûrement eu de l'urticaire !

— Furieux que sa machination eût échoué, Tybald ne voulut pas renoncer. Il parfuma en secret la chemise de Shakespeare et vint rapporter à Anne sa prétendue faute, prenant à témoin les quatre prostituées, qui n'étaient pas encore entrées au couvent – il les avait soudoyées, bien sûr. La malheureuse Anne, crédule et fragile, quitta la maison en larmes et courut chercher un refuge pour son âme blessée à l'église du village. Shakespeare la suivit et, prenant place auprès d'elle sur un banc de l'église, la supplia instamment de lui faire confiance. Mais, malgré tout ce qu'il lui dit, elle ne put y parvenir. La vieille inimitié entre leurs familles était plus forte que sa foi en lui. Elle courut au haut du clocher, monta sur le parapet et voulut se précipiter en bas pour mourir.

Les gens de ce siècle aimaient vraiment faire des histoires. D'un autre côté, cette femme s'était tuée parce qu'elle pensait avoir perdu le véritable amour de sa vie. Quand j'avais perdu Jan, je m'étais contentée de manger du chocolat et de boire du Ramazzotti. Se pouvait-il qu'après tout Jan ne soit pas mon véritable amour ? Etait-ce tout simplement pour cela que j'avais été prête à le tromper avec le prof de gym ? En tout cas, Shakespeare n'avait jamais voulu tromper son Anne.

— Shakespeare suivit Anne dans le clocher. Il pleura, la supplia de descendre du parapet, sans quoi il sauterait lui-même. Mais elle ne l'entendit pas, car, au même instant, les cloches se mettaient à sonner l'heure pleine. Comprenant qu'il ne pourrait pas la consoler dans son chagrin, Shakespeare s'avança vers elle. Il voulait lui saisir les mains, l'empêcher au dernier moment de sauter, mais alors, comme le dernier coup de cloche sonnait, elle se précipita... dans l'abîme...

Je retins ma respiration.

— Shakespeare courut à elle et la trouva le cou brisé, son aimable visage détruit. Il ne reverrait plus jamais son merveilleux doux sourire. Eperdu, il voulut aller se jeter dans la rivière Avon pour y mourir aussi. Mais une troupe de comédiens passait par là – ce qui, j'en suis convaincu, fut l'œuvre de la Providence –, et un saltimbanque nommé Kempe empêcha Shakespeare de se jeter à l'eau.

Je comprenais à présent pourquoi Kempe avait dû à plusieurs reprises sauver la vie à Shakespeare : le désir de mourir était encore en lui, et le faisait se mettre sans cesse dans des situations périlleuses.

— Et les enfants, qui s'occupe d'eux à présent ? demandai-je.

— Ils grandissent à la ferme de Tybald, dont la femme les élève.

— Ils vivent chez ce type abominable ?

— Sa femme est d'une grande bonté. Quant à lui, le remords l'a rendu fou. Il passe toutes ses journées et ses nuits avec les cochons de sa ferme.

— Pour les nourrir ?

— Pour s'accoupler avec eux.

— Pauvre bougre, ne pus-je m'empêcher de dire.

— Pauvres cochons, dit Lorenzo.

— Oui, aussi.

Mais le pauvre bougre, c'était surtout l'homme dont j'occupais le corps. Après un tel événement, il ne pourrait sans doute plus jamais ouvrir son cœur à personne. Cependant, j'avais encore appris quelque chose sur le « véritable amour » : qu'on pouvait le perdre. Pour toujours.

— Eh bien, dit frère Lorenzo, à présent que j'ai stupidement accédé à ton désir en te contant une tragédie que tu connaissais déjà, à ton tour de m'accorder une faveur.

— Je vais essayer. De quoi s'agit-il ?

— De me raconter la partie de la tragédie que je ne connais pas encore.

— Pardon ?

— Ne fais pas l'innocent ! Tu m'as dit toi-même dans un moment de faiblesse que, dans le clocher, tu t'étais rendu coupable d'une faute dont tu n'as jamais rien voulu me dévoiler. Depuis lors, je me creuse chaque jour la tête en me demandant de quoi il peut bien s'agir. Tu n'as jamais trompé Anne et tu voulais la sauver… J'aimerais donc que tu me le dises enfin : de quelle faute as-tu pu te rendre coupable ?

Moi aussi, j'aurais bien voulu le savoir.

41

A mon réveil, Rosa dormait encore. Je sortis du couvent et me dirigeai vers la grande ferme des Hathaway. Hésitant, je m'arrêtai sur le chemin devant la propriété : devais-je, pour la première fois depuis sa mort, aller sur la tombe d'Anne ? Y déposer enfin des fleurs ? Je n'en avais pas la force. Peut-être l'oserais-je quand Rosa reviendrait et que je ne serais plus seul. Mais ce serait alors Rosa, et non moi, qui irait sur la tombe. En cet instant, comme j'aurais aimé que Rosa ne soit pas un esprit, mais un être humain qui puisse m'accompagner au cimetière !

Tandis que je songeais ainsi, un cochon passa devant moi, affolé, et s'enfuit en couinant.

Aussitôt après, je vis Tybald le fou courir après le cochon en criant joyeusement : « Attends-moi, mon amour ! »

Il fut un temps où j'aurais volontiers étranglé ce Tybald, non sans lui avoir montré comme il pouvait être désagréable d'avoir une vipère dans son collant. A présent, j'enviais sa folie à ce misérable : du moins n'était-il pas comme moi tourmenté par de terribles remords. Il était heureux parmi ses cochons, même si les cochons, eux, ne semblaient guère l'être.

Puis la porte de la maison s'ouvrit, et un tendre garçonnet blond en sortit. Hamnet. Mon fils. Il portait sa musette pour aller à l'école. Il venait dans ma direction. Cette fois, je fus vraiment heureux que Rosa fût encore endormie, car j'allais pouvoir le serrer dans mes bras. En me voyant, le petit s'écria joyeusement : « Papa ! » Il jeta son sac et courut vers moi sur le chemin pavé.

Mon cœur était rempli de joie : après si longtemps, j'allais enfin embrasser mon fils bien-aimé, et je ne le lâcherais pas de sitôt. Hamnet n'était plus qu'à quelques pas de moi. Je tendis les bras pour le recevoir, il tendit les bras lui aussi, et...

— Ouahh... j'ai dormi combien de temps ?

... *Rosa reprit possession de mon corps. Le sens de l'opportunité était visiblement très peu développé chez elle. Je me mis à tempêter de colère.*

— Qu'as-tu à t'agiter comme ça ? demandai-je en bâillant.

A peine avais-je posé cette question que quelque chose se jeta dans mes jambes.

— *Voilà pourquoi.*

En baissant les yeux, je vis le petit garçon blond du médaillon, cette fois en vrai et en couleurs. Il me regardait, l'air très déçu.

— *Prends-le dans tes bras.*

Il n'était bien sûr pas question de refuser cela à Shakespeare. Je me hâtai donc de prendre le petit garçon dans mes bras, et, se serrant contre moi, il murmura :

— Tu m'as tellement manqué !

Il n'y avait visiblement qu'une seule chose à répondre :

— Toi aussi, tu m'as beaucoup manqué...

Le petit garçon se serra encore plus fort contre moi.

— *Merci, Rosa...*

La voix de Shakespeare tremblait. N'était-ce pas des larmes que j'y entendais ? Ce qu'il éprouvait en ce moment était certainement le véritable amour : l'amour de son enfant.

Jan et moi, nous pensions aussi à avoir des enfants, mais nous remettions toujours cela à une date indéterminée. Ayant à peine plus de trente ans, nous nous trouvions assez jeunes pour attendre. A présent, c'était avec Olivia qu'il allait avoir des enfants, tandis que mon horloge biologique avançait à grands pas. Je venais encore de comprendre quelque chose : si je n'avais pas gaspillé mon précieux temps de vie, je serais déjà maman depuis longtemps.

— S'il te plaît… s'il te plaît… ne repars pas, murmurait le petit Hamnet, les joues ruisselantes de larmes.

Que fallait-il répondre à cela ?

Qu'aurais-je répondu moi-même, si j'avais eu pouvoir sur mon corps ? Qu'il n'y avait qu'à Londres que je pouvais gagner ma vie, que je ne pouvais pas le laisser grandir, lui et ses sœurs, dans le bourbier de la grande cité… Un enfant ne comprendrait jamais cela.

Comme je ne pouvais pas répondre directement à la question du petit garçon, je balbutiai :

— Je… où que je sois, je t'aime.

Et ce n'était même pas un mensonge, car mon âme aimait ce pâle enfant, et je ressentais donc réellement quelque chose pour lui.

— *C'était une belle réponse.*

Cette fois, Shakespeare avait vraiment des larmes dans la voix. Quant à Hamnet, cela l'avait apaisé : il s'essuya les yeux et reprit son sac – d'un geste déjà presque professionnel. Il avait très exactement compris ce que signifiait mon « Je t'aime », car les enfants comprennent toujours ce que veulent réellement dire les adultes. Hamnet savait que cela voulait dire : « Je t'aime, mais je ne resterai pas. » Le petit fit quelques pas, se retourna une dernière fois et me dit avec des yeux tristes :

— Je t'aime aussi, papa.

Là, c'était moi qui avais envie de pleurer comme un veau.

42

Shakespeare me faisait de la peine. A cause de moi, il ne pouvait même plus embrasser son fils. J'avais passé tout mon temps à gémir sur l'horreur de ma situation, mais la sienne devait être bien plus terrible.

— Je te demande pardon d'être là, dis-je alors.

— *Mais ce n'est pas ta faute, n'est-ce pas ? C'est un magicien qui t'a envoyée à moi.*

— Oui, mais ce... disons, ce « sortilège »... ne sera levé que lorsque j'aurai découvert ce qu'est le « véritable amour ».

— *Quelle sorte de magicien peut être assez inconsidéré pour poser une telle condition ?*

— Ce n'est pas moi qui ai eu cette idée.

— *Et... as-tu trouvé, depuis, ce qu'est le « véritable amour » ?*

— J'ai appris quelques petites choses à son sujet : qu'il peut traverser les siècles, que l'on peut aimer son pays, ses enfants, ou que l'on peut aimer écrire des histoires aussi sanglantes que ton *Hamlet*...

— Hamlet *est une comédie, pas une « histoire sanglante », protestai-je.*

— Pas encore. Mais quand tu en seras venu à faire d'« Etre ou ne pas être » une phrase sur le suicide...

— *Le suicide ?.... Mais c'est génial !*

— L'idée est de toi.

— *Non, pas du tout ! dis-je après un instant de confusion.*

— Ou pas encore.

— *Mais cette phrase me donne des idées, repris-je avec enthousiasme. Je vais faire de* Hamlet *une tragédie, et, dans la scène où il se querelle avec sa mère, il couchera avec elle...*

— Les metteurs en scène modernes vont adorer ça, souris-je.

— *Et les spectateurs, donc ! Les gens adorent les histoires d'inceste...*

Oui, comme le savent aussi les journalistes de *Bild*.

— *Et Ophélie, la bien-aimée d'Hamlet, devient folle... mais Hamlet ne fait que jouer la folie... quant au bouffon Yorick, il est mort et il n'en reste qu'un crâne avec lequel Hamlet parle... ce qui, de plus, est fort bon pour la dramaturgie, parce qu'il s'agit certes d'un monologue, mais en même temps, l'acteur parle à quelque chose... et l'effet ne sera pas du tout le même que dans les monologues où il est vraiment seul...*

C'était donc cela : le surgissement créatif, l'invention des personnages et des situations détournaient Shakespeare de ses propres souffrances. Imaginer des histoires lui faisait plus de bien que les drogues, l'alcool ou mon propre régime antifrustration de Ramazzotti et de chocolat.

— *... il n'y a rien de plus stupide que de dire un monologue sur scène...*

J'interrompis le cours de ses pensées :

— C'est très beau de t'entendre en plein processus créatif, mais là où je voulais réellement en venir, c'est à ceci : peut-être pourrais-tu m'aider à découvrir ce qu'est le « véritable amour » ?

Pour moi, ce n'était pas une question. Je n'avais eu qu'un seul amour véritable dans ma vie. Aussi répondis-je à Rosa avec émotion :

— *Anne... ce sera toujours Anne...*

— Alors, le « véritable » amour doit être un grand amour tragique ? demandai-je.

Cette réponse avait beau me déplaire, pour Shakespeare, c'était la vérité.

Mais si c'était cela, j'allais me réveiller à l'instant sur la banquette de Prospero.

J'attendis un peu...

... mais j'étais toujours dans le corps de Shakespeare. Et toujours pas dans la roulotte du cirque.

— Il doit y avoir autre chose, dis-je alors.

— *L'amour finit toujours tragiquement, Rosa. La question est seulement de savoir comment.*

Shakespeare avait dit cela avec détermination. J'essayai pourtant de le contredire :

— Si c'était cela que je devais apprendre, je serais déjà partie.

— *Pour quitter mon corps, tu n'es pas obligée de trouver ce qu'est le véritable amour.*

— Vraiment ?

— *Il y a une autre solution.*

— Laquelle ?

— *Aller chez un alchimiste.*

43

Le soir même, nous étions de retour à Londres. Partant du principe que les espions espagnols surveillaient les portes de la ville, nous nous cachâmes – faute de mieux – dans la charrette d'un paysan qui apportait du fumier pour les jardins du palais. Je ne sentais donc pas la rose lorsque je descendis de la charrette pour me diriger prudemment vers la masure de pierre où demeurait l'alchimiste. Je frappai à la porte, doutant fort de trouver de l'aide dans cette maison inquiétante. Shakespeare, lui, y croyait dur comme fer. Après tout, que risquais-je à essayer ? Un petit Asiatique – qui ressemblait un peu à un personnage secondaire du *Lotus bleu* dans les aventures de Tintin et Milou – m'ouvrit la porte et, remarquant mon odeur, fronça le nez :

— Vous puez comme un lat.

— Un lat ?

— Oui, un lat.

— Vous voulez dire : l'animal ?

— Oui. Je déteste les lats ! Quand je vois un lat, je lui tape dessus, ajouta-t-il avec véhémence.

Je trouvais cela un peu excessif.

— Jusqu'à ce qu'il soit tout aplati.

Eh bien, chacun ses goûts…

— Puis je plends une tolche et je le fais blûler.

— Oh, ça c'est vraiment très radical ! ne pus-je m'empêcher de m'écrier.

Cette phobie des rats me paraissait décidément de plus en plus suspecte. En d'autres temps, j'aurais volontiers conseillé à cet homme une bonne psychothérapie.

— Ah, et que faites-vous donc quand vous voyez un lat ? demanda le Chinois.

— Eh bien, vous savez, j'ai un ami qui adole les lats... euh, qui adore les rats. Ce sont des animaux très intelligents.

Le Chinois me regarda d'un air indigné et, après un silence, me dit :

— Entlez, je vous plie.

— Vous me pliez ?

— Entlez ! Mais poulquoi pelsonne ne me complend jamais ?!? s'écria-t-il en trépignant de rage.

Cette fois, j'avais compris.

— Pas de laison de vous énelver, dis-je en souriant.

Le petit Asiatique me regarda comme s'il allait me réduire en chop suey, aussi m'empressai-je de m'excuser :

— Oh, solly.

Le regard noir, il me conduisit à une salle voûtée remplie d'objets orientaux, où un homme d'un certain âge, aux sourcils broussailleux, se tenait derrière une immense table couverte de cartes du ciel. Il fit signe à l'ennemi des « lats » de sortir et s'avança vers moi pour m'accueillir d'un air réjoui :

— Ohé, Rosa !

L'alchimiste m'avait appelée Rosa. Il avait donc cru Shakespeare quand celui-ci lui avait dit que j'étais dans son corps. Mais comment avait-il pu avaler sans difficulté une chose aussi dingue, même si elle était vraie ? Pourquoi n'avait-il eu aucun doute ?

— Ainsi, tu viens de Wuppertal ? questionna Dee, les yeux brillants.

— Euh... oui, répondis-je avec un peu de surprise.

Il est vrai que Shakespeare lui avait dit que j'étais née dans cette ville. Mais même Shakespeare ne savait pas que je venais du futur. Que savait donc l'alchimiste ?

— A quoi ressemble cette ville ? demanda-t-il.

— Vous tenez vraiment à le savoir ?

— Ce doit être merveilleux, dit l'alchimiste d'un air extasié.

— « Merveilleux » n'est peut-être pas le mot...

— Fantastique ?

— Euh... si « fantastique » signifie « très en dessous de la moyenne », alors.

— Je veux que tu me dises tout de Wuppertal !

Dee était probablement la seule personne de tout le genre humain à avoir jamais prononcé cette phrase.

— Je préférerais ne pas en parler, répondis-je prudemment.

— Mais pourquoi ?

Il paraissait très déçu. Je tentai de m'expliquer :

— Je crois que... ce serait dangereux.

L'alchimiste réfléchit un moment avant de hocher la tête :

— Tu as peut-être raison. Oui, ce serait trop dangereux. Aussi bien pour moi – car, avec ce savoir, je pourrais être le maître du monde – que pour Wuppertal.

A présent, c'était clair : il savait que je venais du futur. Mais d'où le savait-il ?

— Oh, à Wuppertal, ça ne pourrait sans doute guère être pire, dis-je. Mais je suis contente que vous compreniez.

— Tu es très sage, Rosa, approuva l'alchimiste.

Et, là encore, il était assurément le seul dans tout le genre humain à avoir prononcé une telle phrase à mon sujet.

Mais... si j'étais réellement « sage », cela voulait donc dire que j'étais de moins en moins un cliché ? Cette fois, je me sentais presque fière de moi.

— Je vous séparerai bientôt, maître Shakespeare et toi, m'annonça l'alchimiste.

— Euh… comment pensez-vous vous y prendre exactement pour me faire sortir du corps de Shakespeare ? demandai-je.

Je n'étais toujours pas convaincue qu'il en était capable.

— J'ai passé de longues années chez les moines de Shinyen, au Tibet, répondit-il. Là-bas, j'ai appris que l'antique et noble art de la régression temporelle pouvait causer quelques difficultés.

Mon Dieu, il connaissait les moines qui avaient instruit l'hypnotiseur Prospero ! Il connaissait la régression dans les vies antérieures ! Et il savait que cela pouvait causer des problèmes, comme ceux dans lesquels je m'étais trouvée avec Shakespeare. Peut-être les moines avaient-ils consigné les récits de gens venus de notre époque, peut-être même avaient-ils dressé des cartes géographiques où figurait Wuppertal. J'en eus chaud et froid à la fois : peut-être l'alchimiste pouvait-il réellement m'aider ! Les moines de Shinyen lui avaient bien dit que des visiteurs pouvaient venir du futur, ou plutôt leurs âmes.

— Je vais aller chercher un pendule pour te libérer de ce corps étranger.

Il sortit de la grande salle pour se rendre dans une petite pièce annexe, me laissant seule avec Shakespeare. Tout excitée, je lui dis :

— Je crois que cet homme peut vraiment nous aider !

Mais Shakespeare ne me répondit pas.

Je me taisais, bourrelé de remords : j'avais envisagé l'anéantissement possible de Rosa. L'alchimiste ne m'avait-il pas dit, lors de notre rencontre, que l'esprit de Rosa pouvait fort bien se dissoudre dans l'opération ? La seule excuse que je parvenais à me trouver était que je ne pouvais pas être un bon père pour mes enfants avec son esprit dans mon corps. Je dois d'ailleurs reconnaître qu'à l'époque, je n'étais pas un bon père, tout comme Henri VIII n'avait pas été un époux remarquable. Mais je pris la résolution de mieux me conduire à l'avenir envers ma progéniture, afin de donner un sens plus profond à la possible disparition de l'esprit de Rosa.

Je sentais bien que Shakespeare ne dormait pas, qu'il préférait simplement se taire. J'avais envie de l'encourager, d'adoucir de quelque manière la douleur que lui avait causée la mort d'Anne. Ce voyage dans le passé m'avait donné un nouveau regard sur les choses, et, si je devais vraiment quitter Shakespeare maintenant, je lui laisserais volontiers, en guise de cadeau d'adieu, un peu de ce que j'avais appris. Par exemple, que ce n'est pas une bonne idée de gaspiller le peu d'années que l'on passe sur cette terre. Aussi déclarai-je :

— J'ai beaucoup appris sur la vie depuis que je suis ici avec toi.

— Ah oui ? Et qu'as-tu donc appris ? demandai-je, ma curiosité éveillée.

— Que la vie est trop courte pour que nous laissions la tristesse nous la gâcher.

— Cela paraît sage, dus-je reconnaître. Un peu morbide, mais sage.

— Alors, ne perds plus ton temps à regarder en arrière.

Rosa n'avait-elle pas proféré une grande vérité ? Je devais peut-être essayer enfin d'oublier Anne et de faire place dans ma vie à une autre femme. Une femme comme Rosa ? Ou comme la comtesse ? Mais comment y parvenir ?

— Jouis de la vie, profite du temps présent, dis-je d'un ton encourageant.

J'omis de préciser qu'à mon époque, il était mort depuis bien longtemps.

— Rosa, suivais-tu ton propre conseil avant de te trouver dans mon corps ?

— Euh... c'est-à-dire que...

— C'est bien ce que je pensais.

— Oui, mais moi, ce n'est pas la même chose, tentai-je de me justifier. J'ai encore un peu d'espoir de reconquérir mon grand amour, et que nous soyons deux âmes destinées l'une à l'autre à travers les siècles.

— Et ce grand amour, ce ne peut être qu'Essex ?

— Oui... non... je l'espère...

— Tu ne parais pas très sûre de toi.

Tout cela était bien trop compliqué pour en discuter avec Shakespeare. Pas seulement à cause de l'imbroglio qui s'ensuivrait s'il apprenait que je venais du futur. Je craignais aussi qu'il ne soutienne que l'âme de Jan ne m'était pas destinée. Et qu'il ne me rebatte ensuite les oreilles de mes propres paroles : que la vie était trop courte pour qu'on gaspille un temps précieux, que je devais finir par renoncer à Jan.

— Je me suis laissé dire que cela faisait du bien de parler de ses sentiments, ironisai-je.

J'étais prise à mon propre piège. Et, comme je ne supportais pas cela, je lui répondis avec un tantinet d'arrogance :

— Je veux bien parler de mes sentiments si tu me parles des tiens : de quoi te sens-tu coupable ?

— Pardon ? fis-je avec effroi.

— Frère Lorenzo m'a raconté que, lors de la mort d'Anne, tu t'étais senti coupable de quelque chose. Mais personne ne peut s'expliquer quelle faute tu as commise.

— Lorenzo ne devrait parler qu'à Dieu ! m'écriai-je, maudissant le moine qui avait trahi sa parole. J'espère qu'à sa mort, il ira dans un enfer peuplé de femmes !

— Tu peux me faire confiance, William.

— Je ne vais certes pas étaler mes sentiments devant toi !

— Mais je ne te veux aucun mal...

Je lui coupai brusquement la parole :

— Nous ferions mieux d'attendre Dee en silence !

Au moins, c'était clair : si l'alchimiste réussissait à nous séparer maintenant, Shakespeare et moi, nous n'en serions même pas arrivés au point de nous faire mutuellement confiance.

Cela m'attristait. Beaucoup.

A cet instant, Dee revint avec son pendule. C'était un petit pendule d'or, exactement pareil à celui de Prospero. Ma tristesse se changea en une joyeuse anticipation : cet homme allait réellement me ramener chez moi ! Il me pria de prendre place sur une couchette. Puis il prononça les plus belles paroles que j'eusse entendues jusque-là dans le passé :

— Regarde ce pendule.

— Mais avec plaisir ! m'épanouis-je.

— Tes paupières s'alourdissent, poursuivit l'alchimiste.

— Je m'en réjouis déjà !

— Elles sont de plus en plus lourdes...

— Je n'aime rien tant qu'avoir les paupières lourdes...

Cette fois, Rosa risquait d'être anéantie. Oubliant ma colère, je commençai à éprouver du remords : c'était une bonne personne... un bon esprit... ou je ne savais trop quoi... et elle ne m'avait jamais voulu aucun mal. Elle m'était très proche, plus proche que quiconque l'avait été depuis Anne. Bon, cela tenait surtout au fait qu'elle se trouvait dans mon corps, et pourtant... Je m'écriai tout à coup :

— Rosa, ne regarde pas ce pendule !

— Et comment, que je vais regarder ce pendule ! répondis-je à Shakespeare.

— A présent, ferme les yeux, me commanda Dee.

— Ne le fais pas ! suppliai-je.

Bien entendu, je fermai les yeux...

— Rosa... !

Je flottais déjà, très loin de là.

— Rosaaaaaaaaa... !

Ce fut le dernier son que j'entendis dans le passé.

44

— Eh bien, voici notre amie qui bat des paupières.

Ce fut la première chose que j'entendis dans le présent. La première odeur que je sentis fut celle des boiseries de la roulotte. Etait-ce possible ? Me trouvais-je vraiment dans le présent ? En tout cas, je ne puais plus comme un « lat ». Et la voix que j'entendais n'était plus celle de l'alchimiste John Dee, mais celle de l'hypnotiseur ! J'ouvris les yeux... et aperçus Prospero en sous-vêtements. Je préférai refermer très vite les yeux.

— Excusez-moi, j'étais en train de me préparer pour aller au lit. Je passe tout de suite quelque chose, déclara l'hypnotiseur, revêtant en hâte un peignoir mauve.

Mais déjà, me levant d'un bond, je courais au miroir en pied qui se trouvait là et vis... moi ! C'était vraiment moi ! Tout y était : mon visage, ma poitrine, mon ventre... mon cher petit bedon !

— Tu as donc trouvé ce qu'est le « véritable amour » ? demanda Prospero.

Il interprétait ainsi ma joie devant mon petit ventre, et en concluait que tout s'était bien passé. Ne m'étais-je pas réveillée de l'hypnose ? Mais sa question me troubla : je n'avais pas découvert ce qu'était le véritable amour, j'avais plus ou moins triché en demandant l'aide de Dee. Et si, au départ, je n'avais voulu savoir ce qu'était le véritable amour que pour pouvoir revenir au présent, j'étais malgré tout déçue de ne pas l'avoir trouvé.

— Vous n'avez plus l'air aussi heureuse tout à coup ? s'étonna Prospero.

— Vous m'avez envoyée malgré moi dans un endroit où l'on voulait me tuer. Et j'étais dans un corps d'homme. Suis-je censée vous embrasser dans ma folle joie ?

— Je comprends votre mauvaise humeur, dit Prospero, compatissant. Moi-même, dans une précédente vie, j'ai été une concubine de Caligula... Si je vous disais ce qu'il m'a fait avec une carotte et du miel...

— Je ne veux absolument pas le savoir.

— Mais vous vous sentez tout de même beaucoup mieux, à présent que vous savez ce qu'est le véritable amour ? Vous connaissez enfin le vrai potentiel de votre âme ? demanda-t-il avec hésitation.

De toute évidence, ses précédentes victimes lui avaient manifesté bien plus de gratitude.

Comme je n'avais plus envie de lui parler, ni même de me quereller avec lui, je quittai la roulotte sans plus attendre, ce qui parut le consterner.

Je marchai dans la ville, croisant des automobiles bruyantes, des feux rouges, des jeunes aux oreilles bouchées par des écouteurs. Je constatai avec surprise que ma ville natale me semblait tout à coup bien plus triste que la Londres médiévale. C'était un peu comme lorsqu'on sort du cinéma et qu'on se demande pourquoi le monde n'est pas aussi coloré, aussi vivant, aussi excitant que celui qu'on a laissé sur l'écran.

Mon premier geste en arrivant chez moi fut d'aller aux toilettes. Jamais je n'avais éprouvé autant de satisfaction à faire pipi assise.

Ensuite, je me douchai longuement. Tandis que l'eau crépitait sur mon corps, je me dis que ce voyage dans le passé n'avait pas été complètement inutile.

J'avais tout de même appris une ou deux petites choses. Que je devais profiter de la vie. Et que j'avais envie d'écrire. J'avais déjà perdu trop d'années à faire un métier qui ne me convenait pas. Dès demain, je démissionnerais, je dirais *ciao* aux élèves, aux parents d'élèves et aux réformes de l'enseignement qui poussent à la dépression ceux qui essaient de leur trouver un sens.

A peine avais-je pris cette décision que, tandis que je me séchais, d'innombrables sujets d'histoires me vinrent à l'esprit. Un blocage de plusieurs années venait de tomber, et les idées ne cessaient d'affluer. Il y avait l'histoire où Cendrillon, Blanche-Neige et Raiponce s'apercevaient qu'elles étaient toutes les trois mariées avec le même prince. Celle de la femme carriériste qui se retrouvait changée en fourmi. Il y avait aussi une variante en comédie musicale de Jack l'Eventreur (je n'ai pas prétendu qu'il ne me venait que de bonnes idées !). Je m'installai à ma table de cuisine avec un cahier de brouillon et un stylo et écrivis toute la nuit. Au matin, dopée par plusieurs cafés, je pris le chemin de l'école pour aller donner ma démission à ma vieille directrice. Cette directrice-là était une femme d'une extrême correction, qui me méprisait profondément pour mon absence de talent dans toutes sortes de domaines qu'elle estimait de première importance : la ponctualité, l'ordre, le calcul mental – pour ce dernier, c'était d'autant plus tragique que j'étais censée l'enseigner.

En pénétrant dans son bureau, je la trouvai assise à sa table, penchée sur des papiers. A vrai dire, elle était tout le temps penchée sur des papiers. Comparée à cette femme, la reine Elisabeth, dont j'avais fait la connaissance dans le passé, était une vraie tête de linotte. J'avais toujours pensé qu'elle avait dû rire pour la dernière fois aux alentours de 1972.

Je lui expliquai que je démissionnais, que je voulais écrire, que j'avais en moi l'âme d'un écrivain. Dans mon exaltation, j'allai jusqu'à lui révéler qu'il s'agissait de l'âme de William Shakespeare.

Quand j'eus terminé, cette vieille femme à l'air pincé fut prise d'une véritable crise de fou rire. De temps en temps, elle réussissait à articuler des phrases telles que : « Celle-là, c'est la meilleure ! », « Je ne peux plus m'arrêter », « Je n'avais pas ri depuis 1972 » et « Oh, zut, j'ai fait pipi dans ma culotte ».

Je décidai en conséquence de ne plus raconter à personne, pas même à Holgi, la partie qui concernait Shakespeare. Je n'avais pas envie qu'on recommence à se moquer de moi comme ça. Une fois sortie de l'école, j'inspirai profondément, et un extraordinaire sentiment de bonheur m'envahit. J'avais trouvé le courage de suivre ma vocation artistique, l'écriture, et cela me donnait une force incroyable. Je marchai dans les rues, comme enivrée. C'est ce qu'avaient dû ressentir les esclaves des plantations quand Abraham Lincoln les avait affranchis.

Je fus interrompue en plein bonheur par la sonnerie de mon portable. C'était Holgi. Avant qu'il ait eu le temps de parler, je me souvins que j'avais compris, en voyageant dans le passé, à quel point je l'avais négligé. Je me mis donc à bavarder à tort et à travers, lui disant qu'il était mon meilleur ami, que je ne m'étais pas montrée digne de son amitié, que plus jamais, plus jamais je ne l'enverrais promener quand il viendrait chez moi en pleine nuit parce que « l'amour de sa vie » l'avait trompé avec un lanceur de disque russe...

Quand j'eus terminé, Holgi pleurait d'émotion et sanglotait dans le téléphone des phrases telles que : « C'est merveilleux », « Je t'aime aussi, Rosa », « Ce n'était pas un lanceur de disque, mais un lanceur de marteau », « En fait, il venait plutôt d'Albanie », « Mais il avait un sacré outil », « Je n'en avais jamais vu de pareil », « Avec lui, l'expression "dur comme un marteau-pilon" prenait un sens nouveau... »

J'écoutai tout cela et le réconfortai encore, lui donnant des conseils et dispensant la consolation. Cela me fit du bien. L'affection pour un ami s'ajoutant à l'amour de l'écriture, mon cœur éclatait presque de joie. Enfin, j'allais changer. Adieu, cliché !

Holgi se moucha avec émotion, puis il me demanda :

— A quelle heure partons-nous cet après-midi ?

— Où donc ?

— Au mariage de Jan.

Rebonjour, cliché !

45

Ce que j'avais complètement refoulé depuis mon retour du passé me revenait d'un seul coup : que Jan et Olivia se mariaient aujourd'hui, que je ne savais toujours pas si leurs deux âmes étaient promises l'une à l'autre à travers les siècles. Ou si c'était Jan et moi qui devions être liés par un amour éternel. Bon, c'est vrai qu'hier (cela me paraissait bien plus loin après mon voyage dans le temps), Jan avait nettement déclaré qu'Olivia et lui étaient faits l'un pour l'autre, et il m'avait baratiné quelque chose à propos de la « maturité de leur amour ». Mais il avait beau dire avec sa maturité, Essex – donc l'âme de Jan – avait quand même voulu m'embrasser dans le passé, et cela alors que je me trouvais dans un corps d'homme ! Il n'était donc pas totalement aberrant de supposer que nos âmes étaient prédestinées.

Après avoir prié Holgi de venir me chercher un peu plus tard, je rangeai mon portable, rentrai à la maison, me préparai un bon petit thé et me fis belle pour le mariage. Ce faisant, je regrettai de ne pas avoir l'avis de Shakespeare, que j'avais pourtant tellement redouté pendant notre visite à l'alchimiste Dee. Que m'aurait-il conseillé ? Jan et moi étions-nous faits pour vivre ensemble ? Ou était-ce Olivia qui lui était destinée ? J'aurais vraiment voulu en parler avec quelqu'un qui, ayant vécu tout cela avec moi, aurait été capable d'en juger. En pensant à cela, je compris soudain combien il me manquait.

Il est vrai que, dans le passé, le barde avait tendance à me taper sur le système, mais au moins, nous étions proches. Bon, c'était surtout parce que nous partagions le même corps, mais avec lui, pour la première fois de ma vie, je ne me sentais plus seule. Même pendant les années passées avec Jan, j'avais très souvent éprouvé ce sentiment de solitude, parce que j'avais sans cesse l'impression de ne pas lui arriver à la cheville.

Mon regard tomba sur les histoires que j'avais notées pendant la nuit, comme prise de folie. Qu'en aurait pensé Shakespeare ? Peut-être aurions-nous pu les poursuivre ensemble. Ou bien terminer notre sonnet sur le jour d'été ? Une pensée me vint soudain : si je savais à qui exactement s'adressait le sonnet, qui nous trouvions plus aimable qu'un jour d'été, les derniers vers auraient encore plus de force. Jusqu'ici, le sonnet n'avait aucun dédicataire concret. Qui pouvait donc être cette aimable créature ? Jan ?

En cet instant, je regrettais beaucoup de ne pas avoir Shakespeare près de moi pour parler de tout cela. De l'écriture. De l'amour.

Au fait, que disait-on à ce propos ? « Méfie-toi de tes désirs… »

J'avais réussi à entrer dans ma petite robe noire et je venais d'enfiler, dans le couloir, mon unique paire de chaussures à talons hauts quand, subitement, tout devint noir devant mes yeux et je perdis conscience.

46

La première chose que je sentis en m'éveillant fut que je vacillais fort sur mes jambes. En baissant les yeux, je m'aperçus que je portais des chaussures à talons hauts et très fins, et que mon corps était couvert d'une espèce de robe. J'en fus abasourdi. Qui avait pu m'affubler de la sorte ? Etait-ce l'alchimiste ? Mais pourquoi aurait-il fait cela ? D'ailleurs, me trouvais-je encore dans sa maison ?

Je regardai autour de moi : non, je n'étais plus chez Dee, mais dans une maison d'un pays inconnu. Une image singulière était accrochée au mur : un homme nu se jetait dans les flots d'une mer d'un bleu d'azur. A en juger par l'inscription, cet homme répondait au nom de « Davidoff ». Qui pouvait orner ses murs d'images aussi osées ?

Je voulus continuer à regarder autour de moi, mais me tordis le pied dès le premier pas et m'étalai de tout mon long sur un plancher de bois. Je m'écriai alors :

— Et merde, qui est-ce qui m'a fichu des chaussures pareilles ?

A cette exclamation, je m'aperçus avec effroi que ma voix n'était plus la mienne : elle sonnait aigu, et même… féminin ?

Troublé, je me redressai pour ôter ces chaussures diaboliques dont on ne pouvait s'empêcher de penser qu'elles avaient été conçues par les bourreaux de la Tour. Me trouvais-je donc dans cette prison, la pire de l'histoire du genre humain ? Walsingham m'avait-il fait arrêter ?

Pouvait-il s'agir d'une salle réservée à des tortures d'un genre particulièrement cruel ?

En ôtant ces chaussures, je découvris que mes pieds se trouvaient dans de fins collants noirs. Qui ne pouvaient en aucun cas tenir aussi chaud que ceux que je portais d'habitude. Mais, par-dessus tout, je m'aperçus que ces pieds n'étaient pas les miens. Les miens n'étaient pas aussi fins, et surtout, leurs ongles n'étaient jamais peints en rouge, même après une nuit passée à boire avec mes amis queer.

Une peur panique s'empara de moi. Je pressai mes mains contre mon cœur qui battait à se rompre, et, ce faisant, m'aperçus que cette région présentait un renflement remarquable. Ou, plus précisément, deux renflements.

Je résumai les faits dans ma tête : je portais une robe, les ongles de mes pieds étaient rouges, et je possédais deux bosses sur la poitrine. J'additionnai un et un, puis deux, et le résultat fut celui-ci :

— Sainte Mère de Dieu !!!

De toutes mes forces, je tentai de me calmer. Peut-être avais-je mal fait mon addition ? Cette fois, je tâtai ma poitrine par le menu, et, comme j'étais un vrai champion en matière d'anatomie féminine, je rendis mon verdict sans doute possible : j'avais des seins. Qui tombaient un peu, mais ce n'était pas l'essentiel pour le moment. Le constat décisif était celui-ci :

— Seigneur tout-puissant, j'ai des seins !!!

La première chose que je soupirai instinctivement en m'éveillant fut celle-ci :

— Shakespeare, peux-tu arrêter de me tripoter, s'il te plaît ?

Ce n'est qu'alors que je m'aperçus que je n'étais plus maîtresse de mon corps. Quelque chose était encore allé de travers, cette fois quand l'alchimiste m'avait hypnotisée. Ces sacrés moines de Shinyen feraient bien d'optimiser au plus vite leur technique de régression temporelle par pendule interposé.

— *C'est... c'est toi, Rosa ?*

— Non, c'est Frank-Walter Steinmeier[1], fis-je avec humeur.

— *Frank-Walter Steinmeier ?*

— Evidemment que je suis Rosa ! répondis-je. Etais-je aussi dure de la comprenette quand j'avais atterri dans son corps ?

— *Je... je suis dans ton corps ?*

— Oui, c'est cela, confirmai-je.

C'était effrayant de ne plus agir que comme une voix dans son propre corps, sans pouvoir rien toucher ni percevoir. Je me sentais fichtrement impuissante, et cela faisait si mal que je n'étais même pas capable de me dire que Shakespeare avait dû ressentir cela lui aussi, dans le passé.

— *As-tu un miroir ?*

William me paraissait bien curieux à présent. Il n'avait visiblement pas encore saisi la gravité de la situation, et, de fait, c'était le genre de circonstance dont on ne peut guère prendre la mesure d'un seul coup. Shakespeare se leva, laissant là mes chaussures à talons, et je le pilotai jusqu'au miroir Ikea, au fond du couloir. Nous nous mîmes à examiner mon corps, qui, compte tenu de mes moyens financiers, était plutôt pas mal avec ce maquillage et ces vêtements. Comme je n'avais aucun contrôle sur lui, j'étais obligée de le regarder de la même façon que Shakespeare : de bas en haut. J'avais l'impression de voir par l'œil d'une caméra qu'un autre aurait tenue.

A la vue de Rosa, ma panique fit place à l'étonnement. D'un côté, elle était telle que j'aurais pu l'imaginer : elle avait l'air intelligent, et on voyait à ses yeux qu'elle possédait un humour plein d'astuce, voire d'audace. D'un autre côté, je fus extraordinairement surpris de l'expression

1. Célèbre politicien, actuel président du groupe SPD au Bundestag et particulièrement corpulent. (*N.d.T.*)

de son visage, qui paraissait vulnérable, presque timide. Pas du tout la forte femme pour qui je prenais Rosa. Puis je contemplai son corps et me sentis si submergé de tous ces charmes que je ne trouvai qu'une seule remarque à faire :

— *Rosa… ?*

— Oui ?

J'attendais avec inquiétude ce qu'il dirait de moi après cet examen.

— *Tes seins tombent un peu.*

— Eh bien, je te remercie ! Je me demande comment j'ai pu penser que tu me manquais !

— *Je t'ai manqué ? fis-je, surpris et flatté.*

— Euh… oui, reconnus-je, la colère s'estompant peu à peu de ma voix.

— *Je comprends fort bien cela.*

— Quelle modestie de ta part ! raillai-je.

— *Je disais cela réellement sans vanité, car je me réjouis moi aussi d'être avec toi.*

En vérité, que l'esprit de Rosa n'ait pas été détruit m'emplissait de soulagement. Je n'aurais pas supporté de continuer à vivre en étant responsable de sa mort. Ce poids sur ma conscience, en plus de la faute dont j'étais coupable envers Anne, aurait fini par me briser.

J'étais tout à fait flattée. Si ce corps avait encore été le mien, j'aurais sans doute rougi.

— J'aurais bien envie de te serrer dans mes bras.

— *Ce n'est pas possible, dommage. Mais je voudrais faire autre chose.*

— Quoi donc ? demandai-je avec curiosité.

— *J'aimerais ôter ces vêtements pour mieux apprécier ton corps…*

— Quoi ?!?

— Et le toucher.

— Le toucher ?!?

— *J'ai toujours été curieux de savoir quelle sensation pouvait procurer l'extase féminine…*

— Essaie seulement, et tu es mort !

— *Pourtant, cela m'aiderait à rendre plus vivants les personnages féminins de mes pièces...*

— Raide mort !

— *Je ne vois pas comment tu pourrais me tuer, puisque tu n'as plus de corps à toi pour le moment...*

— Et c'est bien là notre problème ! Je n'ai plus mon corps, mais tu n'as pas davantage le tien !

En entendant ces mots, Shakespeare commença à prendre la mesure de la situation. Il me regarda de haut en bas dans le miroir et constata :

— *Je me trouve vraiment dans un corps de femme...*

— Dans le mien, pour être précis.

— *Et... mon Willy a disparu...*

— Tu appelles ton truc « Willy » ?!? dis-je avec surprise.

— *Ma mère l'appelait « maître Pipi ».*

— J'aime mieux « Willy », alors.

— *C'est aussi ce que je disais toujours à ma mère, soupirai-je.*

— Peut-être pourrions-nous changer de sujet et réfléchir à ce que nous allons faire ? proposai-je.

— *D'accord.*

J'indiquai à Shakespeare le chemin du salon et le priai de s'asseoir – c'est-à-dire de m'asseoir – sur le canapé, pour ne pas tomber par terre quand je lui expliquerais où il était. L'aménagement de mon appartement laissait Shakespeare visiblement perplexe. D'une tout autre façon que Jan lorsqu'il se demandait comment je pouvais vivre dans un tel capharnaüm. Avec Shakespeare, les questions étaient plutôt du genre : « Qu'est-ce donc que cette boîte scintillante ? » Avant de lui expliquer le principe de la télévision, il faudrait bien lui révéler qu'il avait atterri dans le futur.

— Tu... tu...

Comment lui apprendre la vérité avec un maximum de ménagement ?

— Tu es dans le futur.

D'accord, j'aurais peut-être pu trouver quelque chose qui l'aurait davantage ménagé.

Puis je lui racontai Prospero, mon voyage dans le temps, et qu'il était maintenant au troisième millénaire. Je m'attendais à ce qu'il me pose un million de questions sur notre époque. Par exemple, s'il était connu, lui. Si ses œuvres étaient célèbres. Quelles pièces de théâtre les gens de notre époque aimaient voir. S'il y avait des guerres. Si la médecine avait fait des progrès. Pourquoi la boîte scintillante montrait à cet instant de jeunes récipiendaires des mesures sociales Hartz-IV laissant Olli Geissen donner à tout le pays les résultats de leurs tests de grossesse. Ce que c'était que les mesures sociales Hartz-IV. Ce que c'était qu'un test de grossesse. Ce que c'était qu'Olli Geissen. Mais, en fait, Shakespeare ne me posa qu'une seule question :

— *Alors... alors, mes enfants sont morts depuis longtemps ?*

47

Shakespeare resta un long moment silencieux et triste, tandis que mon corps se tassait peu à peu sur le canapé. Ici aussi, dans le présent, la situation était bien plus pénible pour lui que pour moi. Je devais donc trouver de toute urgence un moyen de le faire retourner dans le passé, et pour cela, seul Prospero pouvait m'aider. Mais comment arriver jusque chez l'hypnotiseur ? En tant qu'homme du passé, Shakespeare ne manquerait pas de se faire écraser par une voiture dès les premiers mètres dehors.

Il fallait donc qu'il s'endorme, afin que je reprenne le contrôle de mon corps. Et comment le faire dormir ? Dans l'état où il était, je pouvais difficilement lui chanter *Dodo, l'enfant do* et plaisanter avec lui sur les bergers sodomites jusqu'à ce qu'il s'assoupisse. De plus, comme je l'avais appris à mes dépens dans le passé, on pouvait se réveiller à n'importe quel moment. Qu'arriverait-il si je m'asseyais au volant de ma voiture et que Shakespeare se réveille à ce moment-là et reprenne le contrôle ? Je vis défiler dans mon esprit des images de mannequins de crash test, d'automobiles explosées et de secouristes trouvant que j'étais beaucoup trop jeune pour mourir.

Je n'avais pas le choix : si nous voulions survivre tous deux, je devais entraîner Shakespeare à la vie actuelle. Mais comment m'y prendre ? Si je le préparais à notre monde en lui faisant regarder les programmes de l'après-midi à la télé, il croirait seulement être tombé dans une maison de fous.

Devais-je lui montrer des vidéos sur Internet ? Mais je l'imaginais me demandant : « Qu'est-ce qu'un internet ? », « Comment cela fonctionne-t-il ? » ou encore « Qu'est-ce qu'un serveur ? ». Or, même si je surfais tous les jours sur la toile, je n'avais pas la moindre idée de la réponse à ces questions. Je n'étais même pas capable de connecter un modem DSL sans piquer une crise de nerfs. Je décidai donc tout simplement d'amener Shakespeare à la fenêtre. Afin qu'il voie ce nouveau monde de ses propres yeux.

Comme toutes mes pensées allaient à mes enfants, je n'écoutai pas Rosa tout d'abord quand elle me demanda d'aller à la fenêtre. Ce n'est que lorsqu'elle m'eut déclaré avec insistance que notre vie en dépendait que je me levai. Je fis quelques pas, ouvris le rideau, et un monde véritablement étrange apparut à mes yeux : dans la rue, beaucoup plus bas, de curieux projectiles qui, de loin, rappelaient des calèches passaient en vrombissant à une vitesse inconcevable. Rosa m'expliqua qu'on appelait ces projectiles des « automobiles », et que ce serait une terriblement mauvaise idée de se mettre en travers de leur passage. Elle me montra d'autres objets furieusement agités auxquels je devais prêter attention : un long véhicule qu'elle nomma « tramway », des lumières bizarres appelées « feux rouges », et le plus dangereux de tout : les « coursiers en deux-roues ».

Toutes ces impressions qui me submergeaient me firent oublier mon chagrin. Sous la direction de Rosa, j'ouvris la fenêtre afin de découvrir l'odeur du futur. Mais ce n'était pas une odeur, c'était une puanteur ! Et l'air était rempli de poussière. Rosa nomma cette puanteur « gaz d'échappement ». Plus je les respirais, plus je désirais retrouver les rues imbibées d'urine de Londres. Outre ces gaz d'échappement, il y avait bien d'autres choses stupéfiantes dans ce beau monde nouveau. Qu'était-ce que ces oiseaux de fer dans le ciel ? Qu'étaient ces petites boîtes que les gens tenaient contre leur oreille et avec lesquelles ils parlaient ? Ils se parlaient presque tous à eux-mêmes, comme Hamlet avec le crâne. Etaient-ils aussi solitaires et mélancoliques que je me représentais le prince de Danemark ?

Et qui étaient les stupides créatures que Rosa, en réponse à ma question, qualifia de « marcheurs nordiques » ?

Je m'étonnai aussi du nombre de gens venus de lointains pays qui marchaient dans les rues : des noirs, des bruns, des jaunes. Comment étaient-ils venus jusqu'ici ? Qu'y faisaient-ils ?

Une chose était certaine : si jamais je retournais à mon époque, je ne pourrais raconter à personne mes impressions sans que l'on m'enferme comme fou. Je ne pourrais pas davantage utiliser ces impressions pour mes œuvres théâtrales : Hamlet ne pouvait pas parler sur scène dans une si petite boîte. Les armées de Macbeth ne pouvaient partir au combat dans cet étonnant tramway. Et le public du Rose n'aurait que faire de coursiers à deux-roues en place de sorcières et d'esprits. Tandis que je réfléchissais à tout cela, j'entendis soudain une voix derrière moi :

— Rosa, il faut partir au mariage !

48

Grand Dieu ! Dans mon excitation, j'avais complètement oublié le mariage ! Holgi était venu me chercher, et il était déjà dans le couloir, puisqu'il avait la clé de mon appartement.

Que faire ? Parviendrais-je à endormir Shakespeare, à retrouver Prospero, à renvoyer Shakespeare dans le passé et à arriver malgré tout à temps pour torpiller le mariage ? C'était à peu près aussi réaliste que de vouloir stabiliser le système financier mondial.

Devais-je plutôt aller d'abord torpiller le mariage, puis chez Prospero ? Ce n'était pas tout à fait honnête envers Shakespeare, mais du moins un peu plus réaliste. Cependant, même dans ce cas, il fallait d'abord qu'il s'endorme.

— Rosa ?

Holgi entrait dans le salon, vêtu d'un costume rose à gilet mauve. A ce spectacle, Shakespeare s'anima un peu. Il se redressa (ou plutôt me redressa) et commenta ainsi la tenue de Holgi :

— *Monsieur, à votre vue, on croirait que c'est le soleil qui se couche !*

Holgi, qui n'avait pas l'habitude de m'entendre prononcer des phrases aussi précieuses, parut un peu surpris. Il répondit avec précaution :

— Tu es super. Cette robe met tout à fait bien en valeur ton derrière.

— *Ah, vraiment ? fis-je avec curiosité.*

Shakespeare essaya de voir mes fesses en tournant la tête. Puis, prenant mon miroir à maquillage posé sur la table du salon, il s'en servit pour regarder et confirma en connaisseur :

— *En vérité... quelles belles rondeurs !*

Une fois de plus, je me sentis flattée. S'agissant du corps féminin, Shakespeare avait certes de nombreux points de comparaison.

— *J'aimerais beaucoup le voir dénudé.*

— Fais ça, et tu vas voir ! m'écriai-je.

— *Je me demande s'il a des plis.*

Holgi, qui ne pouvait pas m'entendre, était inquiet de ce comportement bizarre.

— Dis-moi, Rosa, tu n'aurais pas de nouveau bu à cause du mariage ?

— *Quel mariage ? demandai-je, étonné.*

— Quel mariage veux-tu que ce soit ?

Sortant l'invitation de la poche de son veston, Holgi la mit sous le nez de Shakespeare. Et sur cette carte, il y avait la photo de Jan et d'Olivia.

Ce que je vis sur cette image me parut inconcevable : c'était le portrait de la belle comtesse et du comte belliqueux. Leurs coiffures étaient différentes et ils portaient des vêtements ridicules, mais les visages... oui, il n'y avait aucun doute... les visages étaient les mêmes.

— *Ils... ils vont se marier dans l'avenir ? demandai-je d'une voix tremblante au gros homme en costume rose.*

— *Oui, et dans un avenir très proche, me répondit-il. Il faut drôlement nous dépêcher si nous ne voulons pas arriver en retard.*

William ne répondit pas à Holgi. Il était submergé d'impressions, abasourdi par toutes les informations qui déferlaient sur lui. Aussi lui soufflai-je :

— Je t'expliquerai tout, mais d'abord, fais sortir mon ami sans en avoir l'air.

Shakespeare réfléchit un instant à la façon la plus polie de se débarrasser provisoirement de Holgi, puis il lui dit :

— *Peux-tu sortir de la pièce ? Je dois faire pipi maintenant.*

— Ici ? Tu ne veux pas plutôt aller aux toilettes ? Dis-moi, Rosa, qu'est-ce qui t'arrive ?

Holgi paraissait de plus en plus inquiet.

— *Ah oui... fis-je en me raclant la gorge. Les toilettes... quelle excellente idée !*

William regarda autour de lui, aperçut une porte, se dirigea vers elle en marchant avec précaution sur ses hauts talons et l'ouvrit.

— C'est ton débarras, lui fit remarquer Holgi.

Shakespeare eut un petit sourire contraint, regarda de nouveau autour de lui, découvrit enfin la porte de la salle de bains, y entra et referma derrière lui. Le carrelage de cette salle de bains devait dater des années 1970, mais, à ses yeux, elle paraissait furieusement futuriste.

— *Je pense que cette chose-là doit être la toilette ? me demanda-t-il.*

— Non, c'est le bidet.

— *Le bidet ? Qu'est-ce que c'est ?*

— Une invention presque aussi géniale que la petite culotte, répondis-je.

Et je lui expliquai brièvement pourquoi elle plaisait tant aux femmes.

— *Je ne voulais pas le savoir avec autant de détail, dis-je après les explications de Rosa. Alors, la toilette doit être cet autre récipient, à côté ? supposai-je.*

— Oui... mais j'espère que tu n'as pas vraiment besoin de... ?

C'était une sensation tout à fait étrange de ne pas savoir si on avait ou non envie de faire pipi.

— *Oh, que si, ma vessie est bien trop pleine !*

— Putain de thé ! m'écriai-je.

Si seulement je n'avais pas bu toute la théière ! M'efforçant de garder mon calme, je déclarai avec fermeté :

— William, il y a trois règles que tu dois absolument respecter.

— *Lesquelles ?*

— Premièrement : tu ne me regardes pas. Deuxièmement : tu dois t'asseoir.

— *M'asseoir ? Quelle curieuse façon de pisser !*

— C'est ce que pensent encore, hélas, bien des hommes de notre époque, soupirai-je.

— *Sont-ce des gentilshommes ?*

— Nous ne les appelons pas tout à fait comme ça.

— *Et comment donc ?*

— De pauvres imbéciles.

— *C'est aussi ce que nous disons de beaucoup de nos gentilshommes... Et... quelle est la troisième règle ?*

— Tu dois tirer la chasse.

— *Cela, je le ferai volontiers, quoi que veuille dire « tirer la chasse ».*

Quelques pénibles minutes plus tard, Shakespeare se leva des W-C, me rhabilla et constata avec un soupir :

— *C'était assurément l'expérience la plus étrange de toute ma vie.*

— A qui le dis-tu ! renchéris-je.

— *Oh, je ne te pose aucune question ! Au contraire, je préférerais jeter un voile pudique sur toute cette affaire.*

— D'accord pour le voile.

— *Je m'en réjouis, souris-je.*

J'expliquai alors à Shakespeare ce que signifiait « tirer la chasse », et, tandis que l'eau coulait, il s'émerveilla des remarquables progrès de l'humanité sur la question des sanitaires. Puis il en vint au mariage, et je lui dis tout sur les âmes. Qu'elles renaissaient sans cesse. Que certaines revenaient au monde dans des corps semblables, comme Essex et

Marie, mais d'autres dans des corps de sexes différents, comme c'était le cas pour nous. Et que toutes ces âmes ne cessaient de se retrouver. Shakespeare se tut un long moment. Puis il me demanda brusquement :

— *Tu ne crois tout de même pas qu'Essex et toi étiez destinés l'un à l'autre ?*

— Euh... mais si, je l'espère.

La violence de sa réaction me surprenait.

— *Essex ne peut pas être l'âme qui t'est destinée.*

— Mais pourquoi ? demandai-je avec appréhension.

— *Parce que, dans ce cas, Anne n'aurait pas été mon âme sœur.*

— Euh... comment cela ?

J'avais du mal à comprendre du premier coup.

— *Anne et moi, nous étions destinés l'un à l'autre. Je l'ai toujours aimée. Je n'ai jamais aimé qu'elle. Si ce que tu dis sur l'immortalité de l'âme est vrai, alors, son âme doit se trouver quelque part dans ce temps-ci. Et le corps dans lequel elle se trouve est celui de la personne qui t'est destinée.*

Si j'avais eu la disposition de mon corps, j'en serais restée bouche bée.

49

C'était tellement logique. D'une logique imparable. L'âme d'Anne devait vivre ici. Probablement dans le corps d'un homme. Et cet homme devait donc être l'amour de ma vie.

Pourtant, j'avais vraiment aimé Jan. N'avait-il été pour moi qu'une erreur ? C'était bien possible. Car si nous avions été prédestinés, alors, tout bien considéré, Essex et Shakespeare auraient dû former un couple dans le passé, puisqu'ils étaient nos incarnations précédentes, à Jan et à moi.

Et il était tout à fait invraisemblable que ces deux-là aient pu s'aimer. D'un autre côté... pouvait-on l'exclure complètement ? Essex m'avait tout de même embrassée alors que j'étais un homme. Il y avait donc bien chez lui une tendance homoérotique latente. Quant à Shakespeare, jeune homme, il avait vécu des semaines avec frère Lorenzo. Il n'était donc pas totalement exclu que lui aussi se remette à aimer un homme. Il s'ensuivait qu'Essex et Shakespeare avaient pu être destinés l'un à l'autre dans le passé. Du moins, je l'espérais. Et si mon espoir n'était pas déçu, si ce n'était pas une erreur de ma part de croire que Jan et moi étions faits l'un pour l'autre... alors, cela signifiait qu'Anne avait été une erreur de Shakespeare.

— Je voudrais quand même bien aller au mariage, dis-je.

— Pour quoi faire ? Le marié est promis à la comtesse Marie, il n'est pas fait pour toi !

— Peut-être que si, persistai-je.

— Non, en aucun cas !

— Eh bien, dis-je courageusement, il se pourrait quand même qu'Anne n'ait pas été la femme qui t'était destinée. Mais qu'Essex soit l'homme qui t'est destiné.

— C'est une supposition aussi absurde que répugnante, Rosa ! Il se peut que nous partagions la même âme, mais ton esprit est déficient.

— Mon esprit est quoi ?

Cette fois, j'étais fâchée moi aussi.

— Il est dans le même état déplorable que tes seins !

— Et toi, tu te fais peut-être des idées sur le tien ! rétorquai-je méchamment. En tout cas, quelque chose a dû se passer entre Anne et toi, sans quoi tu ne te sentirais pas responsable de sa mort. Ça ne devait donc pas être aussi formidable entre elle et toi !

— Tu ne sais pas de quoi tu parles !

Que Rosa crût possible un amour défendu entre Essex et moi me fâchait sans doute, mais beaucoup moins que de la voir traîner dans la boue mon amour pour Anne.

— Alors, tu n'as qu'à me dire ce qui s'est passé, le défiai-je.

— Vas-tu te taire, maudite créature ! dis-je, tremblant de rage.

— Il n'en est pas question !

— A présent, je regrette que l'avertissement de Dee ne se soit pas réalisé ! éclatai-je.

— Quel avertissement ? demandai-je avec étonnement.

— Dee m'avait expliqué que, pendant la procédure du pendule, ton esprit pouvait être anéanti. Dommage que ce n'ait pas été le cas !

— Tu... tu étais prêt à détruire mon esprit ?!?

Je ne pouvais pas le croire. Je me sentais trahie. Nous restâmes silencieux, furieux l'un contre l'autre. Enfin, Shakespeare déclara :

— *Je vais te prouver qu'Essex et toi n'êtes pas destinés l'un à l'autre ! Et pour cela, nous irons à ce mariage !*

50

Après que j'eus prononcé ces paroles, Rosa, penaude, ne dit plus rien. J'allai rejoindre son compère dans le salon. Cet homme me rappelait quelque peu mon ami Kempe. J'en conclus que les âmes amies traversaient peut-être les siècles ensemble, elles aussi. C'était une pensée consolante. Dieu pouvait-il en être cause ? Ou bien était-ce la nature qui avait conféré à nos âmes une force de vie qui perdurait à jamais ?

Oui, cela paraissait plausible. J'avais toujours trouvé plus aisé de croire aux forces de la Nature plutôt qu'en un Dieu. Il y avait bien d'autres choses sous le ciel que ce dont pouvait rêver la science de nos livres – comme me l'avait dit un jour mon ami Kempe en me montrant ce livre venu des terres lointaines qui s'appelait Kamasutra.

Tandis que Rosa, après notre querelle, avait apparemment résolu de garder un silence offensé, je suivis audehors le gros homme. Holgi – ainsi se nommait la réincarnation de Kempe – me fit monter dans l'un de ces étranges projectiles, qu'il désigna lui-même sous le nom de « deux-pattes », bien qu'il n'eût pas la moindre ressemblance avec un quelconque volatile.

A peine Holgi – mais qu'était-ce donc que ce nom ? – avait-il introduit une clé dans une serrure que la chose partit aussitôt, comme lancée par une main invisible, et fila à une vitesse folle à travers ces étranges rues. Mais ce qui m'étonna plus encore que tous ces projectiles, ce fut le grand nombre de personnes chargées d'ans qu'ils transportaient. Quel âge pouvaient donc avoir ces personnes ? Soixante ans ? Cent ? Deux cents ? Et si les gens d'ici pouvaient vivre aussi longtemps, pourquoi la plupart d'entre eux, même les plus jeunes, paraissaient-ils tellement plus malheureux que ceux de ma ville de Londres ? Ne savaient-ils pas avec quelle libéralité la vie leur avait accordé les années ? Pourquoi n'en éprouvaient-ils aucune gratitude ?

Leur vie était-elle si accélérée par tous ces projectiles et ces instruments magiques qu'ils ne pouvaient plus reconnaître leur bonheur ? Si j'avais été à leur place, aurais-je moi aussi, de tristesse, parlé dans de petites boîtes ?

Contrastant avec les visages sinistres, d'immenses images suspendues pour ainsi dire à chaque coin de rue représentaient des jeunes femmes qui s'étiraient, très légèrement vêtues. J'eus l'impression qu'elles vantaient les mérites de certaines marchandises dont je ne saisissais pas la signification. Quand je questionnai prudemment Holgi là-dessus, il me répondit énigmatiquement :

— L'intérêt de Bacardi est assez évident. Celui de la crème à bronzer aussi. La seule qui est vraiment absurde, c'est celle du club de fitness.

Voyant sur l'un de ces tableaux une dame particulièrement dévêtue, je trouvai son anatomie peu naturelle (aucune femme ne pouvait avoir le ventre si plat et en même temps la poitrine si bien formée). Mais son sourire était encore moins naturel, comme s'il ne venait pas du cœur. Je ne pus m'empêcher de penser à Anne, qui souriait toujours avec tant de cordialité et de chaleur. Je me rappelai tout à coup ce que Rosa avait dit dans son appartement : que les âmes destinées l'une à l'autre semblaient s'attirer sans cesse à nouveau. Cela signifiait donc que l'une des malheureuses personnes qui s'agitaient ici devait être Anne !

Allais-je la retrouver ? Même si elle vivait dans un nouveau corps, je reconnaîtrais partout son aimable sourire. Si je rencontrais Anne, je la supplierais de me pardonner. Et si vraiment elle me pardonnait, alors… alors, je croirais assurément qu'il y a un Dieu malgré tout.

51

Holgi se gara en stationnement interdit devant l'église, qui se trouvait dans le plus beau quartier de Düsseldorf. Il rectifia l'ordonnance de son costume rose et descendit. Shakespeare le suivit dans mon corps et se mit à observer avec intérêt la foule venue assister au mariage. Nous vîmes une quantité de riches amis de Jan et d'Olivia en costumes chics et coûteuses robes du soir. Mais, pour la première fois de mon existence, je n'étais plus intimidée par ces nobles personnes, car j'avais appris avec la plus grande évidence que même les aristocrates ne sont que des êtres humains : j'avais vu la reine Elisabeth sur le trône.

Shakespeare observait les gens en silence, comme s'il cherchait quelque chose. Il fixait les femmes l'une après l'autre, n'examinant, il est vrai, que leur visage et non leur silhouette.

Aucune d'elles ne souriait comme Anne, même de très loin. Ces femmes ne possédaient pas la bonté de son cœur. Au contraire, elles évaluaient avec méfiance l'aspect des autres femmes : une autre était-elle plus jolie qu'elles ? Ou mieux vêtue ? Les femmes aussi m'examinaient, et, à en juger par leur regard, elles estimaient valoir mieux que Rosa. Tout à coup, je m'avisai que tout le monde ici me voyait comme une femme, et si j'étais une femme, alors... alors, en ce temps-ci, Anne serait à coup sûr un homme !

A partir de cet instant, je me mis à observer les hommes qui m'entouraient. Au lieu de collants, ils portaient de larges pantalons. Ce qui, tout bien réfléchi, constituait une évolution esthétique fort plaisante.

Comme la plupart de ces hommes ne souriaient pas, je m'efforçai de les y inciter en leur souriant moi-même.

Sur le moment, je me dis avec effroi : Hé, William a-t-il l'intention de draguer des hommes pour faire l'expérience du plaisir féminin ? Puis je me rappelai que j'avais appris à mieux le connaître : c'était une âme blessée. Il cherchait sans doute Anne. Dommage seulement qu'il l'ait aussi cherchée en souriant à Björn. Un ami célibataire de Jan convaincu d'être un vrai tombeur. Opinion qu'il était seul à partager.

Encouragé par mon air aimable, un homme au corps massif se glissa près de moi en souriant jusqu'aux oreilles. Malheureusement, son sourire ne me rappelait en rien celui d'Anne.

— Nous sommes tous les deux à la table des singles, me dit-il.

Je n'avais pas la moindre idée de ce que cela pouvait signifier. Puis il ajouta :

— Et si tu as de la chance, tu seras aussi ce soir dans mon lit de single.

Si j'avais eu le contrôle de mon corps, j'aurais très volontiers vomi sur les chaussures de ce Björn.

L'homme se mit à caresser les fesses bien rondes de Rosa, et son audace me causa une grande perplexité : n'était-il pas d'usage, en ce temps-ci, de courtiser les femmes par quelques belles paroles ? De leur réciter des poèmes d'amour, de les enivrer de compliments, de leur susurrer des mots tendres à l'oreille ? Même lorsqu'on ne voulait partager le lit de la dame qu'une seule nuit ?

Faire la cour était pour le moins aussi excitant que l'acte de chair lui-même. Et, en règle générale, cela durait plus longtemps. On en avait donc davantage pour son argent. Mais si les gens de cette époque ne savaient même pas goûter le plaisir de se courtiser, quels plaisirs connaissaient-ils donc ?

Björn ôta sa main de mon derrière. Dieu merci, je n'avais rien pu sentir de ses tripotages. J'allais avertir Shakespeare de ne pas sourire à n'importe quel homme assis à la table des célibataires, quand la mère de Jan s'approcha de nous. Elle venait visiblement de se faire remettre à neuf dans une clinique de chirurgie esthétique : sa peau avait un bronzage fort peu naturel, son front était entièrement botoxé et ses lèvres gonflées à l'extrême. Elle fut devant nous avant que j'aie eu le temps d'expliquer à Shakespeare qui était cette femme. Tout heureuse que je ne sois pas devenue sa bru, elle murmura :

— Très chère Rosa, comment va ta mère ? Sa mycose vaginale la démange-t-elle toujours ?

— Madame, répondis-je froidement, votre langage est aussi vulgaire que votre apparence !

J'avais beau être très en colère contre Rosa, je n'allais tout de même pas la laisser insulter. Surtout par une telle mégère. Aussi lui demandai-je :

— Qu'est-ce qui vous a fait des lèvres pareilles ? On croirait celles d'une baleine bleue.

La vieille bique en eut le souffle coupé. Puis elle répondit avec colère :

— Rosa, toi aussi, un jour, tu sauras ce que c'est que vieillir, et tu ne riras plus autant. Mais telle que tu es déjà décrépite, ce jour-là ne tardera pas.

— Et telle que je vous vois, madame, répliquai-je, vous êtes si chargée d'ans que vous viviez sans doute déjà aux temps bibliques !

Les lèvres de la vieille se mirent à trembler, et je poursuivis :

— Cela me donne à penser que vous avez survécu au Déluge en nageant autour de l'Arche.

Comme ses lèvres, cette fois, se gonflaient de colère, je lançai un dernier trait :

— Et le sixième jour, quand Dieu a créé les hommes, vous étiez déjà depuis quelques jours sur la Terre !

Cette fois, la bouche de la mère de Jan ressemblait à celle d'une baleine bleue au moment où elle aspire le plancton. Personne ne lui avait jamais parlé de cette façon. Moi-même, je l'aurais bien fait, mais je n'avais pas osé. Jan non plus ne lui avait jamais tenu tête. Il ne supportait pas qu'on dise du mal de sa mère. Je fus terriblement heureuse que Shakespeare ait défendu mon honneur.

Avant que la mère de Jan ait eu le temps de répondre, on nous pria d'entrer dans l'église, car le mariage allait commencer. De loin, j'aperçus Jan, aussi élégant que beau à couper le souffle dans un smoking qui lui allait à la perfection. De son côté, Olivia, au bras de son père, était une mariée de rêve dans la longue robe moulante qui mettait en valeur son corps impeccable. Fasciné, Shakespeare s'arrêta pour la contempler.

— Il faudrait finir par te décider ! sifflai-je avec colère. Tout à l'heure tu te lamentais à propos de ton Anne, et maintenant, tu veux cette espèce d'idiote !

Cette remarque de Rosa m'alla droit au cœur. Elle avait raison, je ne devais pas m'éprendre de la comtesse. Si jamais je retournais à mon époque, je ne devais même pas essayer de la conquérir afin qu'elle finance mon théâtre. Ces pensées mercenaires n'avaient pu me venir que parce que j'étais certain que mon grand amour était mort.

Shakespeare (dans mon corps) entra en silence dans l'église. Il avait réellement l'intention de me démontrer que Jan n'était pas celui qu'il me fallait. A moins qu'il ne voulût y chercher Anne. Probablement les deux. Avec Holgi, il prit place dans les derniers rangs de l'église, près d'une petite vieille qui n'était pas sans ressemblance avec un fox-terrier à poil dur.

Shakespeare paraissait contrarié que l'Eglise joue toujours un aussi grand rôle dans la vie des hommes. Mais, quand je lui eus expliqué qu'il se trompait et que l'Eglise était loin d'avoir sur les affaires de l'Etat le même pouvoir qu'au temps de la vieille Angleterre, il s'en réjouit : notre monde n'était donc pas aussi sinistre que le laissaient supposer l'air triste des gens et la présence de ces étranges marcheurs nordiques.

Je me rendais compte que, pour Shakespeare, toutes ces impressions nouvelles étaient bien plus éprouvantes et difficiles à assimiler que ne l'avaient été pour moi celles de son époque, où j'étais arrivée avec tout de même quelques connaissances historiques rudimentaires, tandis qu'il ne savait encore presque rien de ce qui était pour lui l'avenir.

Pendant que le vieux pasteur décati faisait un sermon prolixe et ennuyeux où il était question des nombreuses épreuves difficiles auxquelles vous exposait le mariage (la maladie, la jalousie, la rénovation de votre propre maison), Shakespeare, fatigué, somnolait encore plus que les autres membres de l'assistance. Il finit par s'endormir tout à fait, me rendant enfin le contrôle de mon corps. Et avec lui la possibilité de reconquérir l'homme de ma vie.

Le cliché fêtait son grand retour !

52

— Si quelqu'un a une objection contre ce mariage, qu'il parle maintenant ou se taise à jamais, ânonna le pasteur.

C'était mon mot de passe.

Les jambes flageolantes, la gorge sèche et le cœur battant, je me levai pour dire ce que j'avais à dire. Comme d'innombrables femmes l'avaient fait avant moi dans les comédies romantiques. Dommage qu'à force de trembler, contrairement à ces héroïnes, je me sois cogné le genou contre le banc devant moi, car mes premières paroles prononcées à haute voix furent :

— Aïe, merde !

Toute la noce se mit à me regarder avec un étonnement justifié. Le pasteur était indigné, Olivia perplexe, Jan déconcerté.

— Je ne voulais pas dire « Aïe, merde », expliquai-je en hâte au pasteur. Je me suis juste cogné le genou... et ça m'est venu plus vite que : « Aïe, maudit soit ce banc ! »...

Le pasteur me regarda sévèrement, mais Jan eut un petit sourire. Il me pardonnait le juron. Revenant à son manuscrit, le pasteur s'apprêta à reprendre depuis le début, les mariés se tournèrent vers lui, et tout le monde s'attendit à ce que je me rassoie. Mais je restai debout.

— Assieds-toi ! me souffla Holgi.

Je ne l'écoutai pas.

Le pasteur achevait de nouveau sa phrase :

— ... ou se taise à jamais.

— « Se taise à jamais », il dit ça pour toi, Rosa ! me pressa Holgi.

Et il me tira par la manche pour me faire asseoir Mais je résistai :

— Laisse-moi tranquille ! sifflai-je.

— Pas question.

— Lâche-moi !

— Comme tu voudras. A chacun ses erreurs, soupira-t-il en me lâchant d'un seul coup.

Je perdis l'équilibre et tombai à la renverse, juste sur les genoux de ma vieille voisine, le fox-terrier à poil dur, en criant :

— Aïe, putain, merde !

De nouveau, tous les regards se tournèrent vers moi.

Je me relevai en hâte et montrai ma voisine du doigt en disant très vite :

— C'est elle ! C'est elle !

— Pas du tout, démentit la petite vieille en toute sincérité.

— Vous pouvez vous asseoir, m'enjoignit d'un ton sévère le vieux pasteur.

J'entendis la mère de Jan ajouter à mi-voix :

— De préférence sur une chaise électrique.

Mais je restai debout.

— A moins que vous n'ayez autre chose à dire ? demanda le pasteur.

Le ton de sa voix sous-entendait « Malheur, elle a peut-être autre chose à dire ! ». Il y eut aussi le regard de la mariée signifiant « Malheur, tu as autre chose à dire ! » et celui du marié qui disait « J'ai peur que tu n'aies autre chose à dire ! ». La question était maintenant de savoir si Jan avait peur que je ne perturbe encore son mariage, ou s'il avait peur de ses sentiments pour moi.

— Rosa n'a plus rien à dire, déclara Holgi à ma place.

— Je peux donc procéder à la suite de la cérémonie, fit le pasteur avec soulagement.

Au moment où j'allais ouvrir la bouche pour le contredire, Holgi répondit :

— Oui, vous pouvez.

Je n'allais pas accepter ça. Je réussis enfin à sortir la phrase que j'avais préparée :

— J'ai... j'ai une objection contre ce mariage.

— Sommes-nous vraiment obligés d'entendre ça ? demanda Olivia, qui écumait de rage.

Le pasteur paraissait perplexe. C'était de toute évidence la première fois de sa carrière qu'il lui arrivait une chose pareille. Il réfléchit un court instant et décida :

— Non, nous ne sommes pas obligés de l'entendre.

Il reprit son manuscrit, mais je ne me tenais pas aussi vite pour vaincue. Au point où j'en étais, je devais aller jusqu'au bout :

— Attendez ! protestai-je. Vous nous avez invités à parler si nous avions quelque chose à dire contre ce mariage.

— C'était plutôt une question rhétorique, répondit le pasteur d'une voix hésitante.

— Alors, ce que vous dites ici, ce sont des paroles en l'air ?

Le reproche avait porté. Le pasteur commença à se creuser la cervelle, et Olivia prit peur :

— Vous... vous n'allez tout de même pas vous laisser impressionner par cette personne insupportable ?

Sa peur me fit plaisir : peut-être n'était-elle pas tout à fait sûre que je ne sois pas capable de reconquérir Jan ? Cela me donna un peu de courage.

— Laissez parler Rosa, demanda Jan au pasteur.

Et cela me donna beaucoup plus de courage. Olivia regarda Jan avec colère, mais il soutint son regard et se tourna vers moi :

— Qu'as-tu à dire contre ce mariage ?

Je pris une profonde inspiration et commençai l'exposé de ma requête :

— Cher Jan, je t'ai longtemps aimé, et tu m'as longtemps aimée. Oui, je sais, tu m'as dit que maintenant tu aimais bien plus Olivia et que c'était un amour mûr et que tu croyais que vous étiez faits l'un pour l'autre, etc., etc. Quand tu m'as dit cela, ça m'a fait très mal, et pas seulement parce que je venais de me faire charcuter une dent. J'avais accepté de renoncer à notre amour, mais, au cours d'un voyage sur lequel je préfère ne pas donner de détails, j'ai découvert que les âmes prédestinées traversent les siècles et retombent chaque fois amoureuses l'une de l'autre.

Jan me regardait, les yeux écarquillés. Holgi, au contraire, avait mis une main sur ses yeux et n'osait me regarder qu'à travers ses doigts.

— Nos deux âmes cherchent toujours à être proches l'une de l'autre, et je crois qu'elles le font parce que nous sommes destinés l'un à l'autre...

Je regardai Jan : il n'avait pas du tout l'air de quelqu'un en qui mes paroles éveilleraient le sentiment que nous étions destinés l'un à l'autre.

— Et, en te regardant maintenant, je constate que ces paroles ne déclenchent absolument rien en toi... dis-je, la gorge serrée.

Il haussa les épaules comme pour s'excuser.

— ... si nous étions vraiment des âmes sœurs, tu ne te contenterais sans doute pas de hausser les épaules...

Il les haussa derechef.

— ... et ce serait vraiment gentil de ta part d'arrêter de faire ça...

Sur quoi il haussa de nouveau les épaules.

— A bien y réfléchir, si nous étions vraiment destinés l'un à l'autre, non seulement tu ne hausserais pas les épaules maintenant, mais tu m'aurais défendue de temps en temps contre ton odieuse mère, et, pendant ces années, tu lui aurais dit au moins une fois quelque chose sur ses lèvres en forme de bouées.

J'entendis sa mère suffoquer.

— ... et nous aurions depuis longtemps des enfants, et tu ne m'aurais pas quittée aussi facilement, juste parce que j'avais embrassé une seule fois un autre homme. Pour quelqu'un qui aime vraiment par-delà les siècles ou même les millénaires, ce serait une toute petite chose.

Jan regarda ses chaussures.

— Et, puisque tu regardes tes chaussures, je comprends aussi maintenant que ça n'a été pour toi qu'un bon prétexte pour me quitter et retourner vers Olivia.

Il regarda ses chaussures avec encore plus d'insistance.

— Mais tu n'es pas obligé de continuer à regarder tes chaussures, parce que, moi non plus, je n'aurais sans doute pas embrassé le prof de gym si nos âmes avaient vraiment été destinées l'une à l'autre. Après tout, Shakespeare non plus n'a jamais embrassé personne d'autre tant qu'il était avec son Anne...

— Shakespeare ?

Cette fois, Jan avait levé les yeux de ses chaussures.

— Shakespeare n'a pas trompé Anne, non, jamais ! proclamai-je. Et pourtant, ce n'étaient pas les occasions qui lui manquaient...

Si jamais ce n'était pas encore le cas avant cela, presque tout le monde dans l'église se demandait maintenant si j'étais une évadée de l'asile. Et si je ne portais pas des armes sur moi.

— ... d'ailleurs, si j'ai embrassé le prof de gym, c'est parce que je me sentais trop seule.

— Tu... tu te sentais seule ? Mais pourquoi ne me l'as-tu jamais dit ? s'étonna Jan.

— Parce que je ne l'ai vraiment compris que le jour où je ne me suis plus sentie seule.

— Avec qui ne te sens-tu pas seule ? demanda Jan avec intérêt.

— Avec quelqu'un qui est certes très énervant, mais qui me soutient et me défend. Et qui m'a montré que j'étais capable d'autre chose que d'ennuyer des enfants dans une école : que je pouvais écrire. Lui et moi, nous formons une super équipe…

— Une équipe ? Veux-tu dire un couple ?

Il demandait cela par curiosité, sans paraître spécialement jaloux. Je me mis à ricaner nerveusement :

— Un couple ? Non, sûrement pas. Ce ne serait pas possible, ajoutai-je en riant de plus en plus.

— Pourquoi donc ? insista Jan.

— Nous n'avons même pas deux corps.

— QUOI ?

— En tout cas, pas en même temps.

— Pas… pas en même temps ?

Jan me regarda comme s'il avait envie de me servir une bonne tasse de tisane calmante. Aussi me hâtai-je de répondre :

— Laisse tomber. De toute façon, grâce à cet homme, je ne suis plus un cliché ! Alors, je ferais peut-être mieux d'arrêter de me comporter comme si j'en étais un, et de vous laisser enfin vous marier !

Mes paroles résonnèrent dans toute la nef, mais personne ne réagit. Ce n'est qu'au bout de quelques longues secondes de silence que le pasteur se risqua :

— Hem… cela signifie-t-il que je peux maintenant reprendre la cérémonie ?

— Oui, répondis-je.

Puis j'annonçai solennellement à l'assemblée stupéfaite :

— Les âmes de ces deux fiancés sont destinées l'une à l'autre.

Ainsi s'acheva ce qui aurait dû être le come-back grandiose du cliché ambulant.

53

Je quittai l'église avant même que le « Oui » soit prononcé. Holgi voulait me ramener à la maison, mais je le laissai en plan sans même lui expliquer ce qui m'arrivait. Je pris un taxi pour me rendre au cirque. Holgi était mon ami et j'avais beaucoup d'affection pour lui, mais il fallait que je sois seule pour me débarrasser de Shakespeare. J'espérais très fort que Prospero réussirait à le renvoyer dans son époque.

Mon chauffeur de taxi n'avait pas dû prendre de douche depuis un bon moment, et son odeur me rappela le vieux Londres. Pour éloigner mon nez de lui, je regardai par la fenêtre et remarquai une fois de plus combien notre époque était différente, et surtout moins vivante que celle de Shakespeare. Les humains d'aujourd'hui ne se rendaient vraiment pas compte à quel point nous avions la vie facile. Moi-même, je ne m'en étais jamais rendu compte jusque-là.

Quand j'arrivai sur l'emplacement du cirque, la représentation venait de se terminer. Prospero, portant encore sur les épaules sa cape de spectacle, était devant sa roulotte et donnait de l'argent à une jeune femme, sans doute celle qu'il avait fait semblant d'hypnotiser ce soir-là. Juste au moment où elle s'en allait, Shakespeare se réveilla et je perdis de nouveau le contrôle de mon corps. Shakespeare était surpris que nous ne soyons plus à l'église, aussi, tandis que Prospero, qui ne nous avait pas vus, fermait la porte derrière lui, lui expliquai-je ce qui s'était passé au mariage : qu'il avait raison à propos de Jan, que Jan et Olivia étaient des âmes sœurs, que j'avais compris que lui, Shakespeare, était bien plus proche de moi que Jan ne l'avait jamais été. Qu'il m'avait beaucoup apporté, que, grâce à lui, j'avais découvert l'écriture, que c'était la première fois que je collaborais avec quelqu'un comme nous l'avions fait sur ce merveilleux sonnet, et que j'avais bien envie que nous le terminions ensemble...

Surpris, j'interrompis le flot de paroles de Rosa :

— Tu as quitté Essex pour moi ?

— Bon, d'abord, ce n'était pas Essex, mais Jan, commençai-je à expliquer. Ensuite, je ne l'ai pas quitté, je l'ai juste laissé au pied de l'autel, et enfin...

Je m'arrêtai, un peu effrayée, parce que c'était la première fois que je m'en avisais moi-même :

— ... enfin, la vérité est que je t'aime plus que lui.

— Tu n'es tout de même pas amoureuse de moi ? demandai-je avec étonnement.

La question de William était réellement surprenante. Mais le plus surprenant était que je ne me sentais pas capable d'y répondre en toute sincérité. Jusqu'ici, je pensais à Shakespeare comme à quelqu'un que j'aimais bien... mais si je l'aimais plus que Jan, que j'avais toujours mis dans la catégorie « amour » et non « amitié », qu'est-ce que cela signifiait ? Comme je restais dans un silence hésitant, Shakespeare déclara brusquement :

— Tu ne peux pas m'aimer ! Tout s'y oppose : d'abord, nous n'avons pas assez de corps. Ensuite, un homme comme moi ne peut plus attendre d'amour dans cette vie.

Shakespeare essayait de paraître déterminé, mais sa voix tremblait et on y sentait une terrible souffrance. C'est pourquoi je lui demandai :

— Ne crois-tu pas qu'il serait grand temps que tu me racontes ce qui s'est passé entre Anne et toi ?

— *Tu voudrais que je te parle de mes sentiments ?*

Il avait dit cela avec amertume. Puis il s'assit sur les marches de la roulotte de Prospero et resta un long moment silencieux. Enfin, il se décida à parler :

— *Anne était là, dans le clocher. Elle pleurait éperdument, pleine des mensonges empoisonnés de son cousin qui avait voulu lui faire croire que je la trompais. Je m'avançai vers elle pour essayer de l'empêcher de sauter. Anne me regarda et je sentis que si, à cet instant, je lui avais tendu la main... elle l'aurait prise, elle aurait été sauvée... mais j'hésitai un court instant, parce que je... je...*

Il se tut à nouveau, comme submergé par le remords. Ne voulant pas le presser de questions, j'attendis qu'il reprenne :

— *... je sentais de la colère en moi...*

— De la colère ? ne pus-je m'empêcher de questionner.

Il reprit, soudain volubile :

— *... parce qu'Anne ne m'avait pas fait confiance, elle avait préféré croire son cousin, et même, oui, même ces prostituées avec qui j'étais censé avoir couché. Elle les avait tous crus, plutôt que moi...*

Sa voix, qui en réalité était la mienne, n'était plus qu'un murmure :

— *Et lorsque... pendant ce court instant qui ne dura que le temps d'un battement de paupières, elle vit la colère flamboyer dans mes yeux...*

Il n'avait pas besoin d'en dire davantage, je pouvais terminer sa phrase en pensée : alors, Anne avait sauté. Je me tus moi aussi, puis j'essayai de le consoler :

— Mais, bouleversée comme elle l'était, elle aurait certainement sauté même si tu ne l'avais pas regardée de cette façon.

— *Cela se peut...*

De nouveau, la voix me manqua.

— Mais ?

— *Mais la dernière chose qu'elle vit de sa vie... ce furent mes yeux pleins de colère...*

A présent, Shakespeare luttait contre les larmes, et, comme je ne trouvais rien à dire pour adoucir sa peine, je murmurai :

— Tu peux pleurer, tu sais...

— *Un homme ne donne pas libre cours à ses larmes, répliquai-je avec une vaine fierté.*

— D'abord, cette phrase est d'une rare bêtise. Ensuite, en ce moment tu n'es pas un homme, mais une femme.

— *Oui, c'est vrai...*

— Alors, si tu pleures maintenant, cela ne pose aucun problème, l'encourageai-je.

Shakespeare réfléchit un peu, puis, acquiesçant d'un hochement de tête, il laissa libre cours à ses larmes. Cela me fit de la peine, et j'aurais bien voulu le prendre dans mes bras. C'était étrange d'assister à cela de l'extérieur : mon propre corps pleurait, et je n'étais pas impliquée. Cela me permit de remarquer que, lorsque je sanglotais, je faisais le même bruit qu'un bébé phoque blessé. Shakespeare mit longtemps à se calmer. Lorsqu'il essuya ses larmes avec la manche de ma robe, il constata avec étonnement :

— *Il est vrai que pleurer soulage beaucoup...*

— On ne peut que le recommander à tous les hommes, dis-je en souriant.

— *Mais de préférence lorsque ses compagnons ne sont pas dans les parages, souris-je à mon tour à travers mes larmes.*

— Non, bien sûr, acquiesçai-je avec amusement.

Puis je lui expliquai que nous devions à présent aller chez l'hypnotiseur, qui, je l'espérais, pourrait le renvoyer dans le passé grâce à son pendule. Mais Shakespeare répondit d'un ton décidé :

— *Je n'y songe pas du tout.*

— Hein ? Comment cela ? demandai-je, surprise.

— *Je veux rester ici.*

— Tu plaisantes ?

Je n'en croyais pas mes oreilles.

— *Pas du tout. Si Anne vit ici, je veux être près d'elle. Et je me mets dès à présent en quête pour la retrouver !*

— Tu ne veux pas me rendre mon corps ?

Shakespeare me prenait totalement au dépourvu. Certes, je l'aimais beaucoup et me sentais bien avec lui, peut-être même commençais-je à éprouver pour lui de la tendresse. Mais lui laisser mon corps, là, il allait trop loin ! Je contre-attaquai :

— Tu te rends bien compte que c'est de la folie furieuse ?

— *Celui qui aime est plus fou qu'un natif de Luton-on-Hull.*

— Luton-on-Hull ?

— *Un village où la tradition des mariages consanguins dure depuis des siècles.*

— Mais rester dans mon corps, ce n'est pas seulement de la folie, c'est totalement injuste ! protestai-je avec énergie.

— *Si la vie se mettait tout à coup à être juste, ce serait véritablement surprenant, objectai-je.*

— Je ne veux pas seulement dire injuste envers moi.

— *Et envers qui d'autre ?*

— Il y a aussi tes enfants. Veux-tu vraiment les laisser seuls ? fis-je d'une voix pressante.

Shakespeare se tut. Au bout d'un moment, il prit une profonde inspiration et dit d'une voix pleine de tristesse et de dignité :

— *Allons voir l'homme au pendule.*

L'hypnotiseur fut extrêmement surpris lorsque Shakespeare lui exposa notre problème. Le premier moment de confusion passé, Prospero nous expliqua que l'alchimiste Dee avait dit vrai : dans certains cas exceptionnels, il arrivait que des difficultés surviennent lorsqu'on voyageait vers le passé. Mais que cela pût se produire aussi lors du voyage de retour et qu'un esprit du passé se retrouve dans le futur était pour lui un phénomène entièrement nouveau. Cela n'avait pu arriver, me reprocha-t-il sévèrement – car il savait bien que j'écoutais, depuis les profondeurs de mon corps –, que parce que j'avais triché : je n'avais pas découvert ce qu'était le « véritable amour », j'étais allée chez l'alchimiste à la place. En contournant la règle de cette façon, m'avertit Prospero d'un ton menaçant, je m'exposais à des représailles, car on ne pouvait échapper à son destin. Il me fit vraiment peur. Sentant cela, Shakespeare lui coupa la parole en lui intimant l'ordre de faire balancer son pendule sans se perdre en longs discours. Je fus contente de le voir prendre ma défense une fois de plus. Je m'y habituerais volontiers.

Prospero répondit qu'il devait d'abord téléphoner aux moines par Internet – eh oui, les Tibétains aussi connaissaient la visioconférence – afin de leur demander des instructions précises. Il brancha son ordinateur portable et se mit à parler en tibétain dans son microcasque. Au bout d'un moment, il referma le couvercle et déclara qu'il avait de bonnes nouvelles pour nous : les moines lui avaient expliqué la procédure pour réexpédier Shakespeare dans le passé. Il fallait seulement qu'il aille récupérer son pendule sous le chapiteau du cirque. Quand il eut quitté la roulotte, je me rendis compte que Shakespeare et moi, nous allions devoir nous dire adieu pour toujours.

— Alors, voilà, ça y est, fis-je en m'efforçant de prendre un ton détaché.

Je ne voulais pas le laisser voir que j'étais triste moi aussi.

— Eh oui, voilà, répondis-je en m'efforçant de prendre un ton léger.

Je ne voulais pas laisser paraître mon affliction.

S'ensuivit un long silence pendant lequel je me sentis devenir de plus en plus triste. Finalement, ne pouvant plus y tenir, je dis :

— Ça ne s'est quand même pas si mal passé entre nous.

— *Au contraire, par moments, cela a même été un vrai plaisir.*

— Tu ne regrettes donc pas d'avoir dû partager ton corps avec moi ?

— *Pas le moins du monde, répondis-je sans mentir.*

Je fus profondément touchée de cette déclaration.

— *Il y a tout de même une chose que j'ai regrettée, ajoutai-je toutefois.*

— Laquelle ?

Cela m'ennuyait que Shakespeare puisse avoir des regrets.

— *De n'avoir pas connu l'extase féminine. Peut-être pourrions-nous employer à cela le peu de temps qui nous reste...*

— William ? l'interrompis-je en riant.

— *Oui ?*

— Parfois, tu es vraiment un drôle d'idiot !

— *Cela veut-il dire que je peux essayer ? demandai-je avec un grand sourire.*

— Et parfois, tu es un sacré gaillard !

— *Et toi, tu es parfois une sacrée bonne femme ! fis-je en souriant toujours plus largement.*

— Tous les hommes devraient faire au moins une fois dans leur vie l'expérience d'être une femme !

Quand nous eûmes bien ri tous les deux, Shakespeare me dit avec tendresse :

— *Rosa... ?*

— Oui ?

— *C'était vraiment un plaisir de se chamailler avec toi.*

— Merci, William, avec toi aussi, répondis-je tout aussi tendrement.

Si j'avais pu, je l'aurais volontiers embrassé.

Prospero revint avec son pendule, et, à la vue de celui-ci, je me sentis de nouveau assaillie par la peur : j'allais réellement perdre Shakespeare. Pour toujours. Cette idée m'était tout simplement intolérable. Ne devais-je pas le laisser occuper encore un peu mon corps ? Quelques jours… voire quelques semaines ? Après tout, ce n'était pas grand-chose, et nous prendrions peut-être même du bon temps.

Pour être capable de pensées aussi folles, il fallait décidément que je me sois prise d'affection pour Shakespeare.

Se pouvait-il que ce soit de l'amour, comme il l'avait suggéré un peu plus tôt ?

C'était vraiment la question à un million d'euros. Et je ne pouvais même pas téléphoner à un ami pour lui demander la réponse.

Mais Prospero avait sorti son pendule, et, tandis que j'hésitais encore à le prier de le remballer, il le faisait déjà osciller devant mes yeux. Shakespeare et moi, nous ne vîmes bientôt plus rien et perdîmes peu à peu conscience.

La première chose que j'entendis en me réveillant fut celle-ci :

— Mistel Dee, Mistel Dee, la malmotte levient à elle !

54

J'ouvris les yeux et vis l'alchimiste et le Chinois qui me dévisageaient.

— Shakespeare ? demanda l'alchimiste avec précaution.

— Il dort encore, dis-je.

Dee fut visiblement déçu que son essai de retour vers le futur n'ait pas fonctionné. Quant à moi, j'aurais dû être triste aussi, et pourtant, non seulement je ne l'étais pas, mais je me réjouissais presque d'avoir encore un peu de temps à passer avec William.

Au lieu de raconter en détail à l'alchimiste ce qui s'était passé, je me contentai de lui répéter la déclaration de Prospero : « On ne doit pas tricher contre la destinée. » Et j'ajoutai une chose que je venais seulement de comprendre :

— Seul celui qui affronte son destin est récompensé.

Découverte pour laquelle le Chinois eut ce commentaire lapidaire :

— Dans notle village, nous avons un fou qui éclit des plovelbes comme cela et qui les foulle dans des biscuits.

L'alchimiste, lui, comprit ce que je voulais dire. Il me posa le bras sur les épaules :

— Tu es une femme très sage, Rosa. Bien que tu sois un homme pour le moment.

Je me sentis flattée, mais pas pour très longtemps, car déjà, Dee me demandait :

— Et que comptes-tu faire à présent ?

Une chose était claire : si je voulais affronter mon destin, je devais trouver le véritable amour. Et ce n'était pas simple, puisque je n'avais toujours pas le moindre indice pour me mettre en quête.

Se pouvait-il que cela eût un rapport avec mes sentiments confus envers Shakespeare ?

Non, c'était impossible ! Ça n'aurait eu aucun sens. Partager le même corps ne pouvait être le véritable amour. Ce n'était même pas la peine d'y penser. De plus, je me souvenais que j'avais un problème plus urgent à régler : si je ne réussissais pas à réunir Essex et Marie avant le soir, la reine me ferait exécuter. Et le fait que la comtesse s'était entichée de moi, c'est-à-dire de Shakespeare, ne simplifiait pas ma tâche d'entremetteuse.

Je demandai à Dee s'il pouvait me faire conduire chez Marie, et l'alchimiste promit que son assistant Hop-Sing m'y emmènerait. Le petit Chinois suggéra que je prenne d'abord un bain, car je puais toujours comme un rat mort. Mais je répondis en souriant :

— C'est aussi bien ainsi. Plus je pue, moins la comtesse voudra de moi.

Fronçant le nez, le Chinois m'emmena dans la cour, où je trouvai un carrosse dont l'intérieur s'ornait d'images de moines de Shinyen en prière. L'alchimiste était réellement un fan de ces Tibétains au crâne rasé dont je ne connaissais même pas l'existence quelques jours plus tôt. Deviendrais-je, grâce à eux, quelqu'un de plus heureux, ou étais-je condamnée à crever misérablement dans le passé ? Dans le premier cas, j'étais prête à embrasser leur tonsure dans ma gratitude, mais dans le second, je placerais ces moines tout à la fin de ma liste de favoris, après même les nazis et les dentistes.

Avec Hop-Sing, je traversai Londres baignée par les doux rayons d'un splendide lever de soleil. Les premiers marchands installaient leurs éventaires à côté d'hommes qui ronflaient à même le sol, n'ayant pas réussi à regagner leur maison dans la nuit. Des enfants se mettaient en route pour l'école, ou bien ils détroussaient les ivrognes endormis, selon le cas. Voir ainsi s'éveiller la Londres élisabéthaine, sentir le pouls de cette ville battre un peu plus vite à chaque seconde était une sensation exaltante. Cet endroit m'électrisait, il mettait tous mes sens en éveil. Une partie de moi aurait voulu y rester pour toujours, comme le ferait, certes pour un temps trop court, Shakespeare lui-même. Mais c'était bien sûr une idée totalement aberrante : je ne pouvais tout simplement pas rester là, à jamais enfermée dans le corps de Shakespeare.

A moins que... ?

Le soleil était déjà haut dans le ciel matinal quand la calèche s'arrêta devant le château de la comtesse. Il s'agissait maintenant de la convaincre de venir ce soir à la fête royale sur le vaisseau amiral. Elle y rencontrerait Essex, et je n'aurais plus qu'à les réunir enfin.

J'actionnai le heurtoir en fer forgé et, au bout d'un moment, je vis la porte s'ouvrir devant la comtesse en personne. Rayonnante de joie, elle s'écria :

— William Shakespeare, ainsi, tu es revenu !

J'aurais sans doute dû avouer tout de suite à la comtesse que je ne l'aimais pas, mais le fait est que je restai tout d'abord surprise de ne plus me sentir inférieure en sa présence. En outre, je n'éprouvais plus la moindre jalousie, car j'avais enfin accepté que son âme et celle de Jan soient faites l'une pour l'autre. Tout heureuse de ma liberté retrouvée, je souris à la comtesse, ce qu'elle ne manqua pas d'interpréter de travers : elle me sauta au cou, ne paraissant même pas remarquer que je sentais toujours très mauvais. Comme le fit remarquer Hop-Sing :

— Cette dame n'est vlaiment pas dégoûtée.

Tandis que je faisais signe à Hop-Sing de disparaître dans le carrosse, la comtesse me serrait si fort que je pouvais à peine respirer. Tout cela parce qu'elle s'était laissé charmer par les belles paroles d'un sonnet ! Il fallait rompre l'enchantement :

— Vous et moi, nous ne pouvons pas nous marier.

En prononçant ces mots, je repoussai la comtesse. Et même un peu plus rudement que nécessaire, pour bien marquer le coup.

— Mais... pourquoi ?

Tout à coup, elle me parut si fragile que j'eus pitié d'elle. Pour lui faire le moins de mal possible, je mentis :

— Parce que je... je suis *queer*.

— Cela signifie que... que tu ne m'aimes pas ? demanda-t-elle d'une voix tremblante.

— C'est exactement cela. Je n'aime que les hommes, ajoutai-je, cette fois sans mentir.

La comtesse tremblait maintenant de tout son corps. Pendant des années, j'avais souhaité pouvoir briser le cœur d'Olivia comme elle avait brisé le mien avec Jan. Mais à présent que cela devenait possible, elle ne m'inspirait plus que de la pitié.

— S'il faut qu'il en soit ainsi, murmura-t-elle en s'efforçant au courage, je suivrai mon premier projet.

— Votre premier projet ?

— Je passerai sept ans enfermée dans ce château, sans recevoir aucun homme.

Je ne pouvais pas la laisser faire cela, car il fallait absolument qu'elle vienne à la fête sur le vaisseau amiral. Aussi m'empressai-je d'ajouter :

— Si vous n'acceptez pas de plein gré l'invitation de la reine et n'épousez pas Essex, la reine vous fera exécuter.

La comtesse resta un instant interdite, puis répondit :

— Dans ce cas, je vais changer mes projets.

— C'est très bien, fis-je avec un soupir de soulagement.

— Je vais sans plus tarder me jeter dans l'étang.

— QUOI ?

— Je vais en finir avec cette triste vie.

Et, sans me laisser le temps de protester, la comtesse me claqua au nez la porte du château.

Les gens du passé étaient certes bien plus vivants que nous, mais peut-être un peu trop portés aux extrémités lorsqu'il s'agissait d'amour. Chez nous, dans le futur, les sentiments étaient souvent superficiels – beaucoup d'hommes aimaient davantage leur iPhone que leur petite amie –, mais, dans l'Angleterre shakespearienne, certaines femmes auraient peut-être eu intérêt à tempérer un peu leurs ardeurs.

Je fis le tour du château en courant et vis la comtesse se diriger vers le profond étang. Je la rattrapai et la suppliai de ne pas se noyer. Mais, au lieu de me répondre, la noble dame fit ce que font aussi beaucoup d'héroïnes hollywoodiennes quand un homme les attrape par le bras, en tout cas les héroïnes des comédies les plus vulgaires : elle me donna un bon coup de genou dans les parties sensibles.

C'était la première fois que je regrettais autant d'être un homme.

— Aïaïaïaïaïe ! criai-je sur une note d'un aigu inquiétant.

Pendant ce temps, la comtesse était entrée dans l'eau. Elle en avait déjà jusqu'aux genoux. Je n'avais pas le choix, je me mis à couiner :

— Comtesse, mais si, je vous aime !

Marie se retourna et me regarda d'un air incrédule.

— C'est vrai, je le jure par tout ce que j'ai de plus sacré ! insistai-je d'une voix déjà mieux timbrée.

— S'il en est ainsi, prouve-le.

— Le prouver ? fis-je avec surprise.

— Embrasse-moi.

J'aurais préféré qu'elle me demande autre chose.

— Embrasse-moi passionnément.

J'aurais même préféré de beaucoup. Mais c'était une question de vie ou de mort. Je pris donc mon courage à deux mains, entrai dans l'eau et saisis la comtesse dans mes bras. Elle ferma les yeux et avança les lèvres, ce qui lui donna l'air plutôt stupide. Je la regardai avec hésitation – quand j'étais femme, avais-je moi aussi cet air ridicule quand on s'apprêtait à m'embrasser ?

Je n'avais encore jamais embrassé une femme de ma vie, et n'en avais d'ailleurs jamais eu spécialement envie. A part cette fois, en quatrième, où, par pure curiosité pubertaire, j'avais failli essayer avec Bille, ma copine de classe, l'occasion s'étant présentée au cours d'une soirée pyjama, mais finalement, Bille avait préféré se bécoter avec Gitta. Mon image de moi en avait pris un coup, car, à cette époque-là, ni les garçons ni les filles ne voulaient m'embrasser. (Pour le reste, Gitta est aujourd'hui avocate et heureusement mariée, et Bille entraîneuse d'une équipe de foot féminine.)

Comme j'hésitais, la comtesse rapprocha ses lèvres des miennes, avec une lenteur passionnée. Pendant tout ce temps, je me répétais sans cesse : Rosa, tu sauves une vie, tu sauves une vie... ce ne serait donc sûrement pas une bonne idée de sursauter de dégoût à ce contact.

Mais, au moment où il allait vraiment falloir y aller d'un baiser enflammé, j'entendis la voix de William :

— *En temps normal, cela ne me déplaît pas de voir deux femmes s'embrasser... mais cette fois, l'une de ces deux dames se trouve dans mon corps...*

Shakespeare venait de se réveiller, et, si je me réjouissais de sa présence – car il m'avait beaucoup manqué depuis quelques heures –, il avait une fois de plus mal choisi son moment. Je n'avais vraiment pas besoin qu'il se mêle de cette affaire-là. Aussi lui répondis-je :

— Ferme ta bouche, s'il te plaît.

La comtesse s'écarta de moi et demanda avec colère :

— Qu'est-ce que cela signifie ?

Il paraissait difficile maintenant de continuer à jouer les amoureux, surtout si Shakespeare se mettait à faire d'autres commentaires. J'optai donc pour une autre tactique, psychologiquement moins raffinée :

— Comtesse, j'ai menti : je ne vous aime pas.

Elle me regarda avec effroi. Je poursuivis :

— Je ne peux pas vous aimer. Mais si vous vous noyez maintenant, la reine me fera jeter dans la Tour.

La comtesse fut encore plus effrayée. A présent, elle craignait pour moi.

— Si vous ne voulez pas que j'y trouve une mort misérable, venez avec moi à la fête sur le vaisseau amiral de Drake.

Marie se tut un instant avant de se décider :

— Je viendrai, pour l'amour de toi, dit-elle vaillamment.

Ça avait marché. Mais je me sentais assez mal, car j'avais joué de ses sentiments pour la manipuler. Devinant mes remords, Shakespeare trouva les mots pour me réconforter :

— *Tu lui as sauvé la vie en faisant cela. La fin ne justifie pas toujours les moyens – par exemple choisir le célibat par prudence –, mais dans le cas présent, c'est vrai.*

Cela me fit du bien. Si seulement nous avions eu deux corps, je l'aurais serré dans mes bras.

— *Tu sais, Rosa, cette noble dame n'est pas vraiment amoureuse de toi... de moi... de nous. Elle est seulement troublée par la mort de son frère.*

Là aussi, Shakespeare avait raison. Et j'espérais de tout cœur qu'Essex lui rendrait le bonheur et l'aiderait à apaiser le chagrin de la mort de son frère. Car l'amour sert aussi à cela : à guérir les blessures infligées par la vie.

55

En reprenant place dans le carrosse avec mes bottes qui s'égouttaient, j'avais enfin un peu d'espoir de parvenir à réunir Essex et Marie ce soir-là sur le vaisseau amiral. Mais à peine m'étais-je installée en soupirant de soulagement que Shakespeare me rappelait l'autre tâche que nous avions à accomplir :

— *Si nous ne donnons pas à Walsingham, ce soir à la fête, le sonnet qu'il nous a chargés de composer, il nous fera enfermer dans la Tour. Il faut le terminer au plus vite, sans quoi les bourreaux mesureront avec leurs pinces la longueur de nos intestins.*

— J'aimerais parfois que tu ne t'exprimes pas d'une manière aussi imagée, répondis-je en déglutissant péniblement. Au reste, j'ai eu quelques idées à propos du sonnet, ajoutai-je. Il faut que ces vers s'adressent à quelqu'un de concret.

— *Quelqu'un de concret ? fis-je, perplexe.*

— Une personne pour qui tu éprouves des sentiments profonds.

— *Qui as-tu donc en tête ?*

Pour toute réponse, je me penchai à la fenêtre du carrosse et criai au cocher :

— Hop-Sing, conduis-nous à Stratford-upon-Avon !

Pendant le voyage, Shakespeare ne cessa de me demander qui je voulais l'emmener voir : les enfants ?

Lorenzo ? Tybald, l'amoureux des cochons ? Mais, bien sûr, il avait deviné de qui il s'agissait. Je le sentais parfaitement. N'étions-nous pas désormais si étroitement liés que je percevais même les peurs que Shakespeare préférait ne pas formuler ?

— Où dois-je vous conduile ? demanda Hop-Sing quand le carrosse entra dans la petite ville.

— Au cimetière, dis-je.

— De plus en plus dlôle, commenta Hop-Sing d'un ton mi-figue mi-raisin.

Manifestement, la Chine du seizième siècle connaissait déjà la notion de « salcasme ».

— *Je ne suis jamais allé sur la tombe d'Anne, protestai-je. Et je ne veux pas y aller, jamais !*

— Tu n'as pas le choix. Tu dois aller où j'emmène ton corps, répliquai-je avec détermination.

— *C'est du chantage, maugréai-je pour tromper ma peur.*

— Pas du tout.

— *Et comment appelles-tu cela, alors ?*

— Une prise d'otage amicale, plaisantai-je tandis que le carrosse s'arrêtait devant le cimetière.

Celui-ci était situé juste à côté de la petite église où Anne s'était jetée du haut du clocher. Pas étonnant que Shakespeare n'ait jamais voulu y revenir. De l'extérieur, l'église paraissait charmante, on s'imaginait volontiers se mariant là, et le cimetière lui-même était petit et accueillant, avec ses fleurs des champs et ses pierres tombales sans prétention. Celle d'Anne était la plus modeste de toutes. Je m'avançai vers elle et encourageai Shakespeare :

— Compose pour elle !

— *Pour Anne ? fis-je d'une voix tremblante.*

— Si tu veux devenir un grand auteur, tu dois affronter ta souffrance. Si tu continues à la réprimer, même à l'avenir, tu n'écriras jamais que des œuvres imparfaites comme *Peines d'amour perdues*.

— *Je... ne sais pas trop...*

J'hésitais encore, j'avais peur.

— Que veux-tu être, un grand dramaturge, ou un auteur juste un peu au-dessus de la moyenne, qui fuit lâchement devant ses sentiments ?

— *Oh, juste au-dessus de la moyenne, ce n'est pas mal non plus, fis-je sans enthousiasme.*

— Mauvaise réponse.

— *Oui, je sais, avouai-je honteusement.*

Je m'arrêtai et priai Shakespeare de composer la fin de notre sonnet sur le jour d'été. Devant la tombe de son grand amour, il rassembla tout son courage et essaya de commencer :

Ton été sans fin...

Mais il dut aussitôt s'interrompre :

— *Je... je ne peux pas, fis-je dans un murmure à peine perceptible.*

— Je suis avec toi, l'encourageai-je.

— *Parfois plus que je ne le souhaiterais, ne pus-je m'empêcher de commenter avec un rire nerveux.*

— A qui le dis-tu ! renchéris-je en riant à mon tour.

— *Je préfère n'en parler à personne ! répliquai-je.*

Cette fois, mon rire était un peu moins contraint. Et ce petit échange de plaisanteries me donna la force d'affronter enfin mon deuil et mon chagrin. Je me mis à composer avec une ardeur que je ne me connaissais pas jusqu'ici :

Mais ton été sans fin ne pourra se faner
Ni perdre une beauté toujours tienne, et la Mort
Qu'en son ombre tu erres ne pourra se vanter,
Lorsqu'en vers éternels tu grandiras encore.
Tant que verront des yeux, que des hommes respirent,
Autant vivra ceci ; et ceci te fait vivre.

Quand Shakespeare eut terminé, j'avais les larmes aux yeux. Par ses mots merveilleux, il avait rendu immortel son amour pour Anne. Et Anne elle-même.

Après un long silence, Shakespeare me dit d'une voix douce et comme libérée :

— *Rosa, tu me fais du bien.*

— Tu m'en fais aussi, répondis-je en toute sincérité.

Soudain, je ne trouvais plus aussi absurde l'idée de passer le reste de mon existence avec Shakespeare au seizième siècle.

56

Quand Hop-Sing me déposa devant le Rose cet après-midi-là, la représentation de *Roméo et Juliette* était déjà commencée. Il est vrai qu'il s'agissait d'une première version pas tout à fait au point. L'histoire romantique était assaisonnée d'un ton guilleret que l'on retrouvait dans des phrases comme celle que Kempe était justement en train de lancer au public :

— Mieux vaut être bien pendu que mal marié !

Cela fit hurler de rire les spectateurs. Mais Shakespeare me dit qu'il avait l'intention de remanier *Roméo et Juliette* pour en faire un drame romantique à la fin tragique. Il nourrirait cette nouvelle histoire de la passion qu'il avait vécue avec Anne.

Composer près de la tombe d'Anne avait enfin ouvert à Shakespeare un nouveau monde d'écriture. Il avait affronté sa douleur, il était prêt maintenant à devenir un grand auteur.

Avant cela, nous devions tout de même nous rendre à la fête de la reine et y accomplir notre devoir. Mais nous ne pouvions guère débarquer tels que nous étions !

— Il faut changer de vêtements. Et nous laver, expliquai-je à Shakespeare.

— *Nous laver ? Cela veut-il dire… que tu me laverais ? Cette affaire ne me disait rien qui vaille !*

— A moins que tu n'aies une meilleure idée ?

J'espérais qu'il en avait une, parce que je ne tenais pas spécialement à celle-ci.

— *Nous pourrions nous changer et nous asperger d'une bonne quantité de parfum ? proposai-je.*

— Ce n'est pas une meilleure idée.

— *Oui, tu as raison, reconnus-je avec contrition.*

— Y a-t-il de l'eau par ici pour se laver ? demandai-je.

Comme Shakespeare ne répondait pas, j'interprétai son silence :

— Ça veut sûrement dire oui.

A contrecœur, il me guida vers la partie arrière du théâtre, où nous choisîmes quelques vêtements neufs et très chics – dont une belle fraise – que nous pourrions mettre ensuite. Nous prîmes aussi un morceau de savon et une serviette dans une armoire, puis sortîmes dans la cour de derrière, où il y avait une grosse pompe à eau sous laquelle on pouvait se tenir.

— *Tu veux donc réellement me dévêtir ? dis-je.*

Tout de même, c'était fort gênant.

— Tu as peur que je te voie nu ? demandai-je avec étonnement.

Après un instant de silence, Shakespeare me répondit d'une toute petite voix :

— *Il n'y a que deux femmes devant qui je me suis senti aussi honteux.*

— Lesquelles ? fis-je avec curiosité.

— *La première fois, c'était ma mère, alors que je commençais à devenir un jeune homme. Qui faisait ses premières expériences de plaisir, seul dans son bain.*

— Et qui était la deuxième femme ?

— *La deuxième était Anne. Lors de notre première nuit ensemble.*

Etait-il en train de me comparer à sa mère, ou à sa femme défunte ? Se pouvait-il qu'il eût pour moi les mêmes sentiments que pour Anne ? Pouvais-je croire une chose aussi folle ? Non, bien sûr que non. Tant pis s'il avait honte, je devais me/nous déshabiller et me/nous doucher sous le jet de la pompe. En toute franchise, j'étais aussi très curieuse de voir son corps : était-il aussi bien fait que je l'imaginais ?

— Il faut nous laver maintenant, dis-je avec fermeté en commençant à retirer le collant.

— *Rosa ? fis-je avec angoisse.*

— Oui ?

— *J'espère que tu n'auras pas maintenant la curiosité de sonder le plaisir masculin ?*

J'éclatai de rire.

— *Mais pourquoi ris-tu ? m'étonnai-je. Nous avons la même âme, peut-être avons-nous aussi à ce propos les mêmes pensées.*

— Ne te fais pas de souci, William. J'ai vu suffisamment d'hommes dans le plaisir, et, crois-moi, je ne tiens pas à ressembler à cela.

En le déshabillant, je découvris que le corps de Shakespeare était fin et musclé, et nettement plus séduisant que celui de tous les autres hommes que j'avais vus nus (il est vrai qu'avec leur physique, certains de mes amants auraient pu faire une carrière d'acteur comique). Je me gardai bien de poser les yeux à un certain endroit – malgré ma curiosité, j'avais quand même le sens des convenances. J'amorçai la pompe, me mis sous le jet, et l'eau glacée me dégringola dessus. A ma grande surprise, cela me parut aussi merveilleux qu'une douche après un sauna. Je me savonnai abondamment, et je dois reconnaître que c'était assez excitant de frotter ce corps musclé. Je n'en profitai pas très longtemps, car Kempe arriva à ce moment-là et me dit :

— Henslowe est fou de rage à propos de sa fille.

J'arrêtai le déluge et entrepris de me sécher tandis que Kempe poursuivait :

— Il est tellement furieux contre toi qu'il veut nous mettre à la porte du théâtre. C'est terrible.

— Cela n'a vraiment rien de terrible, m'écriai-je. Nous bâtirons notre propre théâtre, un théâtre que nous dirigerons nous-mêmes, acteurs et auteur. Hors les murs de la ville, là où aucun tenancier de bordel ni aucun censeur de la cour ne nous dictera notre conduite. Loin des contraintes et des interdits, nous pourrons donner les plus grandes pièces que le monde ait jamais vues. Le monde entier connaîtra notre « théâtre du Globe ».

Shakespeare, tout feu tout flamme, aurait bien voulu expliquer son projet à Kempe sans plus attendre. Son enthousiasme me transportait moi aussi, mais je préférai ne rien dire à Kempe du nouveau théâtre. Nous devions d'abord aller à la fête afin de réunir Marie et Essex. J'attrapai donc les vêtements propres et dis au gros acteur :

— Nous en reparlerons une autre fois.

Après une brève hésitation, Kempe répondit :

— D'accord. De toute façon, je voulais aller voir Kunga.

Puis il m'examina de haut en bas et dit d'un ton gentiment moqueur, en pointant le doigt vers l'objet en question :

— Je ne comprends pas ce que la fille de Henslowe te trouve. Ton Willy est vraiment tout petit.

Instinctivement, je regardai entre mes jambes et dus constater qu'il avait raison !

— Il n'est pas petit, protestai-je, c'est seulement qu'il réagit toujours comme cela à l'eau froide !

Je décidai de ne pas me pencher davantage sur le sujet et enfilai les vêtements, tandis que Kempe s'éloignait en riant très fort.

— Et puis, ce n'est pas une question de taille, n'est-ce pas, Rosa ? C'est ce que toutes les femmes m'ont dit jusqu'à présent.

Je songeai en souriant : Cher Shakespeare, il y a des choses sur lesquelles toutes les femmes mentent.

— Je t'ai posé une question, Rosa !

— Vous, les hommes, vous avez peut-être un problème, fis-je avec satisfaction.

Tout en parlant, j'ajustais la fraise autour de mon cou. Ce n'était pas très confortable. Les vêtements chics n'étaient décidément pratiques à aucune époque.

— *Et vous, les femmes, vous ne cessez de vous poser des questions sur les points faibles de votre corps, répliquai-je avec colère.*

— C'est vrai, reconnus-je.

Je songeais à mon ventre. Et à mon gros derrière. Et à d'autres endroits de mon corps auxquels je préférais ne pas penser du tout.

— *Rosa... il me vient tout à coup une idée surprenante !*

— Laquelle ?

— *Les hommes et les femmes sont tout à fait semblables, au fond.*

— Quoi ! fis-je avec surprise.

— *Cela peut vous paraître stupéfiant, mais... nous aussi, les hommes, nous avons des sentiments.*

— Tu as raison, c'est stupéfiant, ironisai-je.

— *C'est pourtant vrai. Nous aussi, nous ressentons le chagrin, la joie, l'amour, la colère, et, oui, même l'incertitude à propos de notre corps nous est familière. Car nous sommes tous des êtres humains.*

Ses paroles m'étonnaient, et pourtant, j'avais vécu moi-même avec lui, à Stratford, la profondeur de ses émotions d'homme. Je ne m'étais encore jamais avisée que les deux sexes pouvaient être aussi semblables. Mais je le comprenais à présent : même si, à notre époque, on ne cessait de palabrer sur la différence des sexes et si cela faisait l'objet d'études, de films et de livres de développement personnel, ce qui nous rassemblait était bien plus grand que ce qui nous séparait.

— *L'âme d'un être humain n'est ni féminine, ni masculine, poursuivis-je.*

— C'est... c'est une belle découverte, souris-je doucement.

— *Et c'est à toi que je la dois. !*

— Ce n'est pas moi qu'il faut remercier, mais les moines de Shinyen, dis-je.

— *Non, c'est bien toi que je remercie, Rosa ! Et je suis impatient de savoir quelles grandes choses je vais encore apprendre avec toi sur la vie.*

Shakespeare prononça ces mots d'une voix pleine de tendresse qui me réchauffa le cœur. Moi aussi, je me réjouissais qu'il me soit encore permis de vivre tout cela avec lui. Ma vie avec Shakespeare m'apparaissait comme une aventure humaine unique et grandiose. Une aventure dont on voudrait qu'elle ne finisse jamais. Cette dernière pensée me fit enfin comprendre que je n'avais plus aucune envie de retourner dans le présent. Je voulais passer ma vie ici. Dans cette ancienne Londres turbulente, follement excitante et stimulante. Avec l'homme qui m'avait donné plus qu'aucun être humain avant lui : William Shakespeare !

57

Pleine d'entrain, je me dirigeai vers le superbe vaisseau de l'Armada, amarré à un quai de la Tamise sous la garde de soldats coquettement vêtus de leurs tenues de sortie, et qui n'auraient sans doute pas déparé un magazine féminin en posant à moitié nus. Les mâts du navire étincelaient au soleil, les voiles étaient carguées et le drapeau anglais flottait au vent d'été. C'était incroyable : moi, Rosa, née à Wuppertal, j'allais à une fête royale, qui plus est dans le corps d'un homme avec qui je voulais passer le reste de mon existence. Ce serait merveilleux de fonder ensemble le théâtre du Globe, ou encore de récrire *Roméo et Juliette* ou *Hamlet*. (D'ailleurs, il faudrait que je pense à ajouter à ces pièces une mention sur la propriété littéraire interdisant aux directeurs des théâtres municipaux de l'avenir les mises en scène avec acteurs nus.) Grâce à nous, les spectateurs riraient, exulteraient, pleureraient.

Je ne regretterais rien de l'avenir. Seul Holgi me manquerait, mais, avec Kempe, j'en aurais près de moi une première version plus grossière. Quant à mon corps… ah, oui, je serais obligée de renoncer au sexe. Mais bon, c'était une activité très surestimée, en tout cas je pouvais essayer de m'en convaincre. Rétrospectivement, j'aurais volontiers échangé la moitié de mes expériences sexuelles contre des places de cinéma. En outre, mon corps de femme n'en avait plus que pour quelques années avant la ménopause, et, à ce qu'on disait, il n'y avait pas de quoi danser la macarena. Les thérapeutes pour couples et les auteurs de films d'art et d'essai croyaient certes à la vie sexuelle du troisième âge, mais moi, j'avais toujours eu du mal à m'imaginer prenant part à des acrobaties gériatriques. Alors, qu'avais-je réellement à perdre en restant ici avec Shakespeare ?

Pour l'impossible, il fallait tout de même que je lui demande la permission.

— William ? commençai-je.

— *Oui, Rosa ?*

— Je... je...

Je n'avais aucune idée de ce que j'allais dire. Comment demander à un être humain de renoncer définitivement à son propre corps et de le partager avec un autre pour le restant de ses jours ? Bon, Shakespeare m'avait déjà posé cette question dans mon présent. Mais c'était dans une situation exceptionnelle. Même si, juste avant mon retour ici, j'avais moi-même considéré un instant l'idée de lui accorder encore un peu de temps dans mon corps, je ne pouvais pas imaginer que ma proposition l'enthousiasme. Il allait probablement me répondre quelque chose du genre : A côté de toi, Henri VIII était un modèle de stabilité mentale.

— *Qu'y a-t-il ? demandai-je encore.*

— Laisse tomber, répondis-je lâchement.

— *Comme tu voudras, fis-je sans vouloir la contrarier.*

Il n'insista pas. Ce qui me tracassa tout de même un peu. Si William éprouvait quelque chose pour moi, ce que j'espérais vraiment à présent, il n'aurait pas renoncé aussi facilement. A moins que... J'allais le taquiner un peu :

— Tu renonces bien facilement !

— *Que veux-tu dire ?*

— Tu aurais pu insister pour savoir ce que je voulais.

— *C'est ce que j'ai fait, mais tu m'as dit de laisser tomber.*

— Mais ça m'aurait plu que tu me redemandes encore, que tu me tendes la perche pour que je t'ouvre mon cœur.

Rosa voulait m'ouvrir son cœur ? Se pouvait-il réellement qu'elle nourrît de tendres sentiments pour moi ? Comme je l'avais déjà pressenti dans l'avenir ? Et s'il en était ainsi, que devais-je faire ? Comment réagir ? Aussi demandai-je avec hésitation :

— *Que désires-tu ?*

— Eh bien... je... bafouillai-je.

Je me tus aussitôt. Certes, j'étais contente qu'il ait insisté, mais je n'osais toujours pas formuler ma folle idée, aussi lui dis-je :

— Ah, laisse tomber.

— *Les hommes et les femmes sont peut-être pareils, soupirai-je. Mais les femmes sont plus compliquées.*

Cela me décida. Je rassemblai tout mon courage :

— Bon, d'accord. William, j'aimerais rester avec toi !

— *Avec moi ? fis-je, profondément surpris.*

— Oui, avec toi. Pour toujours.

— *Pour toujours ?*

— Tu n'es pas obligé de répéter tout ce que je dis.

— *Je ne suis pas obligé ?*

— Non.

Shakespeare se tut. Je l'avais sans doute sérieusement effarouché.

Jusque-là, je n'avais pensé à Rosa que comme une bonne camarade. Je n'avais encore jamais connu de femme qui fût comme elle mon égale, subtile, prompte à la riposte. A bien des égards, elle était fascinante, et à certains égards plus fascinante même qu'Anne. Je n'aurais jamais cru possible qu'une telle femme existât. Se pouvait-il qu'ayant affronté le chagrin de la perte d'Anne, je sois enfin prêt pour un nouvel amour ?

Shakespeare n'eut pas le temps de se taire davantage : l'espion en chef Walsingham venait d'apparaître devant moi. Parfait. Comme cela, au moins, Shakespeare ne pourrait pas me répondre que mon idée était complètement cinglée et totalement impensable.

Si Walsingham n'était pas arrivé à ce moment-là, j'aurais déclaré à Rosa que son idée était complètement folle et inconcevable. Mais que, si surprenant que cela pût paraître, elle me séduisait.

— Où est le sonnet ? demanda impérieusement Walsingham.

Il portait une fraise encore plus large que la mienne et une écharpe très chic autour de son ventre maigrichon. Je tirai de ma poche la feuille où j'avais noté le sonnet pendant notre voyage de retour de Stratford et la tendis à Walsingham. A mesure qu'il lisait, les traits de son visage se détendaient. A la fin, il dit d'une voix émue :

— Ces vers sont merveilleux.

— Je sais, répondis-je avec orgueil.

J'étais fière de ma participation au poème, et plus encore de Shakespeare, qui avait affronté sa douleur devant la tombe d'Anne.

— Je vais sur-le-champ déclamer ce sonnet à la femme à qui appartient mon cœur.

Il n'était pas difficile de deviner de qui il parlait. Walsingham me fit signe de prendre la passerelle, et nous montâmes ensemble sur le splendide voilier de l'Invincible Armada. Je me sentais un peu comme dans un film de pirates : les canons à l'affût sur leurs sabords, la grande roue en bois du gouvernail, le gréement avec son réseau de trapèzes permettant de grimper aux mâts ou au poste de vigie. Combien d'hommes avaient pu tomber pendant cette ascension ? Combien de fois avait-on crié de là-haut : « Terre en vue ! » ou : « Oh, sorry, cette bouteille n'était pas censée s'écraser sur ta tête » ?

Sur le pont principal, des musiciens s'apprêtaient pour le bal, accordant leurs chalumeaux, leurs trompettes et leurs harpes. Les dames de la cour en larges robes de soie observaient prudemment les gentilshommes en grand uniforme, portant leur sabre d'apparat. Et les gentilshommes évaluaient du regard les dames de la cour, comme elles faisaient avec eux. Finalement, cette fête était comme toutes les autres : l'endroit idéal pour chercher et trouver l'amour. Ou une bonne affaire pour la nuit.

Walsingham entra dans la cabine du capitaine, où la reine se préparait pour la fête.

— Crois-tu que Walsingham réussira auprès de la reine, alors qu'elle aime Essex ? demandai-je à Shakespeare.

J'étais contente d'avoir un sujet de conversation pour lui faire oublier ma proposition de rester toujours avec lui.

— *La reine est une femme qui choisit toujours ce qui est possible. Et ce qui est possible, c'est Walsingham, répondis-je.*

Je sentais bien que Rosa préférait ne plus parler de sa proposition, pour moi si tentante.

— Mais ça n'aurait rien à voir avec de l'amour, m'insurgeai-je.

— *Oh, que si... Walsingham l'aime. Et la reine aimera ne plus se sentir seule.*

A cet instant, comme si on l'avait sonnée, la reine sortit de la cabine du capitaine, radieuse dans une splendide robe dorée et sous une couronne d'or plus étincelante encore. Mais le plus rayonnant était l'homme à son côté : Walsingham. Je venais donc d'apprendre autre chose sur l'amour : il pouvait parfois être extraordinairement pragmatique.

— Ils ont l'air très heureux tous les deux, constatai-je.

— *Le sonnet a sans doute donné envie à nos deux anciens de se livrer à un petit coït furtif.*

— Merci bien, dis-je. Me voilà avec une nouvelle image en tête pour me perturber ! Mais, ajoutai-je, je ne crois pas qu'ils l'ont fait. Il doit falloir des années pour ôter une robe pareille…

— *Sur certaines de ces robes, il y a une entrée par-derrière…*

— Je ne veux pas de détails ! m'écriai-je à voix haute.

Plusieurs dames de la cour me regardèrent d'un air étonné. Sur ces entrefaites, la reine frappa dans ses mains, et les musiciens se mirent à jouer un air entraînant. Les gentilshommes invitèrent les nobles dames, et la reine ouvrit le bal avec Walsingham, dansant aussi gracieusement qu'il était possible à une femme de son âge. Mais où était Essex ? me demandai-je. Et la comtesse Marie ? Au lieu de ces deux âmes sœurs, ce fut Drake qui s'avança vers moi dans un bel uniforme rouge chamarré d'or.

— Poète, je veux que tu quittes mon vaisseau sur-le-champ, déclara-t-il d'un air sinistre.

Sans attendre ma réponse, il s'éloigna et invita sa femme à danser. Celle-ci me jeta un regard qui semblait vouloir dire : « Je te ferais volontiers émasculer par un dogue. » Je ne voyais qu'une seule explication : il s'était passé quelque chose entre elle et Shakespeare.

Je ne sais pourquoi, cela me peinait que Rosa apprenne mon aventure galante avec la femme de Drake. Il fallait donc absolument que je lui dise à quel point cette femme comptait peu pour moi :

— *Il y a des singes paresseux plus passionnés que cette femme…*

— Ça ne m'intéresse pas ! le rabrouai-je.

C'était parti un peu trop vite. Mais je n'avais plus du tout envie de savoir quelles femmes il avait mises dans son lit. Comme quelques-unes des nobles personnes de l'assistance, m'ayant entendue soliloquer, recommençaient à me fixer, je m'éloignai vers l'arrière du navire.

— Cette fois, tu es vraiment jalouse, constatai-je.

Je ne répondis pas. J'étais fâchée. Et si j'étais fâchée, cela voulait dire qu'il avait touché juste.

Il n'y avait plus de doute : Rosa nourrissait des sentiments pour moi. Quelle merveille ! Je n'aurais jamais cru qu'une femme pût me trouver aimable en sachant tant de choses de moi, en connaissant tous mes défauts, toutes mes faiblesses.

Oui, j'étais jalouse. Et je voulais rester avec lui. Il n'y avait plus qu'une conclusion possible. J'y voyais enfin clair dans mes sentiments pour Shakespeare…

C'était à peine croyable. Et cela m'emplissait de bonheur…

La conclusion était évidente…

Il n'était plus possible de nier…

C'était complètement fou…

C'était insensé, inconcevable…

Et angoissant…

Impressionnant…

Mais très beau…

Et excitant…

J'aimais…

Rosa…

William.

Oh

oui

!

58

Mes sentiments pour William n'étaient certainement pas le véritable amour. Et ne pouvaient pas l'être. Parce qu'il fallait être honnête : une relation entre deux personnes qui partageaient le même corps n'était pas tout à fait authentique. Mais je m'en fichais complètement. Ce que j'éprouvais pour Shakespeare, je ne l'avais encore jamais éprouvé pour personne. S'il m'était permis de vivre avec lui et si, en outre, il répondait à mes sentiments, je serais plus qu'heureuse, sans aucun doute.

A bien y réfléchir, le véritable amour était même devenu un grand danger pour moi. Car si jamais je le découvrais par hasard, je retournerais dans mon époque, seule, sans Shakespeare.

Alors, ce véritable amour pouvait bien aller se faire pendre !

Toutes ces pensées me bouleversaient profondément. Et je remarquais que Shakespeare lui aussi était sens dessus dessous. Devinait-il ce que je ressentais ? Il n'y avait qu'un moyen de le savoir : lui avouer mon amour.

D'un seul coup, je me sentais beaucoup moins bien. J'avais peur. Avouer son amour à quelqu'un n'est déjà pas très facile dans la vie courante, surtout lorsque l'objet de vos désirs vous fait – comme cela m'était arrivé à l'âge de vingt ans – la réponse suivante : « Ecoute... je ne te l'avais pas encore dit, mais je suis marié... Oh, et mon tramway qui arrive déjà... Salut... »

Lorsqu'il vous arrive une chose pareille, vous rentrez chez vous et vous pleurez en écoutant *Plus jamais*, la chanson d'Ulla Meinecke. Jusqu'au moment où cette andouille d'Ulla chantait, à la fin : « Plus jamais... jusqu'à la prochaine fois. » Alors, vous jetez à terre le lecteur de cassettes en gémissant que les hommes sont encore plus bêtes qu'Ulla Meinecke.

Mais avec Shakespeare, c'était un peu particulier : je ne pouvais pas simplement me débiner et aller me lamenter sur mon sort au fond de mon petit lit. J'étais liée à lui pour toujours !

Une voix interrompit brusquement le cours de mes pensées :

— Holà, barde ! Tu n'as pas trop bien travaillé pour moi auprès de la comtesse.

Je baissai les yeux et vis Essex assis sur le plancher, adossé au bastingage, un flacon de whiskey à la main. Apparemment, le comte s'était volontairement écarté du lieu des festivités, le chagrin que lui causait la comtesse lui rendant insupportable toute cette gaieté. J'étais toujours aussi étonnée devant cette version à cheveux longs et collants de mon ex-petit ami Jan. Mais, cette fois, je ne fus pas troublée : cet homme n'éveillait plus de sentiments en moi. Mon cœur ne lui appartenait plus.

En cet instant, je me moquais bien d'Essex. Je me demandais quand je pourrais avouer mon amour à Rosa, du moins si je l'osais jamais. Et si elle me repoussait ? Dans ce cas, je ne pourrais pas me contenter de prendre congé et d'aller me soûler au bordel.

— Que s'est-il passé chez la comtesse ? demanda Essex d'une voix mourante avant de reprendre une gorgée de whiskey.

— Eh bien, dis-je, il y a eu une petite complication…

— Laquelle ? insista-t-il.

— J'ai voulu me tuer, déclara la comtesse en s'avançant vers nous.

Elle portait une robe blanche qui lui donnait un air majestueux et digne. On aurait dit une jeune mariée. Mais une mariée terriblement triste.

Essex se leva d'un bond et s'écria avec angoisse :

— Tu as voulu t'ôter cette vie merveilleuse ? Mais pourquoi ?

— Parce que ce poète ne m'aime pas, répondit-elle aussi dignement que possible.

Essex me lança un regard férocement jaloux.

— Chère comtesse, vous ne m'aimez pas réellement, dis-je. Ce sont seulement mes douces paroles qui vous enivraient. Des mots qui vous touchaient, parce que vous étiez éprouvée par la mort de votre frère. C'est la consolation, non l'amour, que vous cherchiez auprès de moi. Il est possible de les confondre.

Cela aussi, je l'avais appris. La comtesse devait l'apprendre à son tour. Et cela semblait marcher : elle paraissait déjà plus hésitante. Il s'agissait maintenant de la dégoûter définitivement.

— Mes mots aimables ne vous ont jamais été destinés, poursuivis-je. Pour vous le prouver, je vais vous dire une autre version de mon poème, et nous verrons ce que ces mots-là suscitent en vous.

Vais-je te comparer au sombre jour d'hiver ?
Son charme est gris et morne à l'égal du tien.
Beauté froide pareille aux morts des cimetières,
Ton odeur me rappelle celle d'un vieux patin.

La comtesse me regarda avec effroi. Le poème était loin de la perfection, mais il avait produit son effet, et c'était tout ce qui comptait à présent. Comme Rosa hésitait, je lui soufflai les vers suivants :

Tu ne pourras jamais ni conquérir mon cœur,
Ni perdre une beauté qui ne fut jamais tienne,
Car toute la beauté nous vient de l'intérieur,

Les vers de Shakespeare fonctionnaient à merveille : les yeux de la comtesse flamboyaient de mépris. Cependant, William s'était arrêté, ne trouvant pas de rime à « tienne ». Je pris donc la suite :

C'est sans doute pourquoi je ne te vois qu'à peine.

La comtesse avait son compte, on le voyait clairement à sa mine. Je portai donc le coup final :

Tant que vivront des hommes, que passeront les jours,
Je périrai plutôt que subir ton amour.

Cette fois, c'en était trop : la comtesse se détourna de moi avec dégoût et s'avança vers le bastingage. Au lieu de me remercier, le comte me regardait maintenant d'un œil noir parce que j'avais offensé sa bien-aimée. Il fallait encore que je trouve quelque chose pour que la comtesse fasse attention à lui. Mais comment m'y prendre ? La vue du fleuve en contrebas me donna soudain une idée. Je me rappelai ma première rencontre avec Jan, le jour où je l'avais sauvé de la noyade. Alors, m'approchant de la comtesse, je la saisis à bras-le-corps et, de toutes mes forces, la balançai à l'eau la tête la première.

Marie poussa un hurlement d'écorchée vive et fit un plongeon spectaculaire dans la Tamise. Comme on pouvait s'y attendre, les vêtements qu'elle portait n'étaient pas des plus indiqués pour la baignade : elle coula en moins de temps qu'il n'en faut pour dire

« En cas d'effets secondaires indésirables, consultez votre médecin ou votre pharmacien ».

Quand Essex, épouvanté, regarda par-dessus le bastingage, il ne vit plus que des bulles d'air. Sans perdre un instant, il déboucla son ceinturon et, laissant son épée à terre, sauta à l'eau, plongea pour remonter la comtesse à la surface et la ramena sur la rive. Quand elle eut fini de tousser et de suffoquer, elle leva vers lui des yeux remplis d'amour et de gratitude. Marie avait enfin pigé qu'Essex était son âme sœur. Non seulement je les avais laissés se marier à mon époque, mais je leur avais permis de se trouver dans le passé. Ma mission sur ce bateau étant accomplie, je pouvais maintenant m'occuper de mes affaires personnelles – à savoir, avouer mon amour à Shakespeare.

Mes genoux tremblaient d'excitation et de peur. Apercevant sur le sol, à côté de moi, le flacon de whiskey dans lequel Essex avait bu, je le ramassai. J'allais faire comme tant d'amoureux l'avaient fait avant moi : boire pour me donner du courage. La bouteille à la main, je me redressai, allai sur l'autre bord du bateau et me mis à contempler le spectacle sur la Tamise. Sur des barques à rames qui défilaient, ornées de fleurs magnifiques, des acrobates faisaient leurs numéros pour distraire les invités de la fête. Un jongleur lançait des massues enflammées, et la noble assistance fut particulièrement amusée lorsque, par mégarde, il se roussit le nez.

Je bus une grande goulée de whiskey. Cela me brûla la gorge, et je songeai que si quelqu'un venait à boire tout le contenu du flacon, ses futurs enfants seraient à coup sûr dyslexiques. Mais cette bibine me faisait du bien, elle réchauffait nettement mieux que le Ramazzotti que je buvais dans ma précédente vie.

Mais oui, je parlais déjà de ma vie avant ma rencontre avec William comme d'une vie antérieure !

Il était fâcheux que je ne puisse sentir l'effet de la boisson. Un peu d'alcool m'aurait à coup sûr aidé à trouver des mots d'amour pour Rosa et le courage de les dire.

L'une des barques chargées de fleurs se détacha de la formation et, sans être remarquée des invités ni des hommes de garde, se rapprocha lentement de la poupe du vaisseau amiral. Trois hommes étaient debout sur cette barque, vêtus de costumes bariolés, si vivement colorés que même Thomas Gottschalk les aurait trouvés trop psychédéliques pour présenter ses émissions. Eux aussi portaient des torches enflammées, mais ils ne jonglaient pas avec. Au lieu de cela, ils jetèrent à l'eau les gerbes de fleurs qui ornaient leur barque. Mais pourquoi ? Je n'eus pas à attendre longtemps la réponse : la barque était chargée de barils. Sur lesquels étaient fixées des mèches.

59

Je compris en un éclair : ces trois hommes étaient les espions espagnols qui, sur l'ordre de leur mystérieux chef, m'avaient menacée dans la maison de Shakespeare. Et, au vu des mèches, il y avait fort à parier que les barils étaient remplis de poudre noire. Ces types voulaient évidemment faire sauter le vaisseau amiral. Quant à savoir s'ils envisageaient un attentat-suicide ou s'ils pensaient se jeter à l'eau et laisser la charge explosive dériver vers le vaisseau, je n'en avais aucune idée, mais le résultat final serait le même.

Comme j'étais seule à la poupe, personne d'autre n'avait remarqué les assassins. Ma première idée fut de sauter à l'eau et de nager aussi vite que je le pourrais.

— *Nous devrions sauter à l'eau et nous éloigner d'ici au plus vite.*

Une fois de plus, Shakespeare et moi étions du même avis. Pourtant, si je ne les avertissais pas, tous les invités de la fête allaient partir en fumée : la reine, Walsingham, Drake, les nobles qui riaient lorsque quelqu'un se brûlait le nez... Je constatai à cette occasion que je n'éprouvais pour aucun de ces gens la moindre sympathie ! Devais-je risquer ma vie pour eux ? Et celle de Shakespeare avec ? C'était comme de mettre en jeu la vie de son bien-aimé pour sauver une assemblée composée d'oligarques russes, de banquiers d'affaires et de Paris Hilton. De plus, je mourrais sans avoir pu avouer mes sentiments à William, lui ouvrir mon cœur. C'était le plus terrible.

J'étais déjà sur le bastingage, prête à sauter à l'eau, quand une pensée me retint, et précisément celle de ma déclaration. Si Shakespeare répondait à mes sentiments, pouvais-je faire peser sur notre amour le poids de la mort d'un si grand nombre de personnes ?

Je descendis du bastingage et déclarai :

— Nous devons avertir les invités de la fête.

— Dans ce cas, il me paraît beaucoup trop vraisemblable que nous mourrons, objectai-je.

— Si nous ne le faisons pas, nous aurons trop de morts sur la conscience, répondis-je avec détermination.

— Des gens dont l'humanité laisse fort à désirer.

Shakespeare avait aussi peur que moi, mais il fallait qu'il surmonte cela, aussi le provoquai-je :

— Qu'es-tu, un homme ou une souris ?

— Je hais cette question !

— Réponds-moi, William.

— Une souris, dis-je avec hésitation.

— Encore une mauvaise réponse.

— Un homme, corrigeai-je après un instant de doute.

Et c'était la vérité : pendant les quelques jours où j'avais vécu avec Rosa, j'avais cessé d'être un pauvre souriceau pour devenir un homme. Un homme qui avait même le courage d'affronter sa douleur.

Je fonçai en direction du pont principal. L'amiral Drake venait dans ma direction, semblant lui aussi chercher un peu de tranquillité à l'écart de la fête. Je voulus l'avertir aussitôt et lui criai :

— Sir Francis…

— Je t'ai dit de quitter ce vaisseau, scribouilleur ! fit-il avec colère.

— Oui, bien sûr… mais il y a une barque qui approche de la poupe, me hâtai-je de répondre.

— Je sais, m'interrompit-il.

— Elle transporte des espions espagnols !

— Je sais.

— Qui veulent faire sauter le bateau !

— Je sais.

— *L'amiral dit un peu trop souvent « Je sais » pour mon goût, dis-je à Rosa avec un désagréable pressentiment.*

Comme cela m'avait frappée moi aussi, je bafouillai :

— Hem… il faudrait avertir la reine…

— Oh… je ne sais pas, fit Drake avec un large sourire.

Tout à coup, il m'arracha brutalement ma fraise et me saisit par le cou.

— *Je crois qu'il a d'autres projets, constatai-je d'une voix tremblante.*

M'étranglant à moitié, Drake ne fit pas mystère de ses préférences :

— Comme même ta cervelle de moineau doit l'avoir compris à présent, je fais cause commune avec les Espagnols.

C'était donc lui, le mystérieux chef des espions ! La question était : pourquoi ? Drake avait conduit la flotte anglaise à la victoire devant l'Armada. Pourquoi s'alliait-il maintenant aux ennemis de la couronne ?

Il s'expliqua complaisamment :

— Malgré mes bons services, la reine a refusé de me faire lord protecteur. Mais, après sa mort, les Espagnols me porteront encore plus haut. Ils me feront roi d'Angleterre.

Et il me serra encore plus fort. Jusqu'à cet instant, je n'avais jamais imaginé à quel point cette saleté de pomme d'Adam pouvait faire mal. Tout en me serrant le kiki, Drake siffla :

— Dans ces conditions, j'espère que tu comprendras que je ne peux pas te laisser avertir la reine.

— Vrzzz, râlai-je sans manifester beaucoup de compréhension.

Je ne pouvais presque plus respirer. Affolée, je regardai autour de moi si quelqu'un pouvait venir à mon secours, mais il n'y avait personne.

Quant à Essex, il était très probablement sur la terre ferme, à regarder la comtesse au fond des yeux.

— Eh oui, barde, ricana Drake, si tu m'avais écouté alors et quitté le vaisseau à temps...

Ça ne lui suffisait pas de m'étrangler, il fallait encore qu'il fasse le malin ? J'étais sur le point de tomber dans les pommes, et nous n'allions pas tarder à rendre notre dernier souffle commun. Mais je ne voulais à aucun prix quitter ce monde sans avoir avoué mon amour à Shakespeare.

— Je t'aime, William, dis-je.

Dommage, le son qui sortit de ma bouche ressemblait plutôt à ceci : « Chrtrwlll ! »

— *Euh... qu'est-ce que tu as dit ? fis-je avec désespoir.*

— Chrtrwlll ! répétai-je plus fort.

— *Il faut que tu râles plus distinctement, la suppliai-je, bouleversé.*

— Faudrait pouvoir, bougonnai-je.

Mais cela ressemblait plutôt à : « Vrrprrfff. »

— *Et maintenant, qu'as-tu dit ? demandai-je, toujours plus bouleversé.*

Je me sentais si frustrée que j'avais surtout envie de crier : « Mrd ! »

De son côté, Drake commençait à s'énerver de m'entendre suffoquer :

— Bonté divine ! Les victimes trop remuantes me donnent la migraine !

Je n'éprouvais qu'une pitié limitée pour ses souffrances. Plus il me serrait, plus je me démenais.

J'allais perdre conscience quand tout à coup, de façon surprenante, Drake renonça :

— Barde, je ne vais pas t'étrangler. Je vais t'abattre d'un coup de mousquet, cela ira plus vite.

Il me lâcha et je m'écroulai. Pendant que je reprenais mon souffle, je l'entendis sortir le mousquet de son harnais, mais je n'osai pas regarder le canon en face. Je comprenais soudain pourquoi, dans une exécution convenable, le condamné préférait avoir un bandeau. Cependant, tout ce que je désirais, c'était qu'on me laisse le temps d'avouer mes sentiments à Shakespeare. Avec ma pomme d'Adam en capilotade, je ne pouvais pas songer à parler. Mais alors, comment faire ? Puisque nous voyions par les mêmes yeux, il ne pourrait rien voir si je le regardais avec amour, ni si j'essayais de communiquer avec lui par des mimiques, ou avec le code des signaux de la marine.

Bien sûr, je pouvais encore, par exemple, m'embrasser le bras. Mais j'aurais l'air vraiment stupide de faire cela devant le sanguinaire amiral. Et puis, Shakespeare penserait sans doute que le manque aigu d'oxygène m'avait déconnecté le cerveau avant l'heure.

Tandis que je me traînais sur le plancher du bateau en me tenant la gorge, Drake écumait :

— C'est cela, rampe maintenant, misérable ver de terre !

Tout cela lui causait visiblement un très grand plaisir. A vrai dire, je le préférais encore quand il se contentait de fanfaronner.

— Rampe ! reprit Drake en riant.

— *Son sens de l'humour laisse fort à désirer, fis-je d'une voix tremblante.*

Tandis que l'amiral armait son mousquet, je m'aperçus soudain que ce n'était pas toujours une si mauvaise idée de ramper comme un misérable ver de terre... car je venais d'apercevoir devant moi l'épée dont Essex s'était débarrassé avant de sauter à l'eau pour sauver la comtesse ! Je m'en emparai sans l'ombre d'une hésitation.

A l'instant même où Drake appuyait sur la détente du mousquet, je lui entaillai le mollet avec la pointe de la lame. Drake poussa un grand cri et, sous l'effet de la douleur, leva la main au moment où le coup partait.

Pendant que le triste sire se tenait le mollet, d'où ne coulait qu'un petit filet de sang, je me levai d'un bond sans lui laisser le temps de me viser à nouveau, et lui fis face avec l'épée.

— *Tu dois le tuer, dis-je à Rosa.*

Je ne voyais pas d'autre moyen de nous sauver la vie.

— Je... je ne... peux pas faire ça, fis-je d'une voix un peu moins rauque.

Ma pomme d'Adam commençait apparemment à se remettre.

— *Il faut le faire, insistai-je.*

— Veux-tu être un assassin ? demandai-je à Shakespeare.

— *Tu as raison, me ravisai-je.*

Je ne voulais pas mourir, mais je ne voulais pas davantage être un meurtrier, un homme qui se serait moralement abaissé au même niveau que les rois, les tyrans et les papes.

Drake pointa de nouveau sur moi le canon de son mousquet. Cela ne signifiait pas que j'étais sans défense. Je ne voulais pas le tuer, mais je n'eus aucun scrupule à lui entailler l'autre mollet avec mon épée. L'amiral se mit à hurler encore plus fort. On aurait cru un chien à qui on venait de marcher sur la queue avec des patins à glace.

Alerté par les cris et le vacarme du tir, Walsingham s'était précipité à la poupe avec ses soldats. Sans lui laisser le temps de s'exclamer : « Que diable se passe-t-il encore ici, misérable barde ? », j'attirai son attention sur la présence des espions espagnols dans leur barque. Sur l'ordre de Walsingham, les soldats coururent au bastingage, et je les suivis. La barque était déjà contre le bateau, et les terroristes s'apprêtaient à allumer les mèches avec leurs massues enflammées. Il s'agissait donc bel et bien de kamikazes (un métier vraiment surprenant, si on y réfléchissait, mais au moins, cela évitait de se faire du souci pour sa retraite).

Walsingham donna aussitôt l'ordre de les exécuter, les soldats firent feu de leurs mousquets et les espions tombèrent en quelques secondes, sans avoir eu le temps d'enflammer les barils de poudre. Dans les films d'action, ce genre de tuerie paraît un jeu d'enfant, mais pour voir au naturel des gens se faire faucher par des balles, il vaut mieux ne pas avoir mangé de la soupe à l'anguille juste avant. Sentant que j'avais pitié des assassins, Shakespeare me consola :

— *Ils seraient morts de toute façon dans quelques minutes. Tu ne les as donc guère privés.*

Là-dessus, Drake s'avança vers Walsingham et lui dit :

— Il vous faut encore exécuter le chef de ces assassins.

Sans réfléchir, j'allais approuver chaudement, quand Shakespeare me retint par cette remarque fort judicieuse :

— *Je crains que Drake ne parle pas ici de lui-même.*

Paniquée, je tendis la main vers Drake en criant :

— C'est lui !

Le regard de Walsingham se fit vague, tandis que Drake ricanait :

— Mon cher ami, qui de nous deux croira-t-on : le héros de l'Angleterre, ou un écrivaillon immoral ?

— *Oh, que je hais ces questions rhétoriques !*

— Drake veut devenir potecteur ! expliquai-je en hâte à Walsingham.

Je n'avais pas la moindre idée de ce que cela représentait, mais ça sonnait un peu comme un nom de médecin spécialiste, ceux qui cherchent si vous avez des hémorroïdes (à bien y réfléchir, un métier presque aussi étonnant que celui de kamikaze).

Drake parut un peu contrarié que j'eusse dévoilé son mobile. Il eut un rire forcé :

— D'abord, on dit « protecteur ». Ensuite, je n'irais certainement pas faire sauter un vaisseau qui porte ma charmante épouse !

— Au contraire, c'est celui que tu ferais sauter en premier ! protestai-je.

Walsingham se tourna vers moi :

— Barde, vous m'avez bien servi avec votre sonnet...

A cette évocation, un sourire de satisfaction béate passa sur ses lèvres, que Shakespeare interpréta aussitôt :

— *Que t'avais-je dit ? La robe avait bien une entrée par-derrière !*

Je levai les yeux au ciel. Mais déjà, Walsingham se ressaisissait, reprenant un ton professionnel :

— Néanmoins, je suis obligé de vous faire exécuter pour haute trahison.

— Laissez-moi ce plaisir, Walsingham, fit Drake en ricanant.

Walsingham hésita un peu, puis acquiesça d'un hochement de tête :

— Comme vous voudrez, sir Francis.

Que ce soit l'un ou l'autre qui me tue, ça m'était égal à présent. J'étais même déjà presque habituée à l'idée qu'on s'en prenne constamment à moi. Et tout aussi habituée à échapper à la mort au dernier moment. J'eus comme une flambée d'optimisme : j'allais sûrement m'en tirer cette fois encore ! D'une façon ou d'une autre ! Je survivrais à tout ça, et j'avouerais mon amour à Shakespeare !

A cette pensée, je me mis à sourire.

Il est vrai que je ne me doutais pas de ce qui m'attendait quelques minutes plus tard.

60

Drake, le champion des petits jeux sadiques, voulait de nouveau se battre en duel avec moi, afin de fêter ma mort comme il convenait. Nous nous faisions face sur le pont principal, l'épée à la main, entourés de tous les invités : la reine, Walsingham, les dames de la cour et les gentilshommes, tous ricanant à l'idée que l'amiral allait bientôt tuer le traître. Même le jongleur qui s'était brûlé le nez se sentait de nouveau capable de rire.

— *Et dire que nous avons sauvé ces gens-là ! soupirai-je.*

— Je le regrette un peu moi aussi, dis-je.

Pendant ce temps, la reine s'apprêtait à donner le signal du duel avec son mouchoir de soie. Du coin de l'œil, je vis un soldat de Walsingham s'approcher de lui et lui murmurer quelque chose à l'oreille. Sur quoi le chef du service secret s'éclipsa. Pour lui, le travail venait apparemment avant le plaisir d'une mise à mort.

— *Ce serait le moment idéal pour avoir un plan, remarquai-je.*

Je me creusai frénétiquement la cervelle pour en trouver un. Impossible de fuir : les soldats surveillaient le bastingage, il ne fallait donc pas songer à sauter à l'eau. De toute façon, cela aurait eu pour seul résultat qu'on m'aurait tiré dessus à coups de mousquet et que j'aurais fini en cadavre dérivant au fil de la Tamise. La reine agita son mouchoir, et Drake s'avança lentement vers moi, brandissant son épée. Je devais donc lutter pour ma vie. Et surtout, pour avoir une chance de connaître l'amour.

Drake souffrait visiblement de ses mollets entaillés. Avec un peu de chance, il ne serait pas aussi agile que moi. D'un autre côté, je n'avais pas la moindre notion d'escrime. L'amiral était probablement capable de me battre à tous les coups, quand bien même il aurait eu besoin d'un déambulateur. Il fallait donc que je nous mette un peu plus à égalité. Mais comment ? Peut-être en m'arrangeant pour qu'il ait le soleil dans les yeux ? Je regardai vers le ciel : il y avait trop de nuages pour compter là-dessus. Cependant, cela me permit d'apercevoir le poste de vigie, et j'imaginai un plan audacieux, à vrai dire complètement fou : si je grimpais là-haut, Drake me suivrait certainement, et, au moment où il voudrait monter sur la plate-forme, je le ferais tomber d'un coup de pied.

Pour cela, il fallait d'abord que je surmonte mes scrupules à le tuer. Car il ne pouvait y avoir, hélas, qu'un seul survivant à l'issue de ce duel : soit Drake, soit mon amour pour Shakespeare.

Tout de suite après avoir eu cette idée de monter à la vigie, je dus me demander si j'étais capable de grimper plus vite que Drake. Mes chances n'étaient pas mauvaises : Drake était blessé aux jambes, et moi, j'étais dans le corps de Shakespeare, pas dans le mien, pour qui un quart d'heure de jogging représentait déjà une forme de sport extrême.

Au moment où l'amiral s'apprêtait à porter le premier coup, je tournai donc les talons, partis en courant et bondis sur les cordages au bas du gréement. Je m'aperçus avec surprise que je pouvais grimper sans problème.

Déconcerté, Drake ne me suivit pas aussitôt, se demandant quel parti prendre. Tandis que je m'élevais toujours plus, les invités, se sentant floués de leur plaisir, commencèrent à murmurer. Au bout de quelques instants, la reine s'écria :

— Soldats, ouvrez le feu !

Les femmes en position de chef peuvent se montrer parfois bien peu sympathiques.

Les soldats ajustèrent lentement leurs mousquets, et Shakespeare soupira :

— *Quand je parlais de plan, je voulais dire : un bon.*

— Je ne suis pas très ouverte à la critique pour le moment, répliquai-je avec agacement.

— *C'est tout à fait compréhensible, concédai-je.*

Les soldats allaient tirer. De nouveau, n'osant pas regarder les gueules des canons, je fermai les yeux. Dans un instant, je serais criblée de balles, et j'étais fermement convaincue que, si je ne mourais pas sur-le-champ, je serais blessée et mourrais de la chute. C'est alors que, Dieu merci, l'amiral s'écria :

— Attendez ! Cet homme est à moi.

Les soldats abaissèrent leurs armes, et Drake s'élança dans les cordages. Ce type avait beau avoir les mollets tailladés, il était drôlement leste pour grimper. Durant toutes ces années passées à bord des navires, il avait dû monter quelques milliers de fois en haut d'un mât. J'avais beau me démener pour escalader le gréement, il fut bientôt sur le point de me rattraper : quand je fus parvenue à une vingtaine de mètres de hauteur, il n'était plus qu'à trois ou quatre mètres de moi.

Je réfléchis à toute vitesse : j'avais encore une chance de pouvoir le précipiter en bas d'un coup de pied, mais, dans les cordages, j'étais loin d'avoir une aussi bonne prise que sur le poste de vigie. Le danger était donc que Drake m'attrape la jambe et me fasse tomber en me tirant vers le bas. De cette hauteur, mon corps ne s'écraserait sûrement pas en un seul morceau sur le pont.

Et j'avais encore, hélas, une vingtaine d'autres mètres à parcourir avant d'atteindre la vigie, tandis que l'amiral grimpait à peu près une fois et demie plus vite que moi. J'avais certes eu quelques blocages psychologiques à l'école avec des énoncés de problèmes de ce genre, mais je savais tout de même instinctivement que je n'arriverais pas à temps au sommet.

— Il faut que tu énerves Drake, que tu le piques au vif. S'il se met en colère, il deviendra imprudent, et s'il est suffisamment furieux, il perdra peut-être sa prise. Insulte sa mère, c'est un moyen éprouvé.

Faute de mieux, cela valait le coup d'essayer. Je criai donc à Drake :

— Madame votre mère est une Marie-couche-toi-là !

Malheureusement, il se contenta de répondre avec calme :

— C'est vrai !

— Et une polyperverse !

Je faisais monter les enchères, mais, cette fois encore, je ne lui arrachai qu'un sourire las :

— Hélas, c'est vrai aussi.

Pourquoi Drake ne s'énervait-il pas ? Lors de notre premier duel, cela l'avait pourtant piqué au vif.

Comme cela ne marchait pas trop bien, je me souvins de son problème de castration et criai :

— Votre mère castre les hommes !

— Elle n'a essayé qu'une fois, avec mon père. Après ma naissance, répliqua-t-il d'un air assez décontracté.

Et il se rapprocha encore. Affolée, je me demandai ce que j'allais bien pouvoir trouver après ça pour l'énerver. Tout ce qui me vint à l'esprit, ce fut une chose que j'avais entendu dire par l'un de mes élèves pendant la récréation :

— Ta mère joue le premier rôle dans des pornos gays !

— Des « pornos gays » ? Qu'est-ce diable que cela ? demandai-je.

Pour les explications, je n'avais pas trop le temps maintenant. Mais l'amiral se contenta de sourire :

— Tu ne peux plus me mettre en colère. Après notre dernière rencontre, je suis allé voir un alchimiste et j'ai parlé avec lui de mon problème avec madame ma mère.

Aïe ! Il y avait donc déjà à cette époque des précurseurs de la psychologie.

— Il m'a conseillé d'affronter ma mère avec ma colère. C'est ce que j'ai fait, ajouta Drake avec un sourire inquiétant. A présent elle gît, lestée de plomb, au fond de la Tamise.

Visiblement, la psychologie comme science avait encore du chemin à faire.

L'amiral était maintenant dans le trapèze juste au-dessous de moi, et à une dizaine de mètres de la vigie. Il allait me saisir d'un instant à l'autre. Son visage se tordait de joie à cette perspective. A croire qu'il avait passé un diplôme de psychopathe auprès d'Hannibal Lecter.

Je tenais toujours l'épée en main, ce qui ralentissait mon ascension. Ne ferais-je pas mieux de m'en délester ? De préférence sur la figure de Drake ? Je répondis à ma propre question : Rosa, par moments, tu es loin d'être aussi bête que tu en as l'air.

Je visai aussi exactement que possible le crâne de Drake et lâchai l'épée. A cause du balancement des agrès, elle ne lui toucha que l'épaule, mais cela suffit pour le déséquilibrer, et il dévissa en poussant un hurlement.

Fermement convaincue que, d'ici une seconde, il ne serait plus qu'un petit tas de boue sur le pont, je me sentis assaillie par le remords. Pas pour longtemps. Car, c'était trop bête, Drake avait réussi à se raccrocher au bout de quelques mètres à peine. Il reprit pied dans le gréement et recommença à grimper.

— Et cette fois, nous sommes sans arme, fis-je, énervé.

— Si tu crois que tu aurais fait mieux ! l'engueulai-je.

— *Je ne le crois pas...*

— Fort bien.

— *... j'en suis sûr.*

C'était le genre de conversation qu'un couple aurait pu avoir dans une voiture en faisant un créneau. Cette fois, je n'avais pas envie d'embrasser mon corps, mais plutôt de l'étrangler, sauf que je ne voulais pas prendre le travail de Drake. Je me remis à grimper en hâte vers le poste de vigie, dont j'espérais qu'il me procurerait un avantage salvateur. Mais plus je montais, plus mon suiveur gagnait du terrain.

— *Plus vite ! Plus vite !*

— Il y a une chose qui me ferait particulièrement plaisir, sifflai-je.

— *Laquelle ?*

— Qu'on te bâillonne.

— *Et moi, ce serait que tu grimpes plus vite !*

Nous nous chamaillions déjà comme dans un vrai couple. Et, comme souvent dans ce genre de dispute, si l'on voulait être honnête, il fallait admettre de temps en temps que l'autre pouvait avoir raison. Je fis donc machine arrière :

— Excuse-moi, c'est vrai qu'il faut que j'aille un peu plus vite.

— *Et moi, je regrette de t'avoir crié après, dis-je, plein de remords.*

Nous nous raccommodions toujours très vite maintenant, bien mieux que beaucoup de couples qui, lorsqu'ils se disputent, se traitent par le mépris jusqu'au moment où l'un des deux doit subir des prélèvements pour un ulcère à l'estomac. Notre façon de nous quereller était un bon présage pour une relation future – qui devenait de plus en plus improbable, il fallait bien l'admettre.

Inspirée par notre réconciliation, je m'efforçai de grimper encore plus vite. J'étais arrivée au trapèze juste sous la vigie, dans quelques secondes j'allais pouvoir me hisser en ahanant sur la plate-forme. Une fois bien installée là, j'enverrais à Drake un si violent coup de pied qu'il ferait un vol plané sans pouvoir se raccrocher nulle part. Le salut était donc tout proche.

Dommage que, juste à ce moment-là, Drake m'ait saisie fermement par la jambe en tirant d'un coup sec vers le bas.

Je tombai peut-être de cinq mètres, pour m'écraser sur l'une des étroites passerelles qui permettaient d'accrocher les voiles au grand mât. Le choc me fit un mal de chien, j'avais dû me casser quelques côtes et je pouvais à peine respirer. Mon torse glissait peu à peu de la planche, et seule ma volonté de vivre, nourrie de l'amour de Shakespeare, me donna au dernier moment la force de m'agripper des deux mains. Les bras écartés, les doigts plantés dans le bois, je me balançais maintenant à quelque vingt-cinq mètres au-dessus du pont.

Je tentai de me hisser sur la planche, mais j'étais trop faible pour opérer un rétablissement. Je restai donc en suspension, sachant que ma chute n'était plus qu'une question de temps. Un temps extrêmement réduit, car jusqu'à quand mes mains et mes bras tiendraient-ils ? Une minute ? Une demi-minute ? Plutôt moins, si on considérait que Drake s'avançait maintenant sur l'étroite planche, se balançant avec élégance comme seul un marin pouvait le faire.

Dans mon désespoir, je songeai un instant à essayer de lui attraper la cheville, mais c'était absurde. Si je bougeais seulement le petit doigt d'une main, je lâcherais tout. Drake le savait bien :

— Je me demande ce qui se passerait si je te marchais sur les doigts ? dit-il avec un rictus malicieux.

Cette fois, moi aussi je détestais les questions rhétoriques.

61

Mes côtes me faisaient mal, chaque respiration me coûtait, et j'avais les bras en feu. Mais autre chose me brûlait davantage encore : le remords d'être responsable de la mort prématurée de Shakespeare, simplement parce que j'étais entrée dans sa vie. Alors, je lui dis tristement :

— Je regrette.

— Cela vient un peu tard, persifla Drake.

— Je ne te parlais pas, espèce de malade ! le rabrouai-je.

Et pourtant, ce n'était pas facile d'engueuler quelqu'un en étant suspendu à un mât avec des côtes cassées. Le plus dur était qu'il avait raison : j'aurais mieux fait de réfléchir plus tôt à tout ça. J'aurais dû chercher le véritable amour et retourner à mon époque, plutôt que de mettre Shakespeare dans une telle situation.

A cause de mon égoïsme, il ne reverrait plus jamais ses enfants, il ne fonderait pas le théâtre du Globe, il n'écrirait pas les pièces auxquelles il était destiné. A notre époque, on se souviendrait de lui tout au plus comme de l'auteur d'*Hamlet, une comédie*. Lentement, avec délectation, Drake leva le pied pour me marcher sur la main.

— *Je crains que nous ne devions prendre définitivement congé l'un de l'autre.*

Shakespeare parvenait tant bien que mal à garder une voix calme, car il n'avait pas à supporter l'effort physique, mais on sentait qu'il était triste lui aussi. Luttant contre les larmes, je lui répondis :

— Oui, nous devons nous dire adieu.

— A jamais ! jubila Drake.

Je le rabrouai plus vertement encore que la première fois :

— Tu ne peux pas la fermer un peu, à la fin ?

Visiblement déconcerté, Drake marmonna :

— Ces artistes... tous des cinglés...

— Et c'est le fils soldat d'une mère castratrice qui dit cela ! me moquai-je.

Je ne pus m'empêcher de pouffer. C'était complètement dingue : j'étais sur le point de mourir, et Shakespeare réussissait encore à me faire rire !

Il est vrai que cela ravivait aussi la colère de Drake :

— On va voir si tu t'amuseras autant quand tu tomberas !

Il me marcha sur les doigts. Je poussai un grand cri. N'importe qui dans cette situation aurait aussitôt lâché prise. Mais je voulais rester encore avec William, et je supportai la douleur. Provisoirement. Impressionné, Drake déclara :

— Ainsi, tu es tout de même un homme. Et pas une souris.

— Parce que cet homme est une femme ! dis-je, très fier de Rosa.

C'est drôle comme on peut se sentir flatté, même dans une situation pareille... En baissant les yeux, je vis les soldats s'agiter au pied du mât. Que pouvaient-ils bien faire ? Enfin, ça n'avait plus aucune importance, tout ce qui comptait, c'était de profiter de ces dernières secondes avec Shakespeare. N'était-ce pas le moment ou jamais de lui avouer mon amour ? Oui, mais s'il n'y répondait pas ? Mes derniers instants seraient assombris par un chagrin d'amour. Etais-je prête à mourir avec ce sentiment, le pire de tous ?

Devais-je confesser mon amour à Rosa ? Non, c'était de la folie. Nous allions mourir dans un instant, et je l'importunerais de mes sentiments ridicules ? Mon corps était parcouru de souffrances inconcevables, et c'était Rosa qui les supportait. J'aurais donné tout au monde pour pouvoir prendre sa place. Mais c'était impossible. Aussi résolus-je de détourner son attention de la douleur et, dans ce but, me mis à bavarder avec autant d'entrain que je pus.

— *Qu'est-ce qu'un porno gay ? demandai-je.*

— Quelque chose qui ferait grand plaisir aux *queers*, ahanai-je tandis que mes doigts faiblissaient lentement mais sûrement.

— *Autant que le bidet ? fis-je d'un air entendu.*

— Oui !

De nouveau, il m'avait fait rire, et je pensai un peu moins à mes tourments.

— *Alors, il faudra en équiper le couvent de Lorenzo, suggérai-je. Peut-être aussi avec des bidets.*

Je ris de plus belle et en oubliai la douleur. Même dans cette terrible situation, Shakespeare réussissait à me faire du bien.

Mais mon rire et ce monologue supposé déplaisaient visiblement à Drake.

— Tu commences à m'énerver ! gronda-t-il avec colère.

Soudain, il me marcha brutalement sur la main, et je criai comme si on m'écorchait.

Le cri de Rosa me déchira le cœur, même si, à proprement parler, il n'était pas vraiment le mien (ce cœur) pour le moment.

Je ne pouvais plus penser à rien, seulement sentir. Mes doigts étaient-ils déjà cassés ? En tout cas, je ne voulais pas renoncer. Mais Drake me piétina de nouveau. Cette fois, je n'eus même plus la force de crier, et je vis trente-six chandelles. Je ne pourrais pas tenir plus longtemps.

— *Lâche prise, Rosa... ne te torture pas davantage, la suppliai-je.*

Dans ce cas, je mourrais, mais cela m'était égal. Je ne voulais plus qu'elle souffre aussi cruellement.

Je ne lâchais toujours pas... mais ça faisait mal... si mal !

— *Je t'en prie... chuchotai-je.*

— Je ne veux pas que tu meures à cause de moi, William, fis-je en pleurant.

Je ne pouvais plus lutter contre les larmes.

— *Rosa...*

J'étais toujours accrochée à ma planche, tandis que les larmes coulaient sur mon visage.

— *Je te le permets, dis-je avec douceur.*

— Non...

— *Tu peux lâcher prise, insistai-je.*

Mais je voulais tenir encore, aussi longtemps que je le pourrais. Et même un peu plus. Pour l'amour de Shakespeare. Enfin, je cessai de pouvoir. Je murmurai :

— Je regrette... tellement...

— *Il ne faut pas, répondis-je avec amour.*

Ainsi réconfortée par Shakespeare, je lâchai prise.

62

La dernière chose que j'entendis de Drake quand mes doigts glissèrent fut celle-ci :

— Eh bien, je commençais à trouver le temps long !

Le temps, je le savais plus que quiconque – même Einstein – grâce à mon retour en arrière, était une notion relative. Dans certaines situations, il peut s'étendre à l'infini, comme le constatent les gens qui subissent une coloscopie, ou les femmes pendant une expérience sexuelle ratée, ou ceux qui assistent à un spectacle de danse expérimentale.

C'est ce que je vivais à présent : tandis que je fonçais vers le sol, je me trouvais dans un autre état de conscience. Grâce à l'extension du temps, ma chute, agréable et légère, ressemblait à du vol à voile. Toute douleur m'avait quittée, je n'avais plus de pensées désespérées, je ne pleurais plus. Pour un peu, j'aurais pris plaisir à cette chute. Pourtant, le doute m'assaillait : n'était-il pas encore temps d'avouer mes sentiments à Shakespeare ?

Que veux-tu être, Rosa ? me demandai-je. Un homme ? Ou une souris qui emporte ses secrets dans la tombe ? Encore une de ces questions rhétoriques...

— William, je dois te dire quelque chose... commençai-je.

— *Ce que c'est qu'un porno gay ?*

— Ce n'est plus le moment de me faire rire, dis-je avec douceur.

— *Mais il est plus facile de mourir en riant.*

— Possible, mais j'ai quelque chose d'important à t'avouer.

— *Que tu as goûté en cachette au plaisir masculin ? demandai-je avec quelque effroi.*

— Shakespeare !

— *Pardon.*

Je n'avais plus le temps pour des chamailleries. Les secondes avaient beau s'étirer, nous étions tout de même à mi-chemin de nous écrabouiller. C'était maintenant ou jamais :

— William ?

— *Rosa ?*

— Je... je...

Je restai bloquée. Le courage semblait m'abandonner aussi vite qu'il était venu.

— *Tu... ? demandai-je tandis que renaissait en moi l'espoir fou que Rosa pût avoir des sentiments pour moi.*

— Je... je... t'aime.

J'en restai muet de bonheur.

Shakespeare ne répondait pas. Mon Dieu, pauvre idiote que j'étais, je m'étais débrouillée pour qu'il soit obligé de m'éconduire juste au moment de notre mort, comme si nous avions besoin de ça ! Et comme si je ne lui en avais pas déjà fait assez voir !

Il devait être en train de chercher les mots appropriés à la situation. Il ne pouvait guère me dire : « Ecoute, nous pourrions peut-être rester amis. »

Et quand bien même, c'était sûrement la dernière chose que j'avais envie d'entendre en fait de dernières paroles.

De toute façon, quoi qu'il dise maintenant, je mourrais avec un chagrin d'amour. Mais n'était-ce pas mieux que de ne jamais avoir osé lui avouer mes sentiments ?

Je ne savais pas trop.

Nous n'étions plus qu'à quelques mètres du pont – je préférais ne pas regarder –, et William ne disait toujours rien. Resterait-il muet jusqu'à la mort, afin de ménager mes sentiments ?

Je me demandai si je n'allais pas le prier, au lieu de me répondre, de faire une dernière plaisanterie. Même sur la robe de la reine, au besoin. Au moins, je m'écraserais sur le pont en riant. Il était sûrement plus facile de mourir dans un éclat de rire qu'en prenant un râteau. J'allais formuler ma demande, quand Shakespeare me dit d'une voix douce :

— *Je t'aime aussi, Rosa. Du plus profond du cœur.*

C'était inconcevable.

Il m'aimait.

Et je l'aimais aussi.

C'était le plus beau moment de mes deux vies.

Nous flottions toujours vers la terre.

Unis.

Deux âmes qui entraient ensemble dans la mort.

Comme Roméo et Juliette.

Enfin, dans notre cas, il n'y avait qu'une seule âme.

Cela signifiait que… j'aimais mon âme !

C'était dingue.

Complètement dingue.

Quand j'étais arrivée ici, je ne pouvais plus du tout supporter mon âme. Quelques jours plus tôt, j'avais même franchement détesté être moi. Parce que j'étais un tel cliché que j'étais définitivement convaincue de n'être bonne à rien. Sans avoir la moindre idée de tout ce qu'il y avait en moi.

Mais à présent, je connaissais mon âme.
J'avais appris de quoi elle était capable.
De quels sentiments.
Quelle force il y avait en elle.
Quel courage.
Quelle joie de vivre.
Et quelle poésie.

Oui, désormais, j'aimais réellement mon âme.
Je l'aimais profondément.
J'étais réconciliée avec elle.

A peine eus-je ressenti cela que je perdis conscience.

63

Quand je repris connaissance, j'éprouvais toujours ce merveilleux sentiment de paix intérieure. Il me fallut un long moment avant d'ouvrir les yeux. Et plus longtemps encore pour me repérer. Etais-je sur le pont du vaisseau ? Dans l'eau ? De retour au Rose ? Voire au ciel ? Etait-ce envisageable ? Avais-je mérité un tel endroit ? En tout cas, j'éprouvais une joie céleste.

Il est vrai qu'au ciel, je n'aurais probablement pas vu passer un homme en pyjama qui aurait dit :

— Un instant, je vais remettre mon peignoir de bain.

Quand mes yeux se furent accoutumés à la lumière, je m'aperçus que le pyjama était celui de Prospero. J'étais donc de nouveau sur la banquette de sa caravane, au cirque. J'étais de retour à mon époque. Et sans l'esprit de Shakespeare dans mon corps. Car cette fois, je n'avais pas transgressé les règles des moines de Shinyen.

Et si, malgré cela, j'étais revenue, il n'y avait qu'une explication possible : j'avais trouvé le véritable amour.

C'était donc vraiment celui de sa propre âme.

Mais qu'était-il advenu de Shakespeare dans le passé ? Même si je l'avais quitté et avais ainsi évité de m'écraser sur le pont comme une flaque de ketchup, il avait poursuivi sa chute. Vers une mort certaine. Seul. Sans moi. Et il pouvait difficilement y avoir survécu ? Ou alors...

Si un miracle avait finalement sauvé Shakespeare, il fallait que je le sache tout de suite, mais comment ? Des siècles nous séparaient maintenant. Et si je demandais à Prospero de me renvoyer là-bas avec son pendule, je risquais de me réveiller dans un cadavre. Ce ne serait pas très gai. A supposer que ce soit possible.

Mon regard se posa sur l'ordinateur portable de l'hypnotiseur, et je m'avisai que si Shakespeare avait survécu, il avait forcément écrit les grandes pièces auxquelles il était destiné ! Un coup d'œil sur Wikipédia me suffirait pour m'en assurer. Soit il serait aujourd'hui universellement reconnu, soit c'est son concurrent Marlowe que l'histoire aurait retenu comme le plus grand dramaturge de son époque, ou peut-être de tous les temps.

Me levant d'un bond, j'allai sur l'ordinateur et me mis à chercher sur Internet. Je vérifiai sur Wikipédia que Shakespeare avait bien fait tout ce dont il avait rêvé pendant ce dernier jour avec moi : il avait transformé *Hamlet* en tragédie, laissé mourir Roméo et Juliette et fondé le théâtre du Globe.

Shakespeare avait donc survécu à sa chute du haut du mât. Mais comment ?

Un garde était venu dire à Walsingham que l'un des espions espagnols avait survécu. Celui-ci avait avoué que non seulement Drake n'éprouvait aucun scrupule à faire voler en éclats un vaisseau sur lequel se trouvait son épouse, mais qu'il était même le maître des espions espagnols. Le chef du service secret ordonna donc aux soldats de tendre une voile sur laquelle j'atterrirais, puis d'envoyer Drake rejoindre sa mère... au fond de la Tamise. Hélas, en m'écrasant sur la toile, je me rompis divers os dont je ne savais même pas que je les possédais, par exemple l'ilion, qui m'était tout à fait inconnu jusqu'à ce jour.

Soulagée, je refermai le couvercle du portable. J'aurais peut-être pu demander à Prospero de me renvoyer aussitôt dans le passé pour vivre avec William. Mais je ne le souhaitais plus : j'avais compris que le but de mon voyage n'était pas de me permettre de vivre dans l'Angleterre de William Shakespeare, mais de me trouver moi-même. Et Shakespeare était une partie de moi-même. Il l'avait toujours été. Il le serait toujours.

Grâce à ma rencontre avec lui, je connaissais désormais le grand potentiel de mon âme. Je l'aimais enfin, et je ne me méprisais plus. Cela me procurait une grande joie intérieure, un bonheur profond, qui n'était pas de l'euphorie, mais une sorte de contentement. Je me sentais traversée et emplie d'une chaleur bienfaisante. Je me sentais comme animée... ou plutôt, oui, c'était le mot : inspirée.

J'espérais aussi que, grâce à moi, Shakespeare avait trouvé la paix intérieure. Si j'avais pu me réconcilier avec moi-même pendant ces jours passés avec lui, il devait en être de même pour lui, n'est-ce pas ? En tout cas, le fait qu'il ait pu écrire ses pièces semblait l'indiquer.

Tandis que je gisais sur le plancher du vaisseau, je constatai à mon grand étonnement que l'on pouvait être très heureux avec un os du bassin cassé.

Prospero interrompit le cours de mes pensées :

— Shakespeare, vous n'êtes plus dans ce corps, n'est-ce pas ? Cette folle n'a pas de nouveau triché ?

— Non, cette fois, la folle n'a pas triché, répondis-je aimablement.

Car se sentir inspiré permet aussi de parler plus gentiment aux autres.

— Alors, dit l'hypnotiseur avec un sourire satisfait, tu as enfin compris que c'était en toi-même qu'il fallait chercher le véritable amour.

Oui, je l'avais compris, et c'était merveilleux. Pour la première fois de ma vie, je m'aimais enfin.

Cependant, une question me traversa l'esprit, que je formulai aussitôt :

— Mais... cette histoire de « s'aimer soi-même », cela n'a-t-il pas... comment dire... un petit côté égocentrique ?

— Bien au contraire, répondit en souriant l'hypnotiseur.

— Au contraire ? Comment cela ?

— Ce n'est que lorsqu'on s'aime soi-même que l'on peut aimer de tout son cœur – ses amis, la vie, le monde... voire un partenaire.

C'était ce que je pressentais déjà, et je m'en réjouis beaucoup : j'allais enfin pouvoir aimer de tout mon cœur. Sans crainte. Sans doutes. Sans me sentir inférieure, comme cela avait toujours été le cas avec Jan.

Qui sait, avec un peu de chance, peut-être même trouverais-je l'âme sœur ? Un homme qui, là, dehors, aurait le sourire enchanteur de l'Anne de Shakespeare. Ce miracle était possible.

Mais, même si je ne rencontrais jamais cet homme, je serais capable de mener une vie meilleure que celle qui était la mienne quelques jours plus tôt, parce que mon bonheur ne dépendait plus des autres.

— On devrait peut-être offrir à tout le monde un retour dans le passé de ce genre, suggérai-je à Prospero. La Terre deviendrait un lieu bien plus sympathique.

— Il y a beaucoup d'autres moyens de se trouver soi-même, répondit l'hypnotiseur.

— Des moyens moins stressants, dis-je avec amusement.

— Beaucoup moins stressants, confirma-t-il.

— Mais pas aussi réjouissants ! ajoutai-je en souriant jusqu'aux oreilles.

Malgré toutes les choses insensées qui m'étaient arrivées pendant ma petite excursion, je ne voulais la dénigrer en rien. C'était le meilleur moment de toute ma vie.

Ou, plus précisément, de la vie que j'avais eue jusqu'ici. Car je commençais aujourd'hui une nouvelle vie, une vie formidable.

Par la fenêtre, je vis le soleil se lever sur le chapiteau du cirque. Je voulais profiter de ce jour, comme de tous les jours de ma vie désormais. Je remerciai Prospero, pris congé en le serrant dans mes bras avec affection, et lui annonçai que mon cher ami Holgi viendrait sans doute le voir prochainement de ma part. Puis j'ouvris la porte de la caravane. Les premiers rayons du soleil me caressèrent le visage. Une brise légère soufflait. J'emplis mes poumons d'une grande bouffée de l'air frais du matin, et je sentis en moi une joie de vivre inconnue jusqu'ici.

C'est ainsi inspirée que j'entrai dans ma nouvelle vie.

Epilogue

Cinq ans après (dans le présent comme dans le passé)

Des années après, le bonheur et la joie de vivre ne m'avaient toujours pas quittée. Je vivais de mon métier d'auteur, j'écrivais des comédies musicales, des pièces de théâtre, des romans. L'un de ces derniers commençait ainsi : « Bon sang ! Comme cliché de femme, je me posais un peu là... » (Quand je lui remis le manuscrit, mon éditeur trouva très amusante mon idée de faire passer l'auteur pour un homme.)

J'étais encore sur mon lit de malade quand j'écrivis ma première comédie, qui avait une fin tout à fait heureuse. Dans Comme il vous plaira, *une femme se fait passer pour un homme (où avais-je pris cette idée ?). L'héroïne était le personnage le plus merveilleux que j'eusse jamais créé. Une femme au grand cœur et pleine de tempérament. Je la nommai Rosalinde.*

De fait, quelques mois après mon retour, je rencontrai un homme qui avait exactement le même sourire qu'Anne jadis. Je vécus avec lui une histoire d'amour qui n'aurait jamais eu la même intensité si je m'étais méprisée comme autrefois. Pour trouver l'âme sœur, il vaut mieux aussi, semble-t-il, être prêt à l'accueillir.

Il n'y eut pas d'autre femme dans ma vie, car je n'en trouvai aucune. Mais cela me convenait ainsi : n'étais-je pas en paix avec mon âme ? Le dieu de la défloration s'était éloigné du monde. Je m'occupais bien davantage de mes enfants, et me rendais même régulièrement avec eux sur la tombe d'Anne.

Je quittai Düsseldorf pour revenir dans ma ville natale, avec le nouvel homme de ma vie. Nous eûmes un enfant, et je me disais souvent : c'est super, on peut être heureux partout, même à Wuppertal !

Je fondai le théâtre du Globe, où la première pièce qu'on joua fut Comme il vous plaira. *Toute la ville de Londres aima Rosalinde dès le premier instant.*

Comme je l'avais promis, j'envoyai Holgi chez Prospero, et il passa de merveilleux moments dans le corps de Mme de Pompadour.

Quant à mon meilleur ami, Kempe, il prenait vraiment du bon temps dans son propre corps.

Cependant, quand mon mari et mon bébé dormaient, je lisais les œuvres de Shakespeare…

Quand le spectacle était terminé et que les enfants étaient couchés, j'écrivais des sonnets…

Dans un recueil peu connu de 1599, je découvris un sonnet…

Dédiés à Rosa, dans l'espoir qu'elle les lirait un jour, dans son lointain avenir…

C'était celui-là même que nous avions composé ensemble…

J'avais seulement réarrangé un peu les derniers vers...

En les lisant, j'entendais en pensée la voix de Shakespeare...

Et je m'imaginais Rosa lisant ces mots...

Par-delà le temps, j'imaginais ces vers...

qui nous liaient ensemble...

dans l'amitié...

et dans..

l'amour :

Mais notre été sans fin ne pourra se flétrir,
Le rire qui fut nôtre jamais ne s'enfuira,
La Mort en son pouvoir ne saurait nous tenir,
Car notre force d'âme toujours la séduira.
Plus longtemps que nos souffles, nos yeux sauront se [voir,
Autant vivront nos âmes sans jamais perdre espoir !

Remerciements

Merci à Ulrike Beck, la relectrice aux nerfs d'acier, et à Marcus Gärtner et Michael Töteberg, les meilleurs agents de la galaxie.

Composé par Nord Compo Multimédia
7, rue de Fives, 59650 Villeneuve-d'Ascq

Cet ouvrage a été imprimé en France par

CPI
BUSSIÈRE

à Saint-Amand-Montrond (Cher)
en septembre 2010

N° d'impression : 102447/1
Dépôt légal : septembre 2010